나의 소풍길

아토

나의 소풍길
아토

ⓒ 유길상, 2024

초판 1쇄 발행 2024년 2월 6일

지은이   유길상
펴낸이   이기봉
편집   좋은땅 편집팀
펴낸곳   도서출판 좋은땅
주소   서울특별시 마포구 양화로12길 26 지월드빌딩 (서교동 395-7)
전화   02)374-8616~7
팩스   02)374-8614
이메일   gworldbook@naver.com
홈페이지 www.g-world.co.kr

ISBN   979-11-388-2752-2 (03810)

나의 소풍길
아토

유길상 지음

좋은땅

'아토'라는 이름으로

나는 19○○년생 하비(외손주가 이리 부름)이다. 이젠 만으로 따져도 60세가 훌쩍 넘은 나이가 되었다. 근래 들어 정부는 나이의 셈법을 이른 바 '세는 나이'와 '연 나이' 및 '만 나이' 중에서 '만 나이'로 통일시켰다. 아직 나에게 익숙하지는 않지만 셋 중에서 제일 적은 셈법임에 만족하면서 그러려니 하고 있다. 어찌하면 좀 더 노련하게 보일까 싶어, 되도록 나이든 척했던 젊은 시절이 기억나지만, 내일모레면 칠순을 바라보는 시점에 그런 일은 턱도 없는 남의 일이 돼 버렸다.

웬 뚱딴지같이 나이 타령을 하나 싶겠지만, 실은 무려 36년간을 몸담았던 정든 직장에서 정년퇴직했거니와, 지금은 인생 제2막의 직업에 종사한 지도 벌써 4년 차 되는 한 노년으로서 지금껏 살아온 여정을 뒤돌아보고, 이를 정리하는 것도 하나의 보람된 일로 여길만한 나이가 되었다는 명분을 내세우기 위함이었다.

그런데 지난 인생을 뒤돌아보고자 하니 '자서전'이라는 거창한 타이틀이 떠올라 별반 내세울 것 없는 이력에 왠지 주눅이 드는 것도 사실이고, 실제로도 '아토'에 엮은 내용들은 '인생의 족적'과 함께 '편지'와 '수필'과 '시'를 형식에 구애됨 없이 나열한 글이므로 그냥 '산문'이라 부르고 싶어 졌다(정의에 맞지 않아도 이렇게 이해해 주기 바람). 왜냐하면 이를 각각 분리해 버리면 먼저 양적인 면에서 턱도 없어 초라할 것이 뻔하고, 특히 '자서전'이라는 타이틀은 화려한 성취도 없고, 내세울 것도 없음을 스스 로 너무 잘 알기에 가당치 않고, '수필'은 개인적 푸념을 듣는 것이라면 모 를까 독자들이 내가 쓴 '수필'을 통해 무엇을 공감하고 삶은 지혜를 얻을 수 있을지 가늠이 되지 않기 때문이며, '시'는 저 스스로가 좋아하는 게 한 두 수 정도는 있으나 돌아볼수록 댓글을 치고 싶으니, 치졸하고 창피하여 옹색하기 이를 데 없는 글이기 때문이다. 따라서 편지글 등 그동안 문서 형태로 보관해 온 모든 것을 한 데 묶으면 양적으로도 그렇고(질은 안 되 니), 묶음에 따른 상호 보완 효과도 누릴 수 있거니와, '종합 선물 세트'라 고 포장하는 것도 그럴듯하여 감히 '산문집'이라는 이름으로 얼굴을 내밀 어 보기로 했다.

아울러 산문집의 이름을 '아토(선물의 순우리말)'로 한 의도는 나와 비 슷한 처지에 있는 소시민들과 그리고 나의 사랑하는 가족들에게 남길 것 이 무엇인가의 질문에 대한 답변으로 이해해도 좋을 듯하다. 한 사람이 태어나 살면서 느꼈던 감정과 생각의 단편들을 엮어 놓으면, 혹여 그간 살면서 흔적으로 쌓인 서운함과 오해를 풀어내고 말과 행동의 밑자락을 이해하는 단초가 될 수 있겠다는 생각에서, 그리고 물적으로 풍성함을 남 기지 못한 처지에 내가 품었던 생각을 서간으로나마 남겨 훗날 타산지석의 교훈으로 쓰일 무형의 자산이길 바라는 마음에서 꾸려진 선물로 이해해 주면 좋겠다.

하나 더 덧붙이고 싶은 말은 이 '아토'의 탄생을 재촉한 분이 형수님이라는 점이다. 본래 언젠가 시집을 내 볼까 하는 생각이 없지 않았으나, 앞에서 밝힌 것처럼 양적인 측면에서 턱도 없어 잊고 살았는데, 최근 형수님의 수필집《어떤 선물》(도서출판 두남)의 발간이 촉매가 되었다. 하여, 이래저래 고민 끝에 '산문'의 형식을 인용하기로 한 것이다.

'아토'를 읽는 독자의 이해를 돕기 위해 싣는 내용의 얼개를 말하면, 먼저 인생의 족적을 시간순으로 엮어 싣는다. 현재 나는 2녀 1남 가족의 가장으로서 아내와 함께 서울시 동대문구의 30평대 아파트에서 안전진단 컨설턴트로 생활하고 있으며, 큰딸은 의사로서 동료 의사와 결혼하여 슬하에 외손주 하나를 두고 있고, 작은딸은 약사로서 외국 제약사의 유럽 지사에 근무하고 있으며, 막내아들은 KAIST에서 전자 분야 박사과정을 밟고 있다. 먼저 이런 다섯 식구에 얽힌 이런저런 이야기를 연대기처럼 엮어 볼 것이다. 물론 대부분의 이야기는 내가 겪은 에피소드가 중심일 것이며, 여기에 내가 지은 시와 수필 그리고 편지글이 추가되고, 외부 기고문도 몇 편 소개될 것이다.

아울러 양해의 말씀을 드리고 싶은 것은, 뒤에 펼쳐질 에피소드는 사실에 근거하여 기술하겠지만, 이게 순전히 나의 기억과 몇몇 자료를 가지고 쓴 내용이므로, 실체적 사실에서 다소 벗어나는 경우도 있으리라 본다.

나의 소풍길 아토

그러나 이는 내가 의도한 바는 결코 아니고, 또한 '아토'의 초고에는 인명, 대상, 시기 등을 구체적으로 명시하였으나, 정보보호 차원에서 가명(히든) 처리하였음을 너그럽게 이해해 주면 좋겠다.

천상병 시인은 〈귀천〉이라는 시에서 "아름다운 이 세상 소풍 끝내는 날"이라며 삶을 노래했다. 나는 이 시구에서 영감을 얻어 태어나면서부터 오늘에 이르기까지의 이런저런 이야기를 '소풍길'이라는 여정에 담고자 글로 남겨진 추억들을 소환하였고, 이를 아토(선물) 꾸러미로 묶으려고 제목을 '나의 소풍길 아토'로 정하였다.

아울러 산문집 중간중간에 본문 내용 당시에 썼던 편지글이나 시와 수필은 문단 아래에 주기를 달아 본문과 연계시켰고, 본문은 별도의 목록으로 묶어 게재하였음을 해량하기 바란다. 마지막으로 '아토'를 통해 동시대를 살아온 이들은 어렴풋이나마 동질감과 향수를 느끼기 바라고, 후배들은 선배의 지나온 발자취를 이해하는 데 조금이나마 도움이 되길 기원한다. 그럼 촌놈이 태어난 시간부터 얘기의 실타래를 풀어 본다.

차 례

제 1 편 삶의 연대기

제 2 편 **시(詩)**

제 3 편 **편지 글**

제 4 편 수 필

삶의 연대기

첫울음부터 유소년까지의 기억 🍃

나는 6·25 전쟁이 끝나고 몇 년이 지난 해에 전북 정읍시에서 3남 1녀의 차남으로 태어났다. 태어나 처음으로 찍은 사진이 보는 바와 같이 발가벗은 사진이다. 그때 부모님은 아들을 둘씩이나 낳았다고 자랑이라도 하고 싶으셨는지 모르겠으나, 나보다 나이 적은 사람이 이 사진을 볼 때면 좀 창피한 생각을 떨칠 수 없었

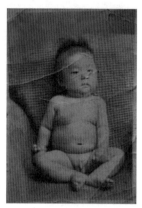

첫돌

다. 그러나 사진 속의 인물이 나였다는 기억은 없으나, 생긴 품세가 통통하니 장군감으로 보이면서 잘 생기기도 하여(?), 한편으로는 우쭐거리기도(속으로) 했다. 누군가는 사진을 '존재의 증명이자 부재의 증명'이라 했던가? 이 사진은 너무도 먼 옛날 나의 존재를 증명하고 있으나, 지금은 그때의 모습이 사라졌음을 증명할 유일한 수단이 되었다.

나의 형제들을 간단히 소개하련다. 먼저 큰형은 지방 사립대학교에서 무역학과 교수로 정년퇴직한 뒤, 지금은 시골에서 아파트 관리소장으로 인생 이모작의 직장에서 재직하고 있고, 여동생은 2남의 어머니이자 할머니로서 서울에서 살고 있으며, 국문학 전공을 살려 시인으로 활동하고 있으나 굳이 구체화하자면 동네 마당발이자 방랑 시인을 자처하며 물방

나의 소풍길 아토

개처럼 활개 치는 여장군 스타일의 여사이며, 막냇동생은 2녀 1남의 아버지이자 할아버지로서 의정부에 살면서 건축공학을 발판 삼아 감리 회사에 재직하고 있는 알콩달콩한 가족의 가장이다. 따져 보니 3남 1녀 가운데 형(1번)과 여동생(3번)은 문과를, 나(2번)와 남동생(4번)은 이과를 전공한 셈이니, 하느님은 우리에게 달란트를 공평하게 나눠 주신 모양이다.

이제 화제를 돌려 내가 태어난 이후의 얘기를 해야겠다. 솔직히 말해 태어난 첫울음부터 유년기까지를 통틀어 기억나는 것은 많지 않다. 어렴풋이 기억나는 것은 전북 정읍시의 철도 역사에서 가까운 대로변의 가겟집을 들락거리던 일과 그 뒤뜰에 있던 큰 나무와 장독 정도이다. 또한 네댓 살 즈음의 한 겨울날, 눈 속으로 발이 푹푹 빠지면서 시골길 신작로를 이모의 손을 잡고 걸어서, 기다란 다리 건너 오른쪽 굽은 모퉁이의 중턱에 자리 잡은 친척 집에 들렀던 기억이 어렴풋하다(아마도 눈 때문에 힘들게 걸었던 기억 때문인지도 모를 일). 또한 정읍역 앞 사거리 왼쪽 모퉁이에 커다란 건물(차량 정비소)에서 부친께서 일하셨던 것으로 기억하지만, 이것이 그 당시의 기억에 의한 것인지, 아니면 훗날 귀동냥으로 들은 얘기에 근거한 것인지는 명확하지 않다.

그래도 유년 시절을 통틀어 뚜렷하게 기억나는 몇 가지 상황은 부친의 사업 실패로(차량 정비소 운영) 온 식구가 정읍에서 전주로 이사한 뒤의 일로서 좀 더 자란 뒤의 일이다. 이사한 뒤 부친은 전주 소재 한 버스회사의 용접기사로 취업하셨는데, 이때부터 용접기사 일은 부친의 평생 직업으로 자리 잡아, 훗날 용접 때 발생하는 흄 때문이었는지 폐가 좋지 않으

서서 흡입기를 꾸준히 사용하셨고, 결국 폐 기능저하로 인해 돌아가시게 되었음을 자식으로서 매우 애석하게 생각한다.

아무튼 부친의 직장 소재지 변동에 따라 5살 쯤, 전주동부교회 부근의 신작로 한쪽에 자리 잡은 셋집으로 이사한 기억이 나며, 집안 모퉁이 한쪽에 있던 푸세식 화장실에 약간의 두려운 기억(물체가 떨어지면서 튀는 소리와 바닥이 무너져 내리는 우려 때문이겠지~)이 남아 있다. 이후 두 번째 이사한 곳은 전주 풍남국민학교(초등학교) 부근의 기찻길 옆에 맞닿은 2칸짜리 셋집으로 기억한다. 도로 쪽으로 미장원과 중국집(동풍관)이 출입구 양쪽으로 맞붙어 있었으며, 이사한 셋집은 미장원 뒤쪽에 있는 살림집이었다. 얼마 뒤 출입구에서 좀 더 안쪽에 있던 별채로 다시 이사하였고, 이 별채 넘어 넓은 터의 배추밭이 기억에 남아 있다.

출입문 한쪽의 중국집 조리실에서 반팔 입은 아저씨가 밀가루 반죽을 양손으로 설레설레 흔들던 모습이 아련하며, 정확히 몇 번이었는지는 모르겠으나, 유년 시절 꿈의 먹거리라 할 수 있는 짜장면을 이 중국집에서 먹었던 기억도 어슴푸레하다. 언뜻 중국집 조리사가 아령 운동하던 모습이 불현듯 떠오르는 이유는 뭘까? 혹시 나의 가슴이 그때의 조리사보다 훨씬 빈약함에 기인한 자존감 때문일까?

이곳 삶터에서 초등학교에 입학하던 날, 학교 운동장에 길게 줄 서서 선생님 말씀을 듣던 장면이 아련하게 남아 있다. 이즈음 찍었던 사진이 있다. 우리 형제들은 형과 나 그리고 여동생과 막냇동생까지 터울이 모

나의 소풍길 아토

두 3년이다. 그러니 사진의 모습에서 막냇동생이 1살 정도로 추정되므로, 사진은 아마도 내가 입학하기 전후에(만 7세 정도) 찍은 것으로 추정된다(가운데 눈을 약간 찌푸린 모습이 본인). 이때부터 나는 눈이 좋지 않았을까나???

형제·누이와 유년 시절

 대략 초등학교 2~3학년 즈음일까, 동네 친구들이랑 기찻길에 동전을 올려놓으면, 기차가 지나가면서 바퀴에 납작하게 눌린 동전의 겉면을 빡빡 문질러 동경(구리거울)처럼 만들어 친구들에게 자랑하던 일이며, 기찻길로 집에서 한벽당까지 걸어가 멱 감던 기억과 한벽당 냇가에서 빨래하던 아줌마들의 모습이 선하고, 별채 넘어 배추밭을 돌아다니며 장난치던 장면도 달력처럼 못 박힌 기억은 아니지만 짐작 가능한 일로 남아 있다.

 초등학교 시절의 공부는 최상위 수준은 아니더라도 잘하는 편에는 속했던 것으로 기억되며(찾아보니 대학교 이외의 성적표는 보관돼 있지 않아 물증 없는 주장임 ㅋㅋ), 반장은 못했지만 줄반장은 했던 기억이 있고(인생 최고의 감투임 ㅉㅉ), 그저 착하고 평범한 소년으로 보면 틀림없지 싶다(이 또한 스스로의 주장임 ㅎㅎ). 고등학교 이전까지는 키가 크지 않아 주로 교실 앞쪽 자리에 앉았고, 초등학교 다니던 어느 하루, 뒷자리에 앉았던 반 친구가 내 왼쪽 가슴을 연필로 찔러 대성통곡한 일이 기억난다. 친구가 왜 그랬는지 이유는 잘 기억나지 않으나(아마도 의견 차이로 다투지 않았나 싶음), 그 뒤 성년이 될 때까지 왼쪽 가슴의 검은 반점은 쉽게 사라지지 않았지만, 지금은 그 흔적도 없어져 다행으로 생각된다. 평계일지도 모르겠으나 나의 사교성은 상대적으로 좁은 편에 속한 것이 혹시 이때의 연필 사건이 계기가 되었는지도 모를 일이나, 이후 대학 시절 ROTC에 지원했던 동기 중의 하나가 이런 소극적인 대인관계를 극복하려는 의도가 있었음은 분명하다.

　이 시절 존재의 증명으로 한 장의 흑백사진이 보관되어 있다. 담임선생님과 어머니, 여동생 그리고 나와 함께 찍은 사진인데, 어떤 연유로 사진을 찍게 되었는지는 모르겠으나(배경 속에 나무가 많이 보이므로 아마도 소풍 가서 찍은 것으로 추정), 선생님의 모습을 지금까지 기억할 수 있는 것은 이 사진의 절대적 도움에 기인한 것이다(당시만 해도 사진 촬영이 여의치 않아 세월의 흔적이 많이 남아 있지 않아 아쉬움).

담임선생님과 함께

　이 사진을 보면 나의 모습은 까까머리에 눈은 찌푸리고 있다. 이 시절 초등학교 남자애들은 흔히 이발 기계로 빡빡 밀어 버리는 까까머리가 많았다. 어떤 친구들은 성수리며, 뒤 꼭지에 둥그렇게 쥐 파먹듯 기계독에 걸린 애들도 자주 볼 수 있었다. 그때 애들이 왜 기계독에 많이 걸리게 되었는지 자세한 이유는 모르겠으나, 아마도

나의 소풍길 아토

비위생적인 생활 습관에 기인한 것이 아닌지 짐작할 뿐이다. 다만 나는 한 번도 기계독에 걸리지 않았음을 다행으로 생각한다(생유 엄마~). 근데 눈을 찌푸리고 있는 점에 대해 살을 좀 붙이자면, 이후의 여러 사진에서도 이와 비슷한 모습이 자주 목격되는데, 아마도 내 눈의 생물학적 반응이 햇빛의 눈부심에 약하지 않았나 싶다. 이는 훗날 노년기의 눈 건강으로 고생하는 증상(황반 변성)과 연관되지 않았을까 개인적으로 짐작해 본다.

초등학교 3~4학년쯤으로 기억된다. 그동안 살았던 기찻길 옆 별채에서 금암동의 화마(말로 물건을 나르는)가 있던 옆집의 셋방으로 이사하였으므로 금암초등학교로 전학가게 되었다. 그 뒤 얼마 지나지 않아 다시 풍남초등학교 인근으로 이사하여, 결국 초등학교는 여기서 졸업했다. 금암초등학교 시절에서 기억나는 것은 이웃 친구의 형이 월남으로 파병 갔다(삼촌일 수도 있음) 돌아와 귀국 선물이었던 살색 페이스트(지금 생각하니 피넛 버터로 추정)를 얻어먹었던 기억이 뚜렷이 남아 있다. 그때의 피넛 버터는 정말이지 천국의 맛이 아니었던가? 또한 좁다란 지우개처럼 생긴 껌도 얻어 씹지 않았나 싶고, 1차로 씹은 껌은 훗날을 위해 벽에 살짝 붙여 놓기도 했지~~~ 먹는 얘기가 나오니 침이 넘어가네~~~

돌이켜 보면 초등학교 시절 위문편지 쓰면서 이 편지의 대상이 월남 파병 군인인지 아니면 휴전선 철책에서 근무하는 군인인지 명확한 개념 없이, 그저 고향 떠나 멀리서 나쁜 공산당을 무찌르려고 고생하시는 국군 아저씨께 너무 감사하다며 상투적으로 위문편지를 쓴 기억이 난다. 월맹

군을 무찌르는 일과 휴전선에서 북한군을 대상으로 조국 수호하는 일이 서로 다른 임무로 구별된 것은 아마도 중학교 때가 아닌가 짐작하니 좀 창피한 생각이 든다. 혹시 나만 그랬나???

슬픈 기억의 꽁보리밥 🌿

초등학교 시절, 방학 때면 줄곧 고창군(성산리) 외갓집으로 놀러 갔던 생각이 난다. 버스 회사 용접기사로 일하시던 부친의 덕으로 버스 기사분께 잘 부탁하면, 나는 버스 맨 앞쪽 자리에 앉았다가 목적지까지 안전하게 도착할 수 있었다. 하지만 아쉬움은 다른 곳에 있었다. 그래도 도청 소재지인 전주 시내의 학교에 다녀 농사일은 한 번도 해 본 적이 없었고, 식사도 혼식은 했던 것으로 기억하나, 쌀의 비율이 보리보다는 월등한 혼식이었다.

웬 혼식 타령이야 하겠지만, 어릴 적 외갓집에 놀러 가서 동네 친구들과 단수수 베어 먹고 메뚜기 구워 먹으며 즐겁게 놀던 기억은 좋았으나, 그놈의 혼식 때문에 즐거움이 반감되기 일쑤였기 때문이다. 사실인즉 이렇다. 그때 시골에는 보릿고개도 있었고, 여름철, 겨울철에는 먹을거리가 그리 넉넉하지 못했던 모양이다. 하여 외숙모의 밥 짓는 모습을 일러 보면, 큰 무쇠솥에 보리쌀을 잔뜩 담근 뒤(9할 정도로 추정) 한 가운데에 쌀을 조금(1할로 추정) 얹는 정도였다. 마치 계란프라이의 흰자와 노른자처럼 말이다. 면적으로 치면 노른자와는 턱도 없을 만큼 보리의 비율이 적었지만 아무튼 모습은 그렇다. 이후 쌀겨나 나뭇가지 등으로 불을 지펴 밥이 익으면, 외숙모는 무쇠 뚜껑을 열고 밥을 푸시는데, 쌀과 보리가 반쯤 섞이도록 딱 한 그릇만 밥을 푸신 다음, 나머지는 주걱을 세차게

휘휘 저어서 몽땅 섞어 버리시는 것이다. 물론 앞선 밥그릇은 외삼촌 몫이고 나머지는 외숙모와 사촌 형 그리고 나를 위한 밥그릇에 평등하게 나뉘었다. 어린 마음에 이때만큼 외삼촌이 부럽고 위대한 때는 없지 않았을까? 요즘 아내는 건강에도 좋고 구수하고 맛있다며, 열무김치를 곁들인 보리 비빔밥을 예찬하고 즐겨 먹기도 한다. 근데 나는 딱 질색이다. 아마도 외갓집에서 겪은 그때의 혼식이 많은 영향을 주었음이 틀림없다. 그 보리밥 특유의 냄새와 씹을 때 까칠하고, 끈기 없이 입속에서 돌돌 나도는 식감이 나한테는 정말 싫음 그 자체였다.

겨울방학 때 외삼촌 집의 방 윗목에 대나무로 둘레를 엮은 곳간의 한자리를 차지하고 있던 고구마도 기억난다. 성인이 되어 어떤 대화 상대자와 시골 생활을 얘기할 적이면, 나름대로 자신 있게 경험담을 얘기할 수 있는 것은 이때의 외갓집 생활이 밑바탕이었음은 분명하다. 방학이면 언제나 저를 기꺼이 받아 주시고 돌보아 주신 외삼촌 내외분께(지금은 모두 돌아가셨음) 심심한 고마움을 이 글로나마 전하고 싶다.

나의 소풍길 아토

초등학교 졸업 🌿

초등학교 졸업

금암동에 이어 진북동 서중학교의 담벼락 골목길 막다른 집으로 이사하였고, 뒤이어 풍남초등학교 인근에 있었던 측후소 뒤쪽의 남노송동 골목길 집으로 이사하였는데, 결국 여기서 초등학교를 졸업했다. 당시 초등학교는 6.25 전쟁이 끝난 뒤였고, 도심지의 학교라서 그런지 학생 수가 무척 많았으며, '콩나물시루' 같다는 말이 실감 날 정도로, 대략 한 반에 60명이 넘었던 것으로 기억된다(실제로 졸업 사진을 세어 보니 71명임).

태어난 곳으로 회귀하는 연어처럼 처음 입학했던 초등학교로 돌아와 졸업하기까지, 앞에서 얘기한 에피소드 이외에 특별히 기억나는 일은 없었고, 훗날 초등학교 운동장의 크기를 보고 정말 깜짝 놀랐던 기억은 한참이 지난 성인이 된 이후 일이다. 그렇게 넓고 길게만 느껴졌던 운동장의 골대가 불과 수십 발짝이면 성큼 다가설 수 있는 위치에 서 있었기 때문이었다.

그런 초등학교의 추억을 머금고, 상급학교인 중학교는 소위 말하는 뺑뺑이를 돌린 결과, 전주서중학교에 배정되어 입학하였다.

소년은 문학에 눈뜨고 낙방을 맛보다 🍃

그 당시에 살던 집에서(남노송동 측후소 뒤쪽) 서중학교까지는 상당한 거리로 여기며 학교를 오갔는데, 근래 네이버 지도 기능(도보)을 이용해 확인해 보니, 거리는 1.8㎞에 소요시간 29분으로 나와 다소 당황스러웠다. 아마도 보폭 등의 영향은 있었겠지만 한참을 걸어서 통학했던 기억이 남아 있다. 중학교 시절의 추억으로는 크게 세 가지인데, 첫째는 좋은 기억으로서 문학(?)에 눈을 떴던 시기였고, 둘째는 슬픈 기억으로서 학교 식당의 콩나물국에 얽힌 일이며, 셋째는 좋지 않은 기억으로서 지역 명문 고등학교로의 입학시험에서 낙방한 경험을 갖게 된 일이다.

먼저 문학 얘기이다. 말이 문학이지 이를 거론하기도 창피한 일로 생각되는 중학교 2학년의 추억이다. 어느 국어 선생님께서 평소 느꼈던 얘기를 원고지에 적어서 제출하라는 숙제를 냈고, 이에 나는 없는 머리 짜내어 방학 때면 방문했던 외갓집 동네 입구에 자리 잡은 방앗간 얘기를 적어서 제출했었다. 한참 뒤에 선생님께서 이걸 '교지'에 실을 예정인데, 맞춤법이 형편없어 고치느라 힘이 드셨다고 부언하셨다. 신작로 부근에 있던 방앗간에서 방아 찧을 때 나는 소리 '텅 텅 텅'으로 시작한 글은 초등학교 시절에 방학 때면 외갓집으로 놀러 가서 느꼈던 이런저런 얘기를 제출한 것으로 기억한다.

나의 소풍길 아토

최근에 이 '수필'을 찾아보려고 혹시나 하는 마음으로 중학교에 전화하여 이때의 교지를 보관하고 있는지 확인해 봤으나, 그런 자료는 너무 오래되어 폐기되었다는 말을 듣고 좀 허탈하고 안타까웠다. 이 수필이 자극제가 되었는지 아니면 다른 계기가 있었는지는 불분명하나, 나름 '시'를 써 보겠다고 다짐하며 '김○○'이라는 같은 반 친구와 의기투합했던 기억이 난다. 시를 잘 지으려면 단어 실력이 좋아야 한다며, 허름한 국어사전을 구하여, 익숙하지 않은 단어들을 되새기면서 몇 수의 시를 지어 보곤 했다. 아쉽게도 그때 지은 시를 지금 보관하고 있다면, 이번 기회에 빛을 볼 수도 있었는데, 아무런 흔적을 찾을 수 없어 안타깝기 이를 데 없다. 다만 이때의 문학에 대한 열정 혹은 학습의 효과가 있었는지는 모르겠으나, 이후 직장 생활하면서 수없이 부딪혔던 공문서, 기획 문서, 기술보고서, 기관지 등을 작성할 때 큰 어려움이 없었고, 주변의 칭찬도 자주 들어왔다. '김○○'의 집에 가서 서로 격려하면서 국어사전 공부하던 일이 오래도록 기억에 남아 있으나, 3학년 때 반이 갈리었고, 졸업 이후에도 그 친구의 얼굴을 보지 못해 못내 아쉽게 생각한다.

　다음으로 콩나물국 이야기이다. 아마도 겨울이지 싶다. 점심시간에 싸 온 도시락을 먹을라치면, 이게 차가워서 집밥만큼 살갑지 않았나 싶다. 그 당시 구내매점에서는 과자와 더불어 점심시간 동안 콩나물국을 팔았는데(가격은 기억나지 않음), 그 맛을 기억하는 걸로 봐서 나도 몇 번 먹어 본 적이 있지 싶다. 큰 사발에 고춧가루 풀린 뜨끈한 콩나물국 한 국자를 퍼 주면, 여기에 도시락밥을 말아 먹을 때의 행복감은 지금도 기억이 생생하다. 다만 이런 행복을 수없이 인내했던 이유는 넉넉지 않은 용

돈이 범인이었다. 요즘도 나는 콩나물을 무척 좋아한다. 콩나물국은 물론이고 콩나물무침이 나오면 반찬 그릇을 싹 비울 정도로 즐겨 먹는 편이다. 이때의 아쉬운 추억이 응어리로 남아 있어 그런지는 모르겠으나, 아무튼 콩나물국 내음은 내 입맛을 지금도 자극하고 있다.

마지막은 고등학교 입학시험에서 낙방한 얘기이다. 나름 열심히 공부한다고 했지만, 나는 지역 명문인 전주고등학교 입학시험에서 낙방했다. 무슨 핑계가 필요한 일은 분명 아니다. 내가 부족하고 다른 친구들이 더 열심히 공부한 결과의 증표인 거다. 그럼에도 불구하고 당시 어린 마음의 상처는 오랫동안 떠나지 않은 멍에가 되었고, 한편으로는 채찍이 되었다. 멍에라 함은 다수가 경쟁하는 일에 도전할

중학교 졸업

때면 패배의 경험이 떠올라 심적으로 주눅이 들기 마련이었다는 뜻이고, 채찍이라 함은 다시는 이런 실패를 반복하지 말아야 한다는 생각에 정신무장의 자극이 되었다는 말이다. 그러나 이후에도 수많은 경쟁시험에서 낙방하는 사례도 종종 겪었고, 또 한편으로는 첫 시험에 합격하는 일도 겪게 됨으로써, 이러한 멍에도 이제는 아련한 추억으로 남게 되었다.

평생 친구를 만남 🌿

어찌 됐든 가까이 있는 고등학교 입학에 실패하고, 2㎞ 남짓한 거리를 매일 등하교하는 고달픈 고등학교 생활을 3년 동안 보내야 했다.

고등학교 시절은 많은 것을 배우고 체화하는 시간이었지만 몇 가지 기억에 남은 일을 얘기하자면, 먼저 친한 친구들과의 만남이다. 나(전주)를 포함하여 김○○(익산), 이○○(군산), 장○○(정읍) 이렇게 넷이서 평생 친구로 남을 사총사가 결성된 것이다. 고등학교 2학년 시절 같은 반 친구로서 서로 의기투합하고, 격려하며 본가를 번갈아 방문하여 같이하는 시간이 늘어나면서 우정도 커 갔다. 3학년이 되자

고등학교 3학년

반이 갈려서 흩어졌지만, 지금도 깊은 우정을 간직하며 연락하고 지내고 있으니, 참다운 벗들임에 틀림이 없다.

그렇게 죽고 못 살 것 같던 사총사의 우정도 졸업하자 각자의 대학 생활로 뿔뿔이 흩어지게 되었고, 만남의 간격도 길어졌다. 나는 전주 소재의 ○○대학교 화공과로 진학하였고, 김○○은 목포 소재의 대학에, 이○

○은 광주 소재의 대학에, 장○○은 울산 소재의 대학에 입학하게 됨에 따라 전국구로 나뉜 것이다. 물론 방학이나 명절 혹은 애경사가 있을 때면 만났지만, 고등학교 시절과는 비교할 수 없는 빈도였고, 더욱이 직장 잡아 은퇴할 때까지 직장에 따른 생활 근거지가 서로 달라 만남의 기회를 회복하기는 어려운 과제였다.

그러나 최근 모두가 퇴직한 뒤로 매월 회비를 조금씩 갹출하여, 만남의 기회를 늘려 보고자 노력하고 있으나, '몸이 멀어지면 마음도 멀어진다'는 말처럼 서로 떨어져 있다 보니, 형편이 나아지기는 힘들어 보인다. 근데 총무야~ 이젠 적립된 금액도 쏠쏠할 터인데, 어찌 가까운 동남아라도 며칠 나가서 그간 못다 한 얘기 보따리를 확~ 풀어야 하지 않을까? 아끼다 ○ 된다~~~

인생의 전환점 🍃

나는 전공인 화학공학과 관련된 직업을 선택하여, 36년을 한 직장에서 일하다 정년퇴직한 뒤, 산업안전 분야에서 컨설턴트로서 인생 이모작의 과실을 경작하고 있다.

돌이켜 보니 이런 인생의 항로에는 부지불식간에 선택의 갈림길을 몇 번 겪은 것으로 생각된다. 첫 번째 갈림길은 고2 때의 야간자율학습이었다. 우리 인생에 있어 고등학교 생활은 예나 지금이나 매우 중요한 시기임은 두말할 나위가 없지 않나 싶다. 사회생활의 밑바탕이 되는 직업을 선택하는 중요한 갈림길에서 방향을 결정짓는 중요한 시기이기 때문이다. 다시 말하면 대학은 크게 문과와 이과로 나뉘어 있으므로, 여기에 맞춰 문과나 이과 중 하나를 선택하여 고등학교 2학년의 반 편성이 이루어지기 때문이다. 물론 같은 계열에서도 어느 대학이며 전공이 무엇이냐에 따라 이후의 삶이 달라지지만, 이런 결정이 시작되는 분기점이 바로 고등학교 시절이라는 것이다.

내가 고2가 되던 해 학교에서는 희망자를 대상으로 야간자율학습을 시작한다고 공지했다. 이과를 선택한 그 당시 나의 성적은 반에서는 10등 내외 학교 전체로는 50등 내외였던 것으로 기억한다(이과는 총 300명 정도?). 나는 야간자율학습에 자원하여 곧 치를 중간시험에 대비했다. 각

과목별로 시간을 할당하여 평소와는 달리 나름대로 열심히 공부했는데, 아무래도 학교에서 공부하다 보니 공부 시간도 좀 더 늘어났고 집중력도 높일 수 있었다. 책방에서 참고서도 구입하여 교과서에서 확인할 수 없는 문제도 점검하는 등, 공부 방법도 다르게 시도했던 것으로 기억한다.

잠시 우스꽝스러운 얘기를 하나 들자면, 이때 구입한 참고서의 책갈피에 '책 속에 길이 있다'는 문구가 쓰여 있었는데, 이 길을 확인하고자 참고서 안쪽을 여러 번 들춰 보고서, '특별한 게 없는데 무슨 얘기야.'라고 의아해했고, 한참을 지난 뒤에야 그 말의 참뜻을 알고 나서 나의 어리석음에 쓴웃음 지었던 웃픈 얘기다.

하여튼 평소와 다른 공부 방법이 통한 것일까 아님 진짜 책 속에서 길을 찾은 것일까? 일정 기간의(한두 달?) 야간자율학습 뒤에 치른 시험에서 성적이 대폭 올랐다. 학교 전체에서 5~6등이었고, 화학 과목은 한 문제 틀렸는데, 화학 선생님께서는 아주 쉬운 것(뷰렛과 피펫의 차이점으로 기억)을 왜 틀렸냐며 칭찬과 더불어 학교 전체에서 최고 점수라고 알려 주셨다. 이후 다소의 부침은 있었지만 상위권 성적을 졸업 때까지 줄곧 유지할 수 있었던 것은, 이때 참여한 야간 학습의 산물이라 생각한다. 특히 화학 시험에서 전교 1등을 차지했다는 점은 큰 자긍심을 갖게 했으며, 이후 대학교 입학 과정에서 전공 분야를 화학 관련 학과로 결심하는 계기도 되었다.

세월은 어김없이 흘러 고3이 되었고, 당시나 지금이나 대부분의 고3 수험생들은 너나없이 하루의 대부분을 공부에 매달려 노력했을 것이다. 지금 돌이켜 생각해 봐도 나도 정말 예외 없이 열심히 공부했다. 이른 아침이면, 눈썹 모양으로 뚜껑이 두 개 달린 책가방에 도시락 두 개와 책이며 참고서를 잔뜩 집어넣어 배불뚝이처럼 빵빵한 책가방을 들고, 2㎞ 남짓 거리를 걸어가서, 저녁 열 시까지 야간자율학습을 마치고 다시 집으로 돌아와 부족한 과목을 보충하는 일과를 반복하던 시기였다.

그때의 대학 시험은 전국적인 예비고사와 대학별 본고사를 치러야 했다. 나는 집안 형편과 실력을 고려하여 ○○대학교 화학공학과에 응시하였는데, 예비고사 성적은 평소의 실력보다 낮게 나왔던 것으로 기억한다. 그러나 입학하고 난 뒤 조교 선생님의 전언에서, 본고사에서 나의 화학 시험 성적이 매우 높아 턱걸이로 합격되었음을 알게 되었으니, 고2 때의 야간자율학습의 결과가 결국 대학 입학의 당락에 결정적인 영향을 미쳤으며, 결국 이 전공 분야가 평생의 업으로 자리 잡도록 갈림길의 나침판이 되었다. 그때는 알지 못했으나 50여 년이 지난 지금 와 생각해 보니, 그때의 야간자율학습이 나의 인생 항로를 결정하는 결정적인 전환점이었다. 또 다른 갈림길은 군대 가는 방법의 선택과 퇴직 준비를 위한 기술 자격 취득에 대한 경험인데, 이는 뒤에서 다시 얘기하련다. 그나저나 그럼 그때 영어 공부에 매진했다면 영문학자가 되었을까??? ㅋㅋㅋ

술과 담배의 인연

생각나는 에피소드 하나를 추가하자. 고등학교 2학년 때인지 3학년 때인지는 분명하지 않으나, 소풍을 다녀온 뒤 친구들과 술은 마신 적이 있었다. 어렸을 때 부친의 심부름으로 동네 가게에서 주전자에 막걸리를 받아 오면서, 그 맛이 하도 궁금하여 이를 조금 마셔 본 것이 술에 대한 나의 첫 경험이었다. 뭐 이를 두고 술을 마셨다고 말하기는 좀 거시기하니 맛을 보았다는 쪽이 맞지 싶다.

그러므로 참다운 의미에서 술을 처음 마셔 본 것은 이때 소풍을 다녀온 뒤라고 할 수 있다. 어느 정도 마셨는지는 기억나지 않으나, 처음 마시는 술이었으니 결코 많은 양은 아니겠지만 아무튼 마신 뒤의 세상은 무척 달리 느껴졌다. 다리에 힘이 빠져 똑바로 걷는 것이 어려웠고, 도로의 길바닥이며 전봇대들이 갑자기 내 눈앞으로 막 다가오는 것을 이상하게 느꼈던 기억이 생생하다. 이게 술에 취해서 일어나는 현상임을 몸으로 체험한 첫 경험이었다.

지금까지 살아오면서 몸을 가누지 못할 정도로 술에 취해 본 적이 많지 않으나, 두 번째 경험은 박사학위 논문의 최종 발표가 끝난 뒤 심사 위원님들과의 만찬 자리였다. 그동안 학위논문 준비와 발표 자료 작성에 심신이 피로한 가운데, 마지막 관문을 통과했다는 안도감과 심사 위원님들의 권유에 좀 과하게 마시게 되었다. 이후 회식을 마치고 집에 도착하게 된 경위는 잘 기억이 나지 않고, 집안의 따뜻한 분위기에 술이 더 올랐는지 모르겠으나, 주변에 있던 가족들에게 그동안의 힘든 과정을 하소연했던 기억이 어렴풋이나마 남아 있다.

나는 이후로 술을 즐겨 마시기는 하였으나, 폭주하는 경우는 거의 없었으며, 주량이 기본적으로 소주 1병 정도는(요즘의 소주 도수로 따지면 반 병은 추가해야 되지 싶다. 순하다는 명목으로 물을 잔뜩 부어서 알코올 도수를 낮추었기 때문으로, 나는 이런 이유로 주점에서 소주를 시킬 때면 가급적 빨간 딱지를 시킨다) 가능하기에 술 권하는 직장 문화에 별 어려움은 없는 편이었고, 술이 어느 정도 차오르면 한계가 왔다는 신호를 몸에서 보내 주었다. 한 잔 더 마시면 몸을 가누기 힘들어지고, 먹었던 음식을 반납할 것 같은 그런 느낌 말이다. 그래서인지 몰라도 나는 술을 즐기는 편이지만 폭주는 하지 않고 지금껏 살아왔다.

기왕에 얘기가 나왔으니 기호식품 얘기를 추가하자면, 나는 고등학교까지는 담배를 피우지 않았고(담배가 기호식품인지에 대해서는 논란이 있으나, 여기서는 속하는 것으로 봄), 대학교 입학해서 '멘솔'이라는 박하 담배를 뻐끔 담배 한 뒤, '솔', '디스', '에세' 정도를 좀 피웠다.

군대 훈련받을 때 '화랑' 담배가 무상 지급되었으나, 너무 독한 맛에 피우지 않고 동기에게 주었다. 다만 직장 생활하면서 제법 피우긴 했으나, 담배를 피우면 가래가 잘 생기고, 머리도 어지러워져 체질적으로 맞지 않왔다. 그러나 직장 동료들과 같이 '고스톱' 치거나, 업무로 스트레스를 받으면 한두 개비 얻어 피웠고, 대신 나중에 한 갑씩 사서 대갚음하였는데, 얻는 횟수가 많다 보니 이게 좀 창피하다는 생각이 들었다. 아울러 담배 피우는 습관은 자녀에게 결코 모범적인 아빠의 모습이 아니라는 판단에서 40세 되기 전에 금연했다. 이후 지금까지 금연을 실천하고 있으며, 요즘은 길거리에서 한참을 떨어져 누군가가 담배를 피워도, 그 냄새를 바로 알아차릴 정도로 담배로부터 정화된 삶을 살고 있다.

금연과 관련된 또 하나의 얘기는 직장 부서 내에서 '금연계'를 추진한 내용이다. 금연계란 담배 피우는 사람들을 모아서 의무적으로 10만 원씩 각출한 다음, 최초 정해진 기간만큼 금연을 실천하되, 기간 중 담배 피우다 걸린 사람은 퇴출당하고, 끝까지 금연에 성공한 사람이 남아 있는 돈을 서로 나눠 가지는 방식이다. 나는 원래 담배를 피우지 않았으나 금연계를 제안한 사람이고 부서장으로서, 금연 활성화를 목적으로 10만 원을 기증하여 계가 추진되었으나, 일부 몰지각한(?) 직원들이 끽연 발각을 서로 봐 주기 하는 등 금연에 대한 의지가 미약하였고, 또 개인적 기호를 팀장이 강압할 수도 없는 사안인지라, 결국 금연계는 1회를 끝으로 유야무야 사라지게 되어 개인적으로는 매우 안타깝게 생각되었다.

하물며 가족인들 그냥 지나칠 수 있겠는가? 하여, 친형에게 금연을 권고하였으나, 본인의 고집은 쉽게 꺾이지 않았다. 그래서 금연계처럼 당근이 필요하다 싶어 금연에 성공하면 그 보상으로 금일봉을 대령하겠노라고 약속했는데, 얼마나 지나지 않아 형이 금연을 시작하였고, 벌써 상당 기간이 경과하여 금연에 성공했다는 소식이 전해졌다. 물론 건강 문제로 방문한 병원에서 의사 선생님의 금연 권고가 절대적인 계기였다고 여겨지나, 나의 권고도 미력하나마 자극이 되었음에 틀림이 없을 터인지라 약속대로 금일봉(아마도 20~30만 원으로 기억함)을 전달했다. 다음으로 막냇동생에게도 이를 공표하였더니, 의욕이 동했는지 얼마 후 동생도 금연에 성공했으니 선물을 달라 했다. 당연히 금일봉(형과 같은 금액)을 전달하였고, 지금까지 우리 형제들 모두는 담배 없는 청정 가문으로 지내고 있으니, 이 얼마나 '클린 패밀리'의 선봉장이란 말인가? 이런 가족 분위기 조성에 조금이나마 나의 기여가 있었다는 긍지에 가슴 뿌듯함을 느끼게 된다(ㅋㅋㅋ). "유스 패밀리 파이팅!!!"

　아무튼 금연한 뒤 나는 건강 측면에서는 목에서 가래도 덜 나왔고, 가정에서는 집 안의 공기가 청정해졌다. 특히 나이 들어 노년이 되면 할아버지 몸에서 나는 냄새 때문에 손주들이 잘 다가오지 않는다고 하던데, 가장 큰 원인 중의 하나가 담배 냄새 때문일 거라는 확신이 들어, 주변인들에게 금연을 권고하는 이유의 하나로 이를 들기도 했다. 그럼에도 불구하고 나의 외손주는 아주 살갑게 다가오지 않는데, 아직도 내게 담배 냄새가 남아 있는 것일까? 아니면 다른 이유가 있는 걸까? ㅋㅋ

청춘의 시작, 종교 탐색 🌿

다시 시곗바늘을 대학 시절로 되돌려 보자. 드디어 청춘의 심볼이자 꽃인 캠퍼스의 생활이 시작되었다. 그땐 교양과정이라고 해서 모든 전공학과가 섞인 반 편성으로 1학년 과정을 이수한 뒤, 2학년부터 본격적인 전공 과정이 시작되는 식의 학사 운영이었다. 지금 교양과정을 떠올릴 때 가장 기억에 남는 과목은 철학이다. 이제 좀 머리가 컸다 싶으니 삶, 존재, 사랑, 믿음 등에 대해 어쭙잖게 알고 싶고, 정의하고픈 시절이었고 이들 주제를 일깨우는 모멘텀이었기 때문이다. 《짜라투스트라는 이렇게 말했다》, 《이방인》, 《어린 왕자》 등 나름대로 알려진 책을 강독하려 했으나, 그 뜻을 이해하고 해석하기엔 너무 어려워 몇 번이고 뒤적거렸던 기억이 남아 있다. 특히 신앙에 대해서는 참된 인생을 위해 꼭 알아보아야 할 명제로 인식하여, 불교, 기독교, 천주교를 한 번씩 경험해 보고, 이들이 무엇을 추구하는 종교인지 알고 싶은 호기심이 발동했다.

그 첫 번째 시도로 천주교를 알아보기로 했다. 이는 내가 유아였을 때 어머니께서는 정읍의 한 성당에 다니면서 나의 유아세례를 받으셨고, 이때 세례명이 '비오'라는 것을 커 가면서 가끔씩 일깨워 주곤 하셨기 때문이다. 이것이 가톨릭과의 첫 번째 인연의 빌미가 된 것이다. 어머니가 밀가루 신자(6.25 전쟁 이후 입교자를 대상으로 빈민 구제의 일환인 밀가루 부대를 나누어 주었다 해서 붙여진 말)이신지는 가늠할 수 없으나, 내가

나의 소풍길 아토

커 가면서 어머니가 성당에 다니신 것을 본 기억은 별로 없다. 다만 형부터 막내까지 세례명만큼은 꼭 챙기신 것은 하느님에 대한 어머니의 신앙심의 발로로 여길 뿐이다.

아무튼 이런저런 이유로 천주교를 알아보고자 근처에 사시는 신자분의 안내로 미사에 참여했고, 청년 모임에도 참석했다. 그러나 미사 시간에 옆쪽에 앉은 다른 신자들은 앉았다 일어났다를 반복하며, 무슨 기도문을 주저리주저리 암송하는데, 나는 아무것도 모른 상태에서 이를 따라 하기는 무척이나 이질적이고 소외감을 느끼기 충분했다. 이런 생경함은 그동안 유아세례를 받게 하셨고, 커 가면서 "너는 성당에 꼭 가야 한다"며 이르신 어머니의 말씀을 거스를 수밖에 없을 정도로 큰 비중으로 다가왔다. '아~ 결국 천주교는 나한테 맞지 않는 종교다.'라는 생각에 이르게 되었다.

당시 대학교에는 다양한 서클(동아리)이 있었고, 자신들의 서클에 가입하도록 격려하는 각양각색의 모집활동은 예나 지금이나 다를 바 없지 않았나 싶다. 그러나 나는 이런 서클에는 별로 흥미를 느끼지 못하였고, 또한 천주교 엿보기가 마음에 차지 않은 상태인지라, 종교 탐색의 다음 대상으로서 교회를 선택하였다. 그래서 종교 서클 CCC(한국대학생선교회, Campus Crusade for Christ)의 문을 두드렸다. 나와 비슷한 열정과 고민을 가진 젊은이들이 한자리에 모여 성경에 기반하여 서로의 생각을 나누면서 희망을 담아 하느님께 기도하고, 밝고 경쾌한 가스펠송으로 찬미하는 시간은 하느님과 교감할 수 있는 좋은 영적 시간으로 다가왔다.

이에 따라 집 근처에 있는 동부교회 대학반에도 참석하게 되었고, 제법 독실한 신자(자칭)가 되기에 이르렀다. 특히 1970년대 후반 여름방학에는 CCC에서 주관하여, 충북 심천 미루나무 섬에서 개최되었던 대학생 수련회에 참석하였는데, 그때의 은혜로운 신앙적 경험과 동년배 대학생 공동체와의 교감은 영적 성장에 좋은 계기가 되었고, 지금 생각해도 신비로운 경험이었다.

이렇듯 교회에 열심이다 보니 당초 종교 탐색의 대상으로 선정했던 불교에 대한 호기심은 유야무야 무산되었다. 믿음도 한때의 뜨거운 냄비 근성이 아니었을까 싶다. 대학교 3학년이 되고 ROTC에 지원한 뒤로도 교회에 나갔으나, 졸업 후 군복무 시기에는 별다른 이유 없이 교회와 점점 멀어졌고, 결혼 이후에는 천주교로 회두했는데, 이 얘기는 뒤쪽 꼭지에서 담기로 하자.

촌놈의 첫 타지 여행 🌿

　창피한 일이 하나 더 있다. 나는 대학생이 되기까지 전라북도의 울타리를 벗어난 적이 한 번도 없었다. 방문했던 지역은 외갓집이 있던 고창과 고등학교 단짝 친구들의 집을 방문하기 위한 군산, 정읍, 익산으로서 모두 전라북도 안에 있는 지역이 고작이었다.

　바람이 현실이 되었을까? 대학교 2학년 여름방학이 되자 같은 화공과 친구 '원○○'와 함께 의기투합하여 배낭여행을 계획했다. 전주에서 서울을 거쳐 대구, 경주, 부산에 이르는 여정으로 기억하는데, 태어나 처음으로 고향 땅을 벗어나는 여행이었고, 친구의 친척 집에서 신세 지던 미안함이 남아 있고 경주의 어느 쉼터에 텐트치고 자면서 모기떼의 습격으로 밤잠을 설쳤던 기억이 또렷하다. 이때 처음으로 다른 지역에도 나와 같은 사람이 살고 있으며, 책에서 봐 왔던 건물이며 유적지 등이 그곳에 자리하고 있음을 확인하였고, 고향 땅과 달리 근대화의 물결에 한발 앞선 지역도 있음을 체험하는 소중한 시간이 되었다. 다만 최근에 사진 앨범을 찾아보았으나, 이때 찍은 사진은 한 장도 남아 있지 않았다. 아마도 당시에 카메라 없이 여행을 다녀왔지 싶다. 지금은 휴대폰만 있어도 모든게 가능한 세상이 되었지만, 그때의 흔적을 찾을 수 없음이 매우 안타까울 따름이다.

나는 초중고를 다니며 수학여행의 기회가 여러 번 있었지만 한 번도 참여한 적이 없다. 가정 형편이 그리 넉넉하지 못한 탓이지만, 한편으론 부모님께 수학여행을 보내 달라고 조르기도 내키지 않았기 때문이다. 따라서 대학교 2학년 때의 배낭여행을 통해 그간 타지 여행에 대한 애석함을 조금이나마 달랠 수 있어 다행이었다, 미국이며, 유럽이며 동남아 등 온 세상을 넘나드는 요즘과 견주어 보면 격세지감 그 자체의 표본이다.

나의 소풍길 아토

우리 가문은 특수부대 명문가 🍃

앞서 군대 얘기를 좀 했으나, 이걸 좀 더 얘기해 보련다. 따져 보니 우리 집안의 남자들은 특수부대 출신이 대부분이다. 먼저 아버지는 정읍에서 정비소 하실 때, 오른쪽 검지를 사고로 다치셔서 군 징집면제 판정을 받으셨고, 작은아버지는 '카투사'로서 군대를 다녀오셨으니 평범한 군복무는 아니었다. 이어진 후대의 경우 나를 포함한 삼 형제 중 형과 동생은 장정이 못 될 신체 등급으로서 '방위병'으로 복무했으며, 나는 육군 장교 (ROTC)로 복무하였으니 이 또한 평범한 군 이력은 아니다. 이후 세대인 아들 세대를 살펴보면 아들은 전문연구요원으로 근무하고 있어 3대에 걸친 특수부대 명문가의 일원이 되었으나, 동생 아들(조카)은 육군 병장으로 만기제대 하였으므로 특수부대를 면제받은 유일한 가족이 되었다. 그러니 이를 한마디로 이른다면 '우리 가문은 특수부대 명문 패밀리'라 하여도 손색이 없는 말이다.

병역의무! 대한민국의 신체 건강한 대학생이라면 입학 후 겪는 고민 중의 하나임은 틀림없는 일이다. 나도 예외일 수는 없어, 학부 시절 많은 고민을 했다. 2학년 마치고 군에 입대하는 방안과 ROTC에 입교하여 학사를 마친 뒤에 입대하는 방안 중에서 어떤 선택이 최선일까? 고민했다. 앞에서 말한 바와 같이 평범하기를 거부하는 명문가(?)의 피를 거역하지 못할 만큼 지엄하심이 우선이 되었다. 캠퍼스 내에서 각두기 머리에 "단결,

단결." 하며 경례 구호를 외치는 장교 후보생이 좀 머쓱하게 보이기도 했지만, 초등학교 때 연필 사건의 후유증인지 몰라도 소극적인 대인관계를 극복하려는 의도에서 사병을 지휘할 수 있는 장교로 복무하는 쪽에 관심이 쏠렸고, 사병으로 입대하는 방안은 차선책으로 밀렸다. 하여 '학생군사훈련단(ROTC: Reserve Officers' Training Corps)'에 지원하여 3배수의 강력한(?) 경쟁을 뚫고 입교하게 되었으니, 지금 와 생각하니 이 또한 인생의 갈림길에서 중요한 변수의 하나였다.

고등학교 시절 화학 시험에서 우수한 성적을 거두어 이것이 화학공학과 입학에 큰 도움이 되었음은 앞에서 얘기한 바 있다. 2학년부터 전공과목 위주의 학부과정이 시작되었고, 학교 도서관에 비치된 전공 서적을 들춰 보면서 나름대로 열심히 공부하였는데, 그 결과 2학기 성적은 한 과목만 B 학점이었고 나머지 모두 A 학점을 받아 장학금 수여의 성취감을 맛보기도 했다. 고등학교에서 경험한 바와 같이 한번 좋은 성적을 거두게되면, 이것이 효과적인 학습 방법을 깨우치는 원동력으로 작동한 것인지는 모르겠으나, 이후에도 좋은 성적은 유지되었다. 2학기 성적 이후인 3, 4학년에서도 앞선 만큼의 성적은 아니어도 좋은 성적은 계속 이어졌다.

ROTC 훈련의 경우, 3학년과 4학년 여름방학엔 4주간의 하계 입소 훈련을 이수해야 했다. 장교로 임관할 때 '군사학'의 실전 평가 및 필기시험을 종합한 성적에서 학군단 내에서 우수 후보생으로 선발되었고, 그 결과 임관 시에 '육군 전투병과사령관 상'을 수여하는 영광을 안게 되었다. 아울러 매우 빠른 군번이 할당되어(ROTC 군번은 임관 시험 성적순으로 할

나의 소풍길 아토

당되나, 빠른 군번에 따른 혜택이 없어, 보통 후보생들은 묵직한 군번을 선호함) 자대배치 시의 신고자는 군번이 빠른 장교인 내가 전담해서 치르는 웃픈 일도 겪었다. 희망 병과는 1순위로 포병을 2순위로 화학 병과를 신청하여, 포병으로 선정되었다. 임관 시험의 성적이 이렇게 좋을 줄 알았다면, 편하기로 소문난 '화학병과'를 신청할 걸 하는 아쉬움도 있었지만, 2년 4개월의 장도를 기약하며 입대했다.

2년 뒤 석사를 예약 🌿

지금 돌이켜 생각해 보면 선견지명의 판단이었다. 대학교 4학년 졸업 반으로서 졸업과 동시에 장교로 입대할 상황에서, 석사과정에 응시하였고 다행히 합격했다. 당시 대학원 입학은 혼자의 고민 끝에 내린 결론이었지만, 2년 뒤 제대할 때, 국내 경제 여건이나 개인적인 사유로 취직이 어려운 상황이 되거나 전공분야 공부를 더 하고 싶은 의욕이 커지는 상황이 된다면, 석사과정에 복학하여 더 좋은 미래를 설계하고 전공에 대한 깊이도 채울 수 있다는 복안을 염두에 둔 결정이었다.

대학교 졸업

문제는 등록금이었다. 당시에도 집안 형편은 나아지지 않아 학부과정도 어렵게 마쳤는데, 석사과정의 등록금 마련은 결코 쉬운 문제가 아니었다. 여기서 혹시 고등학교 사총사 친구 중 일부는 서운하게 생각할지 모르겠으나, 친구 김ㅇㅇ의 도움을 얘기하지 않을 수 없다. 당시 친구는 ㅇㅇ대학을 졸업하고, 외항선의 기관사로 입사하여 수입이 있는 상태였다. 그 무렵 어느 날 나의 사정을 알아챈 친구는 등록금에 써 달라며 거금(20~30만 원으로 기억)을 챙겨 주는 것이 아닌가! 아무런 조건도 없이 단지 친구의 공부에 도움이 되고 싶다는 진정 어린 우정

나의 소풍길 아토

의 발로였다. 훗날 내가 취직한 뒤, 그 돈을 되돌려주면서 마음의 빚을 일부나마 내려놓았지만, 어찌 이게 금액으로 따질 일이던가? 나는 이 친구만 생각하면 늘 그때의 고마움을 간직하려 마음을 고쳐 잡게 된다. 이 글에서 다시 한번 친구의 속 깊은 배려에 머리 숙여 감사한다. 친구야! 정말 감사하고 고마웠다…….

이렇게 석사과정의 입학금을 납부한 뒤, 휴학한 상태로 입대했다. 아뿔싸! 2년 뒤 우려가 현실이 된 얘기는 여기선 후일담으로 남겨 두자.

장교 생활의 역마살 🍃

병과는 포병으로 배정되어 임관 교육은 포병학교가 있는 광주 상무대에서 받았다. 전주에서 광주까지 이동할 입영열차에 올라타고서, 친구와 식구들이 환송의 손을 흔드는 모습을 볼 때 울컥했던 추억이 남아 있다. 지금 와 생각하니 이 대목은 '김광석' 가수가 부른 〈이등병의 노래〉가 살짝 오버랩되면서, 나는 사내가 우는 약한 모습을 절대로 보이지 않겠다는 한때의 다짐이 무색하게 되어 아주 겸연쩍어 보이는 장면이 되었다.

광주 포병학교의 생활은 뭐 군대 생활이니 다시 강조할 필요 없이 힘들고 피곤한 일과의 연속이었다. 일정 기간 동안 외출·외박이 통제되었고, 한 달 이후 주말에는 외박이 허락되어, 전주 집에 들러 생기를 보충하고 귀대하는 일정이 계속되었다.

지나고 보니 하나의 즐거운 추억거리가 되었으나, 포병학교 교과 중에서 예전 기수까지는 없었던 유격훈련이 추가되어 겪은 일이다. 유격훈련은 출발 전날 자정쯤에 완전군장을 꾸려 행군길에 오르면서 시작되었다. 한참을 등짐 무겁게 올라 무등산 정상에서 해 뜨는 모습을 바라본 뒤, 저녁 무렵에 동복유격장에 도착하였고, 다음 날부터 올빼미 훈련을 빡세게 받은 데 이어 에펠 훈련, 참호 훈련, 외줄 건너기, 추락 훈련 등 체력의 한계를 뛰어넘도록 1주일 동안 기를 쏙 빼놓고, 살아 돌아왔다.

나의 소풍길 아토

죽다 살아 돌아와 다행이다 싶
었는데, 얼마 지나지 않아 너무도
잘 알려진 5.18 광주 민주화운동
이 발발했다. 그해 6월까지의 임
관 훈련을 한 달 남짓 남긴 도중에
벌어진 일이다. 우리는 상무대 울

포병학교 훈련

타리 내에서 아무런 정보도 없는 상태로 외출·외박 통제는 물론, 완전군
장의 상태로 비상대기를 유지하면서 훈련 일정을 소화하는 시간이 지속
되었다. 하늘에서는 헬리콥터 소리가 요란했고, '불순분자의 폭동으로 인
해 군인과 시민의 상호 총격으로 몇 명이 죽었다'는 등의 소식을 귀동냥
으로 얻는 정도였다. 얼마나 지났을까 외박이 허용되자, 전주로 가기 위
해 광주 고속터미널로 향하였으나, 신기하게도 소요 사태에 따른 상흔은
별로 눈에 띄지 않았다. 이후 얼마 지나지 않아 6월 말이 되자 각자의 부
임지가 발표되었다. 나의 부임지는 후방 지역인 36사단(안동)으로 배정
되어 현지로 향했다.

당시 전주에서 안동으로 가려면 전주·대구 간 고속버스를 타고 3시간
40분 정도를 이동해서, 다시 대구·안동 간 직행버스를 2시간 20분 정도
타야 목적지에 닿을 수 있는 먼 나라였다. 이후 88고속도로가 건설되면
서, 그간 대전을 거쳐 대구로 이동하던 고속버스는 남원을 거쳐 대구로
가는 88고속도로를 이용하게 되었지만, 동서 화합이 멀게만 느꼈던 당시
에 전주·안동 간 이동은 전방 못지않은 격오지였다.

역마살이 끼었는지 2년 동안의 짧은 복무 기간임에도 여러 가지 변화무쌍한 일들이 나를 기다리고 있었다. 하나는 국방부의 향토사단 재편성 계획에 따라, 최초 임지였던 36사단의 포병대대에서 바로 옆에 주둔하고 있던 예비사단인 66훈련단으로 전속 발령을 받은 일이고(소위 시절로 기억), 두 번째는 당시에는 대학 신입생에 대해 5일 동안의 '병영 집체 훈련'이 시행되고 있었는데, 병영 집체 훈련의 주관 부대인 50사단(대구)에서 집체 훈련에 필요한 훈육 장교가 부족하여, 인근 부대에서 근무 중이던 내가 구대장 요원으로 차출되어 파견근무(중위 시절)한 일이다. 마지막으로는 제대를 준비하던 막바지 시절에 근무 중이던 66훈련단이 후방 지역 군부대의 재편성으로 인해 전방 지역으로 재배치된(제대를 앞둔 시점) 일이다.

두 번째 역마살의 경험인 '병영 집체 훈련'에 대하여 좀 더 자세히 설명하면 이렇다. 당시 대구 지역에 입학한 1학년 남학생들은 모두 5일 동안 입소하여 병영 훈련을 의무적으로 받되, 대신 일정 기간의 군복무 단축 혜택을 받도록 하는 병영 집체 훈련 제도가 시행 중이었다. 여기서 나는 훈육 장교로 파견되어 입소한 대학 신입생의 내무생활 전반과 교육 훈련장까지 안전한 이동 등을 지휘 통솔하는 업무를 수행하는 구대장이었다. 대구 소재 대학의 남자 신입생이라면 모두가 입교하였으므로, 당시 대구 시내 대구백화점 인근 및 동성로 주변으로 외출 나가면, 얼굴도 잘 모르는 남자 대학생들이 "구대장님!" 하며 인사하는 친구들이 제법 있어 때 아닌 유명세를 치르기도 했다. 그런데 이게 끝이 아니었고, 병영 집체 훈련이 끝나자마자 대구 지역 내의 ROTC 후보생들의 '하계 군사훈련'이 시작

나의 소풍길 아토

되었고, 이에 따라 구대장으로 연장 근무하게 됨으로써, 반년 넘게 타 부대인 50사단에서 근무했다.

구대장으로 근무하면서 겪은 잊지 못할 지역감정의 에피소드 하나를 소개하려는데, 한편으론 서글픈 생각을 떨칠 수 없는 일이다. 이는 지금도 가끔 만나는 ROTC 동기생인 최○○ 중위와 얽힌 얘기이기도 하다. ROTC 후보생의 '하계 군사훈련'에서 구대장이 하는 역할은 주로 단체 병영생활의 기본 질서를 훈육하는 일이므로, 이와 동일한 과정을 먼저 겪은 ROTC 출신 선배 장교들이 주로 배치되었다. 최 중위와 나는 ROTC 선배로서 후배에 대한 애정과 함께 나름대로 규율 준수의 엄격함과 내무반 생활의 질서 확립을 위해 훈육에 노력하였고, 필요에 따라 얼차려를 주기도 했다.

그러던 어느 날 나는 아침 조회를 위해 연병장으로 나갔는데, 후보생들이 "앞으로 훈련에 불참하겠다"며 집단 반발했다. 영문을 모르던 나는 도대체 이유가 뭐냐며 간부 후보생에게 별도로 묻자 "선배님은 전라도 지역의 학군단 출신으로서 지역감정을 가지고 자신들에게 무리한 얼차려를 주었다"는 취지로 답변했다. 나중에 확인한 바로는 내가 얼차려를 준 게 아니라 최○○ 중위가 얼차려 준 것을 착각한 것이었다. 정말 황당한 경험으로서 만일 내가 조금이나마 무리한 얼차려를 주었다면, 꼼짝없이 지역감정을 드러낸 행위로 인식될 수 있었다는 생각에 지금까지도 씁쓸한 기억으로 남아 있다.

내가 대학교 2학년 때 배낭여행으로 처음 방문했던 도시였고, 이어 군인으로서 임지인 안동과 대구에서 생활하면서, 한 번도 지역감정으로 인한 불미스러운 일을 겪어 보지 않았던 터라 그 실망감은 너무 컸다. 이후 내가 직장을 잡아 처음 근무지로 발령받은 곳도 대구라서, 이때 경험한 지역감정의 오해를 되새기며 더욱 조심스럽게 근무하였음을 다행으로 여겨야 할지 슬픈 현실로 받아들여야 할지, 아픈 기억의 하나다.

대구 향토사단에서 파견근무를 마치고 66훈련단으로 복귀하여 본부대의 행정장교로 근무하였는데, 앞에서 말한 바와 같이 얼마 지나지 않아 후방 지역 훈련단의 부대 재편성이 확정되어, 이듬해 전반기까지 전방 지역으로 이동해야 한다는 소식이 전해졌다. 제대를 얼마 남겨 놓지 않은 상태에서, 전방으로 부대가 이동하려면 준비에 많은 일거리가 불가피하므로 환영할 만한 일은 아니었다. 결국 경기도 인근 지역으로 부대가 이동하였고, 3~4개월의 남은 군복무를 이동한 지역에서 마치게 되었으니, 역마살이 끼었어도 단단히 낀 모양새였다.

이때가 1980년대 초였다. 제대를 앞둔 동기생들은 벌써 직장을 잡아 사회로 복귀할 준비에 여념이 없었고, 나도 예외는 아니었다. 그러나 이 당시 경제 상황은 그리 좋은 편은 아니었다. 그럼에도 불구하고 장교 출신을 우대하는 몇몇 대기업 집단의 신입 직원 모집 공고에 응시하였으나, 불행하게도 나에게는 면접 기회조차 주어지지 않았다(물론 나의 역량 미흡이 핵심임). 오로지 한군데 대웅제약의 영업직 모집에서 면접 기회가 주어졌다.

나의 소풍길 아토

화공과 출신으로서 제약 회사의 영업직은 전공을 살릴 수 있는 직종과는 거리가 멀었으나, 찬밥 더운밥 가릴 처지가 아니어서 면접에 응시하였는데 결과는 낙방이었다. 그땐 영업직마저 떨어진 것에 매우 낙담하였고, 이런 나 자신의 처지를 무척 비관하면서 제대를 맞이했다. 하지만 다행스럽게도 2년 전 대학원에 등록한 것을 위안으로 삼아 심기일전 재충전의 기회로 복학하는 것이 유일한 대안이었다. 아뿔싸! 졸업하기 전에 대학원 등록할 때의 우려가 현실이 된 것이다.

대학원, 도전의 1년 🍃

대학교 졸업과 군복무까지 마친 상태에서 취직이 되지 않아 대학원에 복학한다는 사실은 심적으로 무척 가슴 아픈 고통의 시기였다. 다행히도 군 생활하면서 적은 봉급을 쪼개어 저축한 게 조금 있어서, 이를 석사과정의 준비금으로 삼아 복학했다. 다 큰 놈이 부모한테 손을 벌려 학업을 한다는 게 자존심 상하는 일이라 여기며, 학비 절감에 최대한 노력하면서 수강과 논문 준비를 이어 갔으며, 특히 전공 및 영어 실력 향상에도 게을리하지 않고, 시간을 쪼개어 공부했다. 또한 당시 집안 사정으로 가족이 전주에서 김제로 이사한 상태인지라 전주·김제를 매일 오가며, 한편으로는 석사학위 취득을 위한 학업과 취업을 위한 전공 실력 향상에 시간을 투자하여 복선을 깔고 생활한 것이었다.

이러한 노력은 복학 이듬해에 결실로 이어졌다. 먼저 기사 자격을 취득하였는데, 첫 번째의 '소방설비기사(1982. 11.)'와 두 번째의 '화공안전기사(1983. 08.)'가 그것이다. 또한 그해 후반기에 입사 지원서를 제출한 3군데(동양○○, 애경○○, 국방○○○)에 합격하여, 최적의 선택지를 두고 행복한 고민에 빠지게 되었다. 최종적으로는 '동양○○'과 '국방○○○'을 두고 고민하나, '국방○○○'의 입사로 결심했다.

이때 '국방○○○'의 입사로 결심한 이유는 '동양○○'의 경우 알짜 기업

나의 소풍길 아토

으로서 급여 수준이 높고 공장이 고향 지역(익산)에 있어 근무 여건은 좋으나, 미래 성장성 측면에서 지방대 출신으로는 한계가 있을 것으로 예상되는 반면, '국방○○○'은 급여가 높지 않고 근무지도 전국에 걸쳐 있어 근무 여건은 좋지 않으나, 미래 성장성 측면에서 자신이 열심히 한다면 지방대 출신의 한계를 극복할 수 있을 것이고, 또한 공공기관으로서 취업 안정성이 보장된다는 측면을 고려한 결과였다.

이때의 고민 끝에 내린 결과는 최근 들어 '신의 직장'이라 불리며 각광받고 있는 공공기관 중의 하나인 '국방○○○'에서 36년의 근속을 무사히 마치고 정년퇴직했으니, 정말 영광스럽기 짝이 없는 일이 되었다.

하지만 석사과정 당시의 상황은 만만치 않은 고통의 시간이었다. 심적으로는 미래에 대한 불확실성을 안고 지내야 했고, 어려운 가정 형편을 감내해야 했던 1년으로서, 훗날을 예비하는 짧지 않은 인내의 시기였음이 분명했다. 그중에서도 아직까지 잊히지 않는 장면 하나를 소개한다. 앞에서 말한 바와 같이 대학원의 일과를 마치고 귀가하려면, 통학을 위해 직행버스 터미널 부근의 식당을 지나쳐야 했다. 그런데 이곳 식당을 지나칠 때마다 풍기는 달콤한 음식 냄새는 젊은 시기의 배고픈 유혹을 떨쳐버리기에 무척 힘든 고통이었으나, 호주머니 사정으로 이내 마음을 가다듬고 탑승구 쪽을 향하곤 했다. 물론 부모님 세대의 보릿고개와는 사뭇 다른 형편으로서 대수롭지 않은 잠깐의 유혹이었지만, 그땐 이게 왜 그리 서글픈 감정으로 다가왔는지 모르겠고, 아직도 그때의 일을 떠올릴 때면 가슴 한쪽이 울컥해진다. 어쩌면 내 인내심의 한계가 거기까지였는지도 모를 일이다. 그런데 갑자기 만두 생각이 나는 것은 무슨 이유일까???

전환기 선택의 중요성 🌿

제대 후 대학원에 복학했고 이후 입사를 결정한 직장 선택에 대해 지금까지 한 번도 후회한 적은 없었다. 다만 그때의 전환기에 혹시 다른 선택을 했었다면, 이후의 인생 항로가 어떻게 바뀌었을까 하는 궁금증은 남아 있었다. 인생이란 게 What if라는 가정으로 시계추를 되돌릴 수는 없지만, 다른 선택이 어떤 결과로 이어졌을까 하는 궁금증은 머릿속에 계속 남아 있었다는 얘기다.

이런 까닭은 입사하려는 직장을 결정할 당시에 '동양○○'과 '국방○○○' 두 군데를 두고 많은 고민을 한 뒤, '국방○○○'을 선택하였음은 앞에서 말한 그대로이다. 그런데 수십 년이 지난 최근에 '동양○○'에 입사한 동문들의 지나온 발자취를 전해 듣고 나니, 혹시 내가 이 회사에 입사했더라면 어찌 됐을까 하는 궁금증이 생겨난 것이다. 짐작건대 그들은 나보다 많은 봉급을 수령했을 터이고, 공장 내에서 가장 높은 자리인 공장장을 역임했으며, 타지가 아닌 고향에서 여유롭게 삶을 이어 왔다는 점에 비추어, 나의 선택에 대한 한여름 밤의 꿈처럼 엉뚱하게 상상한 것이다. 어찌 되었을까나???

또 하나의 상상은 결국 당시에 나의 선택은 석사과정을 마치지 않은 상태에서 직업전선에 뛰어든 길이었으나, 세월이 한참 지나 박사과정을 이수하던 어느 날 들은 얘기 때문이다. 그때 지도교수님은 지나가는 말씀으로 내가 석사과정 도중에 취업한 것을 안타깝게 여겼다는 것이며, 조금 더 참고 대학원에 남아 있었다면 조교로 추천될 수도 있었다며 애석했다고 말씀하신 것이다. 참고로 그 당시 학과의 조교가 된다는 것은 관례적으로 교수 임용의 전 단계로 여기는 시기였다. 특히 그 당시 대학원 학위 과정을 함께했던 후배들은 학위를 받은 뒤 인근 대학의 교수로 임용되었고, 이후 대학의 통폐합이 추진되면서 모교인 화공과 교수로 부임하게 되었으니, 혹시 나도 취업보다는 학위에 뜻을 두고 과정을 좀 더 이어 갔더라면, 어려움은 좀 있었겠지만 지금과는 전혀 다른 인생이 될 수도 있었다는 실현될 수 없는 몽상을 해 봤다. 헐~ 남의 꽃길만을 생각하는 이 아둔함은 언제까지일까나? 아직도 어른이 못 됐네!!!

그러나 전환기 선택에 대한 나의 경험을 통해 나의 2세나 후배들에게 하고픈 얘기는, 인생에 있어서 여러 가지 갈림길을 맞이할 텐데, 이때 너무 서둘러 결정하지 말고 좀 더 신중한 자세로서 높이, 그리고 멀리 바라보는 혜안을 가지고 선택지를 결정하는 게 현명한 방법이 될 거라며 힘주어 말하고 싶다.

과거 어느 전자 회사는 "순간의 선택이 10년을 좌우합니다"라는 광고 슬로건을 내세워 공전의 히트를 쳤다. 인생도 비슷하지 않을까 생각해 본다. 특히 인생은 순간의 선택이 10년이 아닌 평생을 좌우한다는 점에 더욱 신중에 신중을 기해야 한다는 점을 강조하고 싶다.

옛날 자주 다니던 이발소의 거울 쪽 벽면에 '푸시킨'의 시 〈삶〉이 액자로 걸려 있었다. 그 내용이 가슴에 너무 와닿았고, 갈 때마다 쳐다보니 자연스럽게 익숙해져 좌우명처럼 여기고 살았다. 더욱이 마음의 다짐이 필요할 때이면 이를 되새기면서 위안을 삼던 때가 종종 있었다. 오늘도 다시 한번 이를 떠올려 본다. 생활이 그대를 속일지라도~~~

나의 소풍길 아토

다시 방문한 대구에서 직장 생활 🍃

이제 직장 생활이다! 부푼 꿈을 안고 2년 만에 다시 대구 땅을 밟게 되었다. 아는 이 하나 없는 혈혈단신으로 두 번째 방문지인 '국방○○○ 지역 분소'에서 직장 생활이 시작되었다.

'국방○○○'는 군에 납품되는 무기와 물품에 대하여 납품 이전의 품질이 당초 계약서에 명시된 조건과 일치하는지를 보증하는 공공기관이다. 회사 창설 이전에 물 빠지는 불량 전투복이 군에 납품되어, 군수품 품질의 신뢰성 확보가 중요하게 부각되었고, 이에 따라 새로운 기관의 창설에 이르게 되었다. 따라서 나는 창설 초기인 1980년대 초부터 이곳에 몸담게 된 것이다.

막상 타지에서 직장 생활을 하다 보니, 먹고 자는 문제의 해결이 시급했다. 수소문 끝에 사무실 인근 아파트에 하숙집을 구하였으나, 타지 음식에 익숙하지 않은 짧은 입맛으로 먹는 문제가 쉽지 않은 숙제로 남았다.

이때 객지 생활의 어려움을 알아챈 어머니께선 이왕에 직장도 잡았고 결혼할 나이도 되었으니, 아홉수(아홉이 든 나이를 꺼리는 속설)가 되기 전에 결혼하자며 이를 서두르셨다. 나는 원래 숫기가 없어 여자 친구를 사귀어 본 적도 없고, 대학생 때의 미팅에서도 인기도 없거니와 딱히 마음에 드는 파트너도 만나지도 못한 터라, 어머니 의견에 동의할 수밖에 없었다. 그리하여 소개팅도 몇 번 하였고, 결혼 상대자를 찾으려는 방편으로 여기저기에 진담 반 농담 반으로 소문을 냈는데, 결과적으로 지금의 아내와 맞선을 본 것이 계기가 되어, 이후 극초단기의 결혼에 이르렀다. 그러니까 그해 9월 대구로 발령이 났고, 이듬해 1월 15일에 결혼했으니, 이

결혼식

래저래 따져도 4개월 남짓이고, 맞선부터 결혼식까지는 약 2개월 정도가 걸린 셈이지 싶다. KTX를 넘어 적어도 우주비행선 정도의 속도가 아닐까? 그렇지만 인륜지대사를 번갯불에 콩 볶아 먹듯 치른 것은 그만큼 믿는 구석이 있었기 때문인데, 이는 아내를 중매하신 분이 같은 화공과 동기생(전○○)의 모친이셨기에 배우자의 인성에 대한 절대적 믿음이 전제하였기 때문이었다.

　　이렇듯 아내와의 짧은 연애 기간 중에도 한편의 시를 작시하였고 연애 편지도 보냈나 보다. 그간 아내가 보관해 오다 '아토'를 쓴다 하니 최근에야 살며시 책상에 올려놓았다. 첫 번째 글은 아마도 청혼 승낙의 뜻을 아내한테서 듣고 난 뒤, 행복함과 아울러 미래의 삶에 대해 하늘의 뜻을 간구하는 나의 심정을 담은 시이고, 두 번째 글은 발신일을 보니 결혼 전날의 심정을 적어 보낸 편지로 보인다. 지금 보니 잘 다듬어지지도 않은 표현도 섞여 있고, 쑥스러운 면도 있지만 원문 그대로 여기에 남긴다. (제2편, 시, 〈사랑하는 사람아 사랑할 사람아〉 참조), (제3편, 편지글, 〈To ○○에게 (1)〉 참조)

나의 소풍길 아토

첫 직장 생활의 에피소드

신혼집은 회사 인근의 효목동 소재 아파트에 전세를 얻어 마련했고, 1년 남짓 살다가 인근 복현동의 사택 아파트가 배정되어 이사했다. 아내도 나처럼 고향에 있는 대학을 졸업하여, 타지인 대구 생활이 썩 익숙하지 않았을 터이고, 더욱이 내가 출근하면 독수공방하는 처지가 될 수밖에 없었다. 아내는 그 생소함과 외로움으로 당시의 신혼 생활이 아주 힘들었음을 근래에 들어서 추억거리 삼아 얘기한 적이 있었다. 그런데 나는 그런 사실을 전혀 눈치채지 못했으니, 그 무심함도 어지간하지 않았나 싶다. 대구 사택에서 사는 동안 첫째 딸과 둘째 딸이 태어나 소위 '딸딸이 아빠'가 되었고, 이어 1980년대 말 내가 품질보증 업무를 수행하던 전차 궤도 고무류의 방산 전문 업체가 대구에서 인근지역의 공단으로 이전함에 따라, 불가피하게 가족과 함께 그곳의 사택으로 이사하여 살게 되었다.

여기서 첫 직장으로 발령받아 담당했던 업무를 돌이켜 보려 한다. 앞에서 언급한 바와 같이 1980년대 초에 지역 사무실로 발령을 받아, 직장 생활의 첫발을 내디뎠다. 막상 사무실로 출근하여 수행할 업무를 안내받았는데, 크게 보면 두 가지였다. 하나는 상시 업무로서 식품류 군수품에 대한 품질보증 업무였고, 둘째는 현안 업무로서 '품질 세미나 개최'를 위한 실무 준비 담당이었다.

먼저 식품류 품질보증 업무는 군에 납품되는 통조림류, 증식용 건빵, 장유류에 대한 품질보증 업무를 수행하는 업무였다. 여기서 품질보증이란 원자재, 생산공정, 완제품에 대해 계약 품질과의 일치성 여부를 판정하는 업무로서, 이를 위하여 원재료 및 완제품의 적합성 판단을 위해 생산 현장을 방문하여, 시료를 채취하고 공인시험분석기관에 의뢰하여, 그 결과에 따라 합격 여부를 판단한 뒤 증빙서류를 발행하고, 만일 부적합이 발생되면 이에 따른 후속 조치를 수행하는 업무이다.

이때 식품류 품질보증 업무를 수행하면서 겪은 두 가지 에피소드를 소개한다. 먼저 첫째로서 통조림류의 하나인 '소고기 밥 통조림'에 얽힌 이야기이다. '소고기 밥 통조림'이라고 하니, 무슨 이런 통조림이 있나 하며 다소 생소할 수도 있겠지만, 이 제품은 해군 병사들이 함정에 승선하여 장기간의 임무를 수행할 때, 식사 대용으로 간단히 데워서 먹을 수 있도록 사전에 쌀과 소고기 등을 섞어 통조림으로 제조한 것으로서, 통조림을 개봉하면 쌀밥 위에 소고기가 조금 얹혀진 모습의 장기 저장용 식품의 하나다.

통조림 제품의 특성상 뚜껑이 밀봉되어 있으므로, 뚜껑을 따지 않으면 안에 들어 있는 내용물을 확인할 수 없으므로, 통조림의 생산 일정에 맞춰 통조림 안에 들어갈 내용물이 이상 없이 담기고 있는지 확인하기 위해, 간헐적으로 현지에 출장을 나가곤 했다. 어느 날인지는 기억나지 않지만, 그날도 여느 날과 마찬가지로 생산공정을 둘러보면서 이상 유무를 확인하였으나, 특이점이 없어 공장 사무실로 돌아와 잠시 신문을 뒤척이

나의 소풍길 아토

고 있었다. 그런데 공장 사무실 안에 나 혼자밖에 없는 틈을 타서, 통조림 회사의 한 여직원이 나한테로 다가와 숨죽이며 얘기했다. "현장에서 담고 있는 고기를 잘 살펴봐 주세요."라고 말이다. 좀 전에 확인했는데 무슨 문제가 있는 걸까? 하는 의아심을 안고 현장에 다시 가 보았다. 의심의 눈초리로 자세히 살펴보니 고기가 좀 달라 보였다. 그건 바로 소고기가 아닌 돼지고기를 통조림에 담고 있었다. 통조림 제조를 위해서는 고기를 먼저 삶은 다음, 통조림 안쪽의 쌀 위에 얹혀 놓고 증자(스팀으로 찌는 공정) 및 살균시켜야 한다. 생고기가 아닌 삶은 상태의 소고기 육질은 핏기가 가신 상태여서 자세히 보지 않으면, 돼지고기와 잘 구분이 되지 않는 점(물론 먹어 보면 알 수 있겠지만~)을 악용한 것이었다.

이를 어떻게 처리해야 될까? 앞에서 지적한 바와 같이 생산이 완료된 제품은 그 불량 여부를 외관상으로 확인할 방법이 별로 없다. 계약 업체에서는 생산 직원의 실수로 방금 전부터 돼지고기를 공정에 잘못 투입했다고 주장하나, 이를 그대로 믿을 수는 없는 형편이었다. 신입직원인 나로서는 난감한 상황에 처한 것이다. 고민 끝에 부서장에게 상황을 보고한 뒤, 원료 입고에 대한 세금계산서와 이후 생산 일지를 통조림의 제조 일자와 비교 확인하는 방법 등을 총동원하여, 불량 통조림을 제조 일자별로 구분하고, 의심되는 통조림을 개봉하여 확인한 뒤 소가 아닌 돼지가 함정을 승선하는 일이 없도록 최선을 다해 조치했다.

군납하면 떼돈 번다는 낭설이 회자되던 당시였으나, 이처럼 유사한 불공정 행위를 반복하던 이 회사는 결국 도산하였으니, 정의가 결코 멀리 있지 않음을 체험한 사례이기도 했다.

  지난 얘기지만 이 업체를 담당했던 전임자들은 모두 크든 작든 간에 업무 과실에 따른 징계를 받았으나, 나만 겨우 이를 헤쳐 나올 수 있었다. 그런데 만일 이 업체가 도산되지 않았다면 나도 어찌 되지 않았을까 싶다. "지키는 사람 열이 도둑 하나를 못 당한다"는 말이 떠오르는 대목이다. 아무튼 소고기 밥 통조림이 납품된 이후, 잘못된 통조림으로 인해 혹시라도 해군에서 연락이 오지 않을까 한동안 노심초사했던 기억이 씁쓸한 추억으로 남아 있다. 최선을 다해 선별했으므로 이상 없을 것으로 생각되지만, 만에 하나 '돼지고기 밥 통조림'을 드신 해군 장병님이 있었다면, 정말 죄송하게 생각합니다, 최대한 노력했음을 양해해 주세요. 아엠 쏘 쏘리~~~

  둘째로서 8·15 특식인 '카스텔라 빵'에 얽힌 이야기이다. 지금은 바뀐 것으로 알고 있으나, 1980년대에는 광복절이 되면 군인들에게 특식을 제공하는 것이 관례였다. 대게 광복절 1주일 전에 '카스텔라 빵'의 계약 내용(업체, 수량 및 납지 등)을 우리 기관에 통보해 와 담당자는 계약 업체에 가서 생산공정을 확인하고, 완성품에 대해 중량 등 육안검사를 마친 다음, 시료를 채취한 뒤 부대별로 납품토록 행정 조치하면 1단계 업무가 종료되고, 채취한 시료를 공인시험분석기관에 의뢰하여 영양소 등의 이화학 성분을 확인하여 결과가 이상 없는지 2단계 업무를 수행하면 최종적으로 업무가 마무리되는 일이다.

나의 소풍길 아토

'카스텔라 빵'은 계란과 밀가루가 주원료로서, 계란 흰자를 노른자와 잘 분리하여 따로따로 설탕과 우유, 밀가루 등을 잘 섞고 충분히 저어 준 다음, 틀에 넣어 굽는 공정을 거쳐 완성되는 빵이다.

문제는 한 계약 업체에서 발생했다. 앞서 방문한 업체에서는 빵의 맛과 모양, 그리고 중량 등을 확인하였으나, 특이한 문제점이 발견되지 않아 시료를 채취한 뒤 납품토록 조치했다. 그러나 이어 방문한 계약 업체의 빵은 맛은 차치하고 겉모양부터 앞선 업체와는 사뭇 다르게 매우 왜소했다. 이어 개별 중량을 확인하였으나, 규격에 미달된 제품이 상당량에 이르렀으며, 제품의 포장재도 계약서에 명시된 내용과 다른 민수용 포장재를 사용하여, 도저히 납품 조치될 품질에 이르지 못한 상태였다.

앞에서 얘기한 바와 같이 이 제품은 특식으로서 빠른 기한 내에 납품되어야 할 긴급조달 품목이어서, 납기도 매우 중요한 상황인지라 난감한 상황임에는 틀림이 없었다. 계약 업체에서는 일부만 중량 미달이니 납품 처리해 주면, 부대에서 이의 제기하지 않도록 사후 조치할 것이니 염려하지 말고 처리해 달라며 간청했다. 그러나 이는 품질보증을 책임지는 담당자로서는 도저히 묵과할 수 없는 사항으로 판단하여, 부서장에게 보고하였고, 이어 사무실의 모든 동료들이 현장으로 달려와 중량 미달 제품을 모두 선별한 뒤 납품 조치되었다.

나는 납품이 완료된 며칠 뒤 해당 업체의 2층 현장을 가 보았다. 이곳에는 불량으로 선별된 '카스텔라 빵'이 산더미처럼 쌓인 광경이 펼쳐져 있어 마음이 편치만은 않았다. 군납 제품이 시중으로 유통될 수 없어 부득이 폐기 처분한 것이었다. 나를 본 회사대표는 고래고래 소리 지르며 갖은 험담을 늘어놓았으나, 내가 대꾸할 말은 별로 없었다.

며칠 뒤 내가 담당하는 업체가 바뀌었다는 통보를 부서장으로부터 받았다. 부서장 입장에서는 불미스러운 일이 발생한 상태에서 해당 업체와의 업무 추진이 원만하지 못할 것으로 판단하지 않았나 싶다. 아무튼 그간 비전공인 식품류의 품질보증 활동에서 벗어나 화공 품류인 페인트 및 고무 제품을 담당하게 되었으니, 이제야 본격적으로 전공을 살려 업무를 수행하게 되어 한편으로 다행이다 싶었다. 그야말로 전화위복이 아닌가? 이때부터 고무류에 대한 품질보증 업무가 나의 주된 업무로 자리 잡아, 이후 1990년대 서울로 발령받을 때까지 이 업무를 계속해서 수행했다.

앞서 지역 사무실로 첫 출근하여 안내받았던 상시 업무의 얘기가 길어져 현안 업무인 '품질 세미나 개최'에 대한 얘기를 잊을 뻔했다. '품질 세미나 개최'는 회사의 주된 업무인 품질보증 업무를 어떻게 발전시킬 것인지에 대해, 매회 주제를 선정하여 대안을 제시하고 토의하는 것을 목적으로 하는 세미나이다. 당시 6개 지역에서 돌아가면서 개최하였는데, 다가오는 차례가 우리였고 이에 대한 실무 담당의 전반을 내가 수행해야 된다는 것이었다. 이러한 이유로 부서장은 '품질관리 기법'의 연수를 위해 내가 '품질관리 교육'을 다녀오는 게 좋겠다고 했다. 그리하여 입사 이듬해 2월부터 3개월 동안 표준 협회에서 주관하는 'QC 기사 양성 과정' 교육을 서울에서 이수하였다. 아침부터 오후까지 이어지는 교육 과목의 강행군

나의 소풍길 아토

과 그놈의 계산식을 배우고 외우느라 정신없이 지내면서 3개월 과정을 겨우 마쳤다.

교육을 다녀왔으니 당연히 그 성과를 제시해야 하므로, QC 기사 자격증 시험에 도전하였으나 안타깝게도 떨어졌다. 교육과정에서 열심히 공부하였으니 웬만하면 되겠지 하는 자만심이 컸던 게 아닌가 싶었다. 물론 복귀 후 이것저것 밀린 업무를 처리하느라 다소 바쁜 시간을 보냈다는 점도 있겠지만, 어디까지나 이건 핑계다. 그렇다고 이걸 포기할 수는 없는 노릇인지라 복잡한 계산식을 다시 외우고 문제 풀이에 집중하여 재도전하여 드디어 세 번째 기술자격인 '품질관리기사(1985.07.)'를 취득했다. 뒤에서 언급하겠지만 이러한 기사 자격 취득은 정년을 앞둔 시점에서 기술사 자격 획득의 동기가 되었고, 인생 제2막의 소중한 동기를 제공한 셈이 되었으나, 당시에는 그저 단순하게 자격증 하나를 추가하는 의미로 여겼을 따름이었다.

얘기의 주제를 다시 돌려 당초 연수 교육의 목적이었던 '품질관리 세미나'에 대해 말하자면, 결국 세미나는 회사 사정으로 개최가 취소되어, 결과적으로 연수 교육만 다녀온 꼴이 되었다. 휴 다행!!! 세미나 준비에 생고생할 뻔했는데~~~

한편으로 당시는 석사과정 도중에 취업하였으므로, 남은 수강 과목의 이수와 논문 작성도 해야 석사과정을 마무리할 수 있었다. 다행히 부서장께 이런 사정을 말씀드려, 대학원에 등교할 시간을 일부 할애받을 수 있었다. 이미 1년의 과정을 마친 상태이므로 수강할 과목이 많지 않았고, 같은 연구실 선배의 도움으로 석사논문을 제출하여 1980년대 중반에 석사모를 쓸 수 있었다.

석사학위식

나의 소풍길 아토

전차 신발의 개선 🍃

　지역 사무실에서 식품류에 이어 궤도 고무류의 품질보증 업무를 담당하였고, 이 업체의 공장 이전에 따라 이사가 불가피했다는 사연은 앞에서 얘기했다.

　궤도 고무란 전차나 장갑차에서 사람의 신발과 같은 기능을 수행하는 제품이다. 기관총이나 포를 장착한 육중한 상태로 냇가나 야지 등 험로를 망라하여 신속히 이동해야 하는 무기체계의 특성상 오래 신을 수 있고(내마모성) 착용감 있는(유연성) 신발이 좋은 신발이 될 수 있을 것이다. 궤도 고무는 크게 로드 휠(Road wheel: 자동차의 바퀴에 해당되는 보기류)과 트랙 슈(Track shoe: 로드 휠의 하부 회전면으로서 스프라켓 구동 궤도의 구성품) 및 패드(Pad: 노면에 직접 닿는 신발의 밑창 부분)로 구분된다. 특히 포장도로를 주행하는 경우, 전차나 장갑차의 패드가 금속 소재로 되어 있으면(러시아의 경우) 포장도로의 손상이 불가피하므로, 대부분의 국가(미국, 유럽, 한국 등)에서는 고무 재료를 사용하는 것이 보편화되어 있다.

　그러나 1980년대 당시에는 육중한 무기체계가 탑재된 상태로 빠른 이동을 요구하는 전장의 특성을 만족할 만큼, 궤도 고무의 내구성(수명)은 충분하지 못했다. 다시 말하면 전차와 장갑차의 야지 등 험로 주행에 따른 신발(궤도 고무류)의 수명이 요구수준에 미치지 못했다는 것이다. 특히 로드 휠은 주행 중에 휠에서 고무가 이탈(박리)되는 현상이 자주 발생하였고, 트랙 슈 및 패드는 조기 마모 현상(Chipping & Chunking)이 기동력 제한의 주된 요인이었다. 내가 담당하고 있는 업체에서 군에 보급되는 모든 궤도 고무를 독점 생산하는 상황에서, 군의 지속적 요청과 품질보증의 담당자로서의 책임감이 이들 궤도 고무류의 성능 개선에 관심을 가질 수밖에 없었다.

궤도 고무의 내구 성능 향상 노력은 크게 로드 휠의 고무 이탈 현상 해소와 트랙 슈(패드)의 조기 마모 현상 해소에 주력했다. 이를 위한 방편으로 고무 재료에 대한 전문 서적 구입과 공부를 시작했고, 실제 사례를 수집하기 위해 '국방기술협력협정'의 통로를 활용하여 선진국인 미국의 '궤도 고무 주행시험 보고서'를 다수 확보했다. 또한 당시 품질 수준이 가장 높은 것으로 알려진 독일 딜사(Diehl)의 제품을 입수하여 고무 배합의 차이점을 분석하는 등 다방면으로 노력했다.

이렇게 확보한 기술 검토 내용을 바탕으로 로드 휠 고무의 이탈 현상은 반복하중에 따른 발열 현상(Heat build up)이 주된 원인으로 파악되어, 고무와 알루미늄 휠의 접착고무 개선(Tie gum

전차 궤도 고무 성능 향상 점검

제외, 금속면 Shot 처리)에 역점을 두어 개선 제품을 도출하였고, 이를 기존품과 비교하여 내구시험을 실시한 결과, 개선품의 우수성을 입증할 수 있었다.

한편 트랙 슈의 조기 마모 현상은 성분이 다른 여러 가지 형태의 배합고무를 만들어 시험실에서 마모시험을 통해 최적의 배합을 선정한 다음, 이를 트랙 슈 제품으로 제조한 다음, 군부대에서 기존품과 개선품을 혼합 장착하여 군부대 주행시험을 거쳐 조기 마모 현상의 개선 효과를 평가했다.

위와 같은 노력 끝에 로드 휠과 트랙 슈의 품질개선이 성공적으로 완수되었고, 이 결과를 회사 내의 기술 제안으로 제출하여 은상(당시 금상은 없었고, 제출된 제안서의 건수 및 가용 예산 등의 상황에 따라 등급을 선정하였음. 결국 금상 같은 은상이라는 말씀ㅋㅋㅋ), 동상 등을 수상했다. 이를 통해 군부대의 궤도 고무에 대한 불만이 상당 부분 해소되는 성과를 거두어 국방 분야 무기체계의 신뢰성 제고는 물

제안상 수상패

론 국가 예산 절감에 나름대로 기여했다는 자부심을 갖게 되었다. 물론 지금은 더 발전된 고무 기술이 적용된 궤도 고무가 납품되고 있겠지만, 여기에 일정 부분 나의 노력이 밑바탕이 되었음에 긍지를 느낀다.

삼중고를 이겨 내다 🌿

인근 공단의 사택으로 이사 갔던 1980년대 후반부터 1990년대 중반 서울의 시험분석실로 이동할 때까지, 30대의 청춘을 불태우면서 바쁘고 힘들며 보람찬 시간을 보냈다. 바로 직장 생활과 학교생활 그리고 가정생활을 이어 가야 하는 삼중고의 어려움을 견뎌 내야 했기 때문이다.

특히 근무지에서 전주까지는 이동 거리도 만만치 않고, 논문 주제를 선정하여 실험하고 그 결과를 제출하는 여건도 간단치 않을 것으로 생각하여, 1980년대 중반에 석사과정을 마친 이후 박사과정의 입학은 단념한 상태였다. 그런데 명절 때 인사차 방문했던 지도교수께서 "웬만하면 박사과정에 들어오는 게 좋지 않겠나?" 하시며, 여러 번 조언의 말씀을 해 주셨다. 이런 자극에 힘입어 1980년대 후반에 박사과정에 입학하였다. 다행히도 부서장의 배려로 박사과정의 과목 이수는 마칠 수 있었으나, 문제는 논문의 주제 선정과 실험이었다. 더욱이 박사과정 도중에 지도교수님이 별세하여, 논문 주제의 변경도 불가피한 상황에 이르렀다.

벌써 시간이 흘러 1990년대 초로 접어들어 박사과정을 마무리해야 할 시기가 다가왔다. 그런데 여러 가지 상황을 고려할 때 박사논문을 쓸 수 있는 분야는 고무와 관련된 주제밖에 생각나지 않았다. 더욱이 궤도 고무류의 문제점 해결을 위해 외국 서적과 미국의 사례를 수년 동안 수집하여 살펴보고 공부해 왔던 터라, 이 분야에 대해서는 어느 정도 자신감이 충만한 상태이기도 했다. 또한 업무를 전담하고 있던 고무 업체에 각종 실험 재료와 제조 장비도 갖추고 있어, 일부 시험분석 장비만 외부에서 활용한다면 논문 작성이 충분히 가능할 것으로 판단되었다. 특히 고무와 관련된 대기업 연구소에 동기생이 근무하고 있다는 점도 가능성을 높여 주었다(친구 전○○ 사장 생유~). 그래서 이런 상황을 지도교수께 말씀드려 논문 주제를 확정할 수 있었다.

논문 주제가 선정되자 이후 세부 실행계획은 착실하게 진척되었다. 먼저 두 고무 재료의 블렌딩을 통한 특성 변화에 대해 실험계획을 세우고, 원료 고무를 배합하여 내부 기초 시험과 외부 분석 시험을 거쳐 논문 작성의 단계별 성과를 도출할 수 있었다. 공학 분야에서 박사학위를 취득하기 위해서는 독자적인 실험 결과가 도출되어야 한다는 게 나의 생각이다. 그 결과가 세계적인 수준 혹은 세계 최초의 결과는 아닐지라도, 적어도 그간에 없었던 결과를 과학적 근거를 통해 도출했다는 것을 내세우는 것이라고 말이다.

이러한 점에서 나는 자부하고 있다. 왜냐하면 나는 내 논문작성의 첫 기획 단계부터 마지막 발표에 이르기까지 혼자의 힘으로 결과를 도출해 냈기 때문이다. 지금 돌이켜 보아도 쉽지 않은 여정이었다. 특히 직장 생활, 가정생활, 대학원 생활의 바쁜 여건 속에서, 회사와 학교를 오가는 거리만큼이나 박사과정을 마무리하는 길은 멀기만 했다.

고난의 시간이 흘러 박사 논문으로 추진했던 '블렌드 고무의 물성과 그 가교 밀도'에 대한 실험이 완료되어 논문으로 제출하였고, 최종 단계인 논문 심사 위원을 대상으로 하는 발표에 이르렀다. 여기까지 오는 과정에서 경제적, 신체적, 정신적 어려움은 앞에서 '삼중고'라는 함축적인 말로 표현하였으나, 내가 겪었던 실질적인 어려움을 대변할 수 있는 표현인가는 별

박사학위 수여식

개로 여겨진다. 아무튼 어려운 여건 속에서 작성한 논문 발표가 모두 끝나는 순간을 맞이했다.

지금도 기억이 생생하다. 심사 위원을 대상으로 하는 논문 발표에 이은 만찬 자리에서 내가 심사 위원께 한 잔씩 올리자, "유 박사." 하시며 저한테 잔을 돌려 주시는데, 정말 그동안의 시렸던 마음이 모두 녹아내렸고, 그 자리엔 기쁨으로 벅차올랐다. 이날 술자리는 혼자서 다섯 분의 심사위원을 모셔야 해서 한 순배씩만 돌아도 다섯 잔이 되는 어려운 자리였다. 어찌어찌 회식을 마치고 집으로 돌아갈 때에는 인사불성의 상태까지 취해 있었으며, 눈물까지 흘리면서 자신의 심정을 토로했다는 아내의 후일담과 나의 어렴풋한 기억(앞서 술과 관련된 내용에서 이미 언급한 내용임)에 남아 있으나, 충분히 그럴 만한 심정이었음을 나 자신도 공감할 수 있었다.

나의 소풍길 아토

하느님 부르심에 응답 🍃

앞서 대학 시절 성당이며, 교회에 관한 얘기를 펼쳤으나, 그 이후 ROTC를 지원하여 포병 장교로 임관하였고, 이때 상무대에서 병과 훈련을 받던 중 휴일에 편성된 종교 시간이 무료하기도 하고 궁금하기도 해서 군 법당을 방문한 적이 있었다. 방문해 보니 불경 소리는 듣기 좋았으나, 나머지 예식은 나의 지속적 참석을 이끌 수준의 감흥은 일어나지 않았고, 따라서 종교로서의 관심도 흐지부지 이어 가지 못했다.

그러다가 결혼 후 대구에서 인근지역으로 이사하였을 때 다행히도(?) 아파트 진입로 한쪽에 성당이 떡하니 자리 잡고 있었는데, "그간 어디 있었느냐, 어서 오너라."라며 팔 벌려 초대하는 것처럼 느끼게 되었다. 하여 아내에게 혹시 성당에 다녀 볼 생각이 없는지 물어보니, 흔쾌히 동의하면서 곧바로 교리반에 등록하고 세례를 받았다. 또한 나는 원래 모친께서 정읍의 한 성당에서 유아세례를 받아 놓으셔서, 그 교적을 찾아오면 별도의 교리를 받지 않아도 된다 하여, 교적을 찾아 회복하였는데, 대략 30년이 넘은 예전의 세례 기록이 그때까지 남아 있다는 게 참 고맙기도 하고 신기하기도 했다.

나는 종교의 기능에 대해서는 부정적인 모습보다는 긍정적인 측면이 많다는 생각을 갖고 있다. 다만 극히 일부의 어긋난 모습이 사회에 비치는 것은 잘못된 신앙을 가진 사람이 잠시 정상적인 주행로를 벗어난 행위이므로, 이를 빨리 알아차려 종교 본연의 모습으로 되돌아가야 한다고 생각해 왔다. 그런데 이를 알면서도 잘못된 길을 계속해서 가려는 사람을 보면 안타까운 마음이 들기도 했다.

나는 대학 시절 교회를 다니면서 조금 거슬리게 느낀 점은 목사님이 설교하면서 헌금의 금액과 은혜의 크기를 비례식처럼 내세우는 모습을 여러 번 바라보면서, 신자 중에는 가난한 여건에서 어렵게 마련한 헌금도 있을 터이므로, 이는 크기가 아닌 정성의 문제일 것이며, 사목자의 씀씀이는 과연 어느 크기에 이른 것일까? 하는 의구심도 일게 되었다. 특히 사목자가 일반 신자와 다름없이 반인륜적 행위에 연루되었다는 뉴스를 접할 때면 개운치 않음이 더욱 배가 되기도 했다.

내가 성당에 나가게 된 데에는 두 가지 측면이 고려되었다. 첫째는 어머니께서 나의 유아세례를 받으셨고, 커 가면서 "네 세례명은 비오다, 그러니 언젠가는 꼭 성당에 나가야 한다"며 강조하신 게 약발이 먹힌 것이고, 둘째는 성당의 투명성과 정갈함이다. 다른 종교와 달리 가톨릭 신부님은 한 성당에만 봉직하지 않고, 일정 기간마다 순환하시면서 봉직한다. 또한 봉헌금은 교구와 해당 성당의 운영자금으로 나뉘어 집행되고, 매주 그 내역을 공개하고 있다. 특히 미사 시간 중 봉헌금에 대해 들어 본 기억이 별로 없다. 일 년에 한두 번 있을까 말까 하는 정도이다. 아울러 "친구를 보면 그 사람을 알 수 있다"고 했던가. 세간에 떠들썩하게 알려진 반인륜적 행위에 신부님과 수녀님의 이름이 오르내리는 경우가 몇 번이나 있었을까? 내가 그 사례를 면밀히 추적하지는 않았지만 찾기 힘든 게 현실이지 싶다. 그래서 신부님과 수녀님을 자연스럽게 마음으로부터 존경하게 되며, 이 점이 성당으로 나가게 된 또 하나의 이유가 되었다.

아무튼 아내와 함께 부부가 미사에 참례하게 되니, 주변에서도 부러워하였고, 새롭게 출발한 신앙생활의 열정은 정말 뜨겁게 달아올랐다. 아내는 구역 반장과 어린이 교리교사로, 나는 '성가대 단장'으로 봉사하면서 '신자 주소록'의 발간을 주관하는 등 열심이었다. 더불어 그동안 냉담하셨던 어머니께도 성당에 다시 다니시도록 말씀드려 냉담을 푸셨고, 뒤이어 아버지께서도 세례를 받으셨다. 후일 두 분 모두 장례미사 속에서 하느님께 돌아가시게 되었으니, 부디 믿음 가운데 평안하시기를 다시 한번 하느님께 간구해 본다. 또한 이모부와 이모님도 나의 권유로 세례를 받으시고 성당에 다니게 되셨으니, 참으로 감사할 따름이다. 나의 세 자녀는 모두 유아 영세를 받았으며, 이들의 '결혼 조건의 으뜸은 배우자는 반드시 가톨릭 신자로 세례받은 자에 한한다.'라는 불문율을 선포하였고, 이를 지키고 있다. 이후 큰사위에 이어 결혼한 녀석은 없으나, '작딸과 아들~ 전통을 이어 가리라 믿어 의심치 않는다.' 찬미 예수님!!!

아내에게 한 가닥 여유를 보내다 🍃

　삼중고에 시달리며 바쁘게 돌아가는 여러 가지의 주변 상황에서도 해가 서쪽에서 떴는지 아내에게 한 가닥 여유를 보내기도 했다. 때는 1980년대 후반의 비 오는 오후로 추정되는데, 사랑하는 아내에게 보낸 한편의 사랑 글을 여기에 소개한다. 본격적인 여름의 더위가 한창인 오후 한때, 거친 장대비가 희망의 전령사처럼 내리치는 풍경에서 아내를 연상하며 써 내린 '시'이다. (제2편, 시, 〈비〉 참조)

예기치 않은 서울 근무 🍃

어렵게 박사학위를 취득하고 '이제부터 좀 더 여유롭고 차원 높은 삶을 엮어 갈 수 있겠구나' 하는 생각도 잠시였다. 그러니까 1990년대 초반 박사학위를 취득하고 뒤돌아설 틈도 없이, 서울의 시험분석실로 발령이 난 것이다. 그간 전국 각 지역에서 장기간 근무 중인 직원들에 대해 순환 근무를 추진하였는데, 나도 벌써 11년째 동일 지역에서 근무하는 셈이니, 대상자임에는 틀림이 없었다. 그간 박사과정 중에 있어 대상에서 제외되었으나, 학위를 마쳤으니 제외할 방편이 사라지게 된 것이다. 개인적인 차원에서야 1~2년 동안 주변을 추스르면 좋겠다 싶었지만, 세상만사 내 뜻대로 되는 것이 얼마나 있겠는가? 별수 없이 시험분석실로 발령을 받아 보니, 당장 가족들과 같이 생활할 근거지가 문제였다. 그간 머물렀던 지방 사택은 당장 들어올 대상자가 없어, 한동안 거주할 수는 있지만, 아내는 가족이 떨어져 사는 것은 절대 반대라며, 어떤 장소라도 좋으니 서울로 이사 오겠다며 막무가내였다.

할 수 없이 서울 자양동에 살고 있는 여동생의 발품과 돈을 빌려, 골목길의 반지하방이 두 개인 집을 전세 계약하여 이사하였다. 그간 생활비는 물론 대학원 과정의 등록금과 논문 심사비 등 모든 지출을 많지 않은 월급에서 충당해 온 터라 여유자금이 없었고, 그동안 납입한 적금의 만기도 좀 남아 있어 부족금을 여동생에게 차용할 수밖에 없었다.

지금 돌아보면 1년 반 동안의 길지도 짧지도 않은 기간이었으나, 네 식구가 반지하에서 지내며 겪었던 추억이 떠오른다. 여름 장마철 비가 창문으로 넘치지 못하도록 방지막을 둘러대던 일이며, 저녁 즈음 창밖 행인들의 발자국 소리가 심장박동 소리처럼 쿵쾅거렸던 기억이 새록새록 떠오른다. 또한 그때 주인집을 포함한 골목길 사람들이 한군데 모여 앉아 삶은 주꾸미에 막걸리 잔을 기울이던 추억도 아련하다. 그러나 무엇보다도 결혼한 가정의 11년 차 가장으로서, 겨우 반지하방에서 생활한다는 자괴감이 결코 작지는 않았으며, 특히 천진난만한 두 딸이 허름한 외식에서 음식을 즐겨먹는 모습을 덩그러니 바라보다가 가슴속 눈물이 맺힌 사연을 아래와 같이 담아내기도 했다. 이 사연이 〈눈물〉이라는 제목으로 엮은 시이다. (제2편, 시, 〈눈물〉 참조)

　그러니까 1990년대 중반의 일이었다. 다행히도 회사의 사택이 배정되어 약 1년 6개월의 반지하살이가 끝났다. 널찍한 회기동의 과학원 아파트로 이사하게 되었으니, 이젠 가장의 체면이 좀 서게 되었다. 나는 그간 사택의 혜택을 많이 받아 왔다. 그러니까 대략 대구 지역에서 9년, 서울에서 5년을 사택에서 살았으니, 약 14년에 이르는 기간 동안 사택에 살 수 있는 혜택을 받은 것이다. 정말 감사할 따름이다. 이러한 혜택에 힘입어 적은 월급에서도 조금씩 저축이 가능하였고, 나중에 아파트를 청약하여, 약간의 은행 대출은 있었지만 중도금 및 잔금을 무사히 치러, 지금의 아파트를 장만할 수 있었으니 참으로 고마운 혜택을 받은 것이다. 감사합니다. 국방○○○~~~

전화위복이 이런 걸까? 🌿

　지금도 부동산값이 오른다니 내린다니 말들이 많다. 36년을 직장 생활하면서 부동산의 부침에 따라 입장이 반전되는 경우를 한두 번 겪기도 했다. 나와 같이 입사한 동기들의 변화를 살펴보면, 일단 나는 입사와 동시에 지방인 대구로 내려갔고, 이때 일부 동기는 서울로 발령을 받아 일하였다. 11년이 지나 내가 서울로 오고, 반대로 일부 동기는 지방으로 내려갔다.

　나는 그동안 사택의 혜택을 받아 모은 돈은 조금 있으나, 비싼 전세금을 감당하기엔 역부족이었고, 서울에서 지방으로 내려가게 된 동기는 그간 주변 상황에 편승할 수밖에 없었던지라 어렵사리 좁은 평수나마 서울에서 아파트를 분양받을 수 있어, 지방 이전에는 아무런 장애가 없는 상황이었다. 이후 나는 아파트를 분양받아 지금까지 살고 있지만, 나중에 들은 이야기로 그때 지방에 내려갔던 일부 동기 중에는 부동산을 처분하여 지방에 내려갔으나, 10년쯤 지나 부동산이 폭등하자 이젠 서울로 되돌아오려 해도 전셋집도 구하기 힘들게 되었다며 투덜대는 처지가 된 것이다. 참 '인생사 새옹지마'이고 '일장춘몽'이 아니던가? 그때 친구가 부동산을 처분하지 않고 전세금을 받아 다른 부동산으로 재투자했다면 '대대박'이 났을 터인데 말이다. 나나 너나 한 치 앞을 못 보는 한심한 존재였다~

대구 사택에 살 때의 일이다. 바로 앞집에는 '가스안전공단 광주 지사'에서 근무하다 이곳 대구로 순환 배치받은 선배 가족이 살고 있었다. 경상도 지역에 근무하는 많지 않은 동향 사람이라며 서로 오가면서 살갑게 지냈다. 선배는 얼마 뒤 다시 광주로 원복하게 되어 아파트를 처분하였다. 지난 일이지만 내가 부동산에 조금이라도 눈이 틔었다면 그걸 매수했을 터인데, 여유자금이 없다는 나약함과 부동산에 문외한으로서 융자를 통한 매수의 기회를 놓친 것이다. 그 뒤 얼마 안 되어 부동산은 천정부지로 올랐기 때문이다. 아뿔싸~~~ 그나저나 나는 지금도 부동산은 절벽이다!!!

서울 올라와 처음으로 청약하여 당첨된 아파트가 회사 앞에 있어 너무 좋았는데, 이게 강북이라는 한계를 넘지 못하지 않은가? 분양 당시를 돌이켜 보면 동일 평수(32평대)의 이곳 아파트는 일억 오천이었고, 강남 지역은 일억 팔천 정도였다. 그러니까 금액으로는 삼천만 원 차이가 나고, 비율로는 20% 정도였다. 20여 년이 지난 오늘날 계산해 보면 이게 산술적으로 맞지 않는다. 박사학위 말고 부동산에 눈을 돌려 공부했어도 지금처럼 속 빈 강정이었을까? 하지만 나는 지금의 현실에 긍정하고 있다. 현재의 아파트에 20년을 넘게 살았어도 투자한 금액 대비 몇 배가 오른 현 시세를 생각해 보면, 계속해서 전세로 살아온 이들과 비교하면 엄청나게 잘한 일 아닌가 해서 말이다. '지족가락 무탐즉우' 아니던가???

그러고 보니 이 글귀에 관한 얘기를 여기서 해야겠다. 1990년대 중반 시험실에서 근무할 때, 회사의 사보인 〈국방○○〉이라는 잡지에 기고한

나의 소풍길 아토

글이다. 나의 좌우명이라 할 정도로 가슴속에 담아 곱씹어 보는 격언이다. 근데 이 문구가 어디서 얻어들은 내용인데, 그 출처를 몰라 사서삼경의 전문가이신 어느 대학교 교수님께 전화로 문의하니, 친절하게 그 출처를 알려 주셔서 여기에 실었던 글귀이다. 기고문을 뒤쪽에 싣는다. (제4편, 수필, 〈知足可樂 務貪則憂〉 참조)

우리 집 막내, 첫울음 🌿

그간 나는 딸딸이 아빠였다. 선친 세대는 형제가 '2남 2녀'이니 균형을 이루었는데, 우리 세대는 형님네는 딸이 둘이고, 나도 딸이 둘이었다. 반대로 여동생은 아들이 둘이고, 남동생은 딸 둘에 아들이 하나였다. 다시 말하자면 후대의 성비는 딸이 여섯에 아들이 셋이니 절대적으로 아들에 가뭄이 든 형국이었다. 주판을 튀겨 보니 1990년대 중반으로 추산된다. 어느 날 아내는 임신한 것 같은데 가톨릭 신자로서 낙태를 할 수 없다며, 나의 의사를 묻는 게 아닌가? 나도 나름 열심인 가톨릭 신자로서 도리가 없는지라 낳기로 동의하여, 이듬해 1월 4일 우리 집 막내인 사내아이가 첫울음을 터트렸다. 우리 가족 성비 균형에 도움이 되었음. ㅋㅋㅋ

둘째인 작딸과 10년 터울이고, 내 나이 만 40세에 얻은 아들이다. 두 딸이 알면 좀 서운하겠지만, 그동안 바삐 살다 보니, 자식들을 그리 살갑게 키우지는 못했다. 두 딸 모두 귀엽고 예쁜 마음이 드는 것은 더 말할 필요도 없겠으나, 좀 더 다정하고 사랑스럽게 대하지는 못한 것 같아 너무 미안한 생각이 든다. 그러나 나이 들어 아들이 태어나니 딸들을 키울 때는 어찌했는지가 도무지 기억나지 않았다. 막내의 임신 소식을 들은 딸들도 처음엔 엄청나게 반대하더니, 막상 태어난 뒤로는 언제 그랬냐는 듯 모든 가족들의 귀여움을 독차지하였다. 그러나 벌써 30년 가까이 지난 작금의 상황을 보면, 두 딸은 모두 대학교를 졸업하고 직장인으로서 살아가고 있

나의 소풍길 아토

는 반면, 아들은 아직도 대학원 과정이며 군복무를 마치지 못한 상태이니, 사회인으로 거듭나기 위해 지금도 준비 중인 아들이 안타깝기 짝이 없다. 내가 늙어 가는 일은 슬프지만, 세월이 빨리 지나 막내 녀석이 졸업하여 어엿한 사회인으로 출발할 날이 빨리 오기를 간절한 마음으로 기다릴 뿐이다.

인과응보의 격언 🍃

다시 회사 생활의 얘기로 돌아가 보자. 사실 시험실 근무는 회사 내부에서 기피 부서로 알려져 있었다. 회사의 주된 임무가 품질보증 업무이고, 시험분석 업무는 지원 업무이기도 하거니와 실내에서 근무하기 때문에 역동성이 부족한 근무 형태도 또 하나의 이유가 되었다. 나는 지방살이가 10년이 넘은 상태여서 회사의 순환근무제를 벗어날 수 있는 명분이 없어, 기피 부서로 알려진 시험실에서 근무할 수밖에 없었다. 더욱이 화학공학을 전공한 나로서는 시험분석 업무와 불가분의 관계가 있는 전공 분야의 소유자이기도 했다. 그런데 막상 근무해 보니 밖에서 피상적으로 느꼈던 것과는 달리, 그동안 내가 다뤄 보지 못한 각종 첨단 분석 장비를 가까이 접할 수 있고 다룰 수 있어, 그동안 기기분석에 대한 피상적 전문 지식에서 체험을 통한 실증적 지식으로써 깊이를 더하는 좋은 기회가 되었다.

이와 더불어 무기분석실(재료 중의 금속 성분의 함량을 미량분석)에서 주어진 업무의 수행과 함께, 그간 궤도 고무류의 내구 성능 향상을 위한 개선 활동의 경험을 바탕으로, 전력 지원체계(병사의 먹고, 입고, 휴대하는 군수품)의 품질 향상을 도모하는 활동에 새로운 아이디어를 접목하는 노력도 병행했다. 그 과정에서 같은 부서에서 근무하던 유○○(책임 연구원) 후배와 함께 '바르는 모기약'의 성능 개선을 추진했다. 그동안 모기

나의 소풍길 아토

약은 용제형(기름 성분)을 사용해 왔으나, 이 제품에는 기름 성분이 포함되어 있어 병사들이 피부에 도포하면 후텁지근하게 되어 선호도가 떨어졌고, 일부에서는 이를 라면 끓이는 연료로 사용했다는 얘기도 있을 정도였다. 이를 로션형(수용성 화장품) 모기약으로 대체할 수 있도록 제조공정을 변경한 제품을 미군의 제품에서 힌트를 얻어 시범 생산한 뒤, 국립보건원 및 부대시험을 거쳐 기존 제품과 동등 이상의 성능이 보장됨을 확인하여, 대체 납품토록 조치했다.

이후 군에 납품되는 바르는 모기약은 모두 로션형으로 전환됨으로써 도포 시 이질감 해소 및 라면 연료용으로 전락되는 수모는 사라졌다. 이러한 결과를 얻기 위해서는 기초연구로부터 시제품 생산에 이은 개발시험 및 부대 성능시험 등 진행 단계별로 만만치 않은 노력이 동반되었고, 3년 이상의 기간이 소요되는 지난한 일이었다. 그러나 개선이 성공하자 이에 대한 공로로 장관상을 받아 기쁨이 동반되는 일이 되었다.

또한 내가 시험분석실로 발령받아 근무하기 시작하던 때는 때마침 국제공인시험기관 인증 제도로 알려진 KOLAS가 막 도입되는 시기였다. 그리하여 우리 회사에서도 인증을 획득하기 위한 활동이 시작되었다. 이의 일환으로 KOLAS 운영 주체인 국립기술표준원의 '공인시험검사기관 심사 위원 양성 과정' 교육에 기관 대표로 참석하여 5일 동안 교육을 받았으며, 이후 평가사로 등록되어 전국의 공인시험기관에 대한 인증 심사 활동을 시작하게 되었고, 지금까지 심사 활동을 계속하고 있으니, 이 또한 전화위복이 되지 않았나 싶다. 두말할 나위 없이 우리 기관의 인증 심사 준비 과정에서 주도적으로 참여하였고, 인증을 성공적으로 획득했다.

　더불어서 시험분석실에서 근무하던 1990년대 중반에 선진 시험분석 장비의 도입에 따른 기술 연수 목적으로 영국 및 이탈리아로 해외 출장을 다녀올 수 있었던 기회는, 그동안의 나의 노력에 대한 덤으로 여기며 해외 출장 경험을 처음으로 쌓게 되었다. 그렇다, '세상에 공짜는 없다.' '인과응보'는 내 인생항로의 나침반이자 버팀목으로서, '인내는 쓰나 열매는 달다.'가 실현된 것이다. 이게 인생 체험의 산 증거라 말하고 싶다.

나의 소풍길 아토

미국살이를 꿈꾸다 🍃

    회사에 근무해 오는 동안 동료들의 ESEP* 파견에 대한 막연한 동경심을 가지고 있었으나, 본부 지역에 있는 시험분석실에 근무하게 되면서 회사 전체의 통합된 정보를 보다 가까이 접할 수 있게 되니, 좀 더 명확하고 실체적인 동기가 부여됐다. 이 프로그램에 선발되기 위해서는 가장 먼저 부서장의 추천과 더불어 영어 시험에 통과하는 것이 전제 조건이었다. 회사에서 선발되면 개인 신상과 연수 희망 분야를 미국에 제시하고, 제출된 지원서를 열람한 미국의 기관에서 공동 협력이 가능한 분야가 있을 시, 지원자의 방문을 승낙하게 함으로써 교환 방문이 성사되는 과정을 거치게 된다.

    우리 회사에서는 매년 1명씩 선발하여 미국에 파견하는 것이 관례적으로 시행되어 왔는데, 당시에는 지원자가 없어 파견하지 못하고 있었는데, 그 원인이 영어 시험이라는 소식을 접할 수 있었다. 나는 대학교 졸업 후 ROTC로 군복무 하였고, 이후 석사과정 입학과 취업 그리고 박사과정 입학과 졸업시험 등을 거치면서, 약방의 감초라 할 수 있는 영어 공부는 손에서 놓지 않고 간단없이 해 왔다. 그렇지만 해당 영어 시험은 TOEFL이나 TOEIC과 같이 사회에 널리 알려진 방식이 아니라, 독해와 작문, 영어

---

* ESEP(Engineer and Scientist Exchange Program): 한미 과학자 교환 프로그램으로서 1년 간 상대국으로 파견되어 현지 연구원들과의 업무를 공동 수행하는 국제 협력 증진 활동

인터뷰 등을 종합하여 평가하는 독특한 방식이었다. 일단 나는 응시 원서를 제출한 상태에서 시험에 대비하던 차에 같은 방에서 근무하던 후배(이ㅇㅇ)로부터 이 프로그램에 대비할 수 있는 수험서가 있다는 정보를 얻어 책을 구입했다. 그러나 이때는 시험이 얼마 남지 않은 시점이어서 시간상 촉박하여 문제의 출제경향을 이해하는 정도로 공부한 뒤 시험에 응시했다.

다행스럽게도 커트라인을 가까스로 통과한 점수를 얻을 수 있었다. 이후 영문 지원서를 작성하여 미국에 송부하였으나, 1년이 지나도록 아무런 소식이 없었다. 답답하여 미국 국방부의 한국 주둔부대 업무 지원 담당자(JUSMAG—K)에게 연락하여 후속 조치 과정을 문의하여 진행 상황을 확인했으나, 미 국방부 내에서 서류를 열람하고 있지만, 아직 관심을 가진 기관이 없는 것으로 파악되었으니 좀 더 지켜보자는 얘기였다. 다시 일 년을 기다린 끝에 한 군데에서 관심을 가져 직무명세서(Position Description)를 보내왔고, 나는 바로 동의서를 제출하여 미국 파견근무에 오르게 되었다. 이 역시 그동안 꾸준히 영어 공부를 해 온 보람을 이제 돌려받았지 싶어 '세상에 공짜는 없다.'와 '인과응보'라는 격언을 다시 떠올리게 되었다.

미국살이에 적응 🍃

한국에서 미국으로 떠난 2000년을 아직도 잊지 못한다. 그날은 미국에서 선거가 있던 날이기도 했다. 업무 목적으로 해외출장을 다녀온 적은 있었지만 장기간 가족들과 함께 타국에서 체류하는 것은 처음이었다. 이때 큰딸은 고등학교 1학년, 작은딸은 중학교 2학년, 막내아들은 두 달이 지나면 만 네 살이 되는 시기였다. 두 딸은 모두 다니던 학교에 휴학계를 낸 뒤 재학증명서를 준비했고, 각종 예방접종확인서 등 미국 생활에 필요한 각종 서류를 준비하여 미국에 입국했다.

미국의 근무지는 Maryland의 APG(Aberdeen Proving Ground) 지역 내에 있는 SBCCOM(생화학 센터)이었다. 그리고 이곳 사무실로부터 자동차로 약 30분 정도 떨어져 있는 Bel Air라는 곳에 거처를 정했다. 여기를 머물게 된 동기는 몇 년 전 이곳에서 ESEP 파견근무를 마친 동료 직원(서○○ 책임)으로부터 한인 교포 나○○(세탁소 운영) 선배님을 소개받았는데, 이분이 이곳에 살고 있었기 때문이었다. 특히 나 선배님은 우리 가족이 주거 공간을 구할 때까지(약 한 달) 빈방도 내어 주시고, 교통 편의와 신원보증 등 각종 어려움을 자신의 일처럼 아낌없이 도와주셨다. 참으로 고마우신 분이어서 후에 미국 출장 중에 재회하였고, 지금도 1년에 한 번쯤은 연락을 주고받으며 안부를 묻는 지인이시다. 언젠가 한국에 들어오시면 꼭 신세를 갚을 계획인데, 그날이 꼭 오길 바라는 마음 간절하다.

이외에도 미국에 도착할 때까지 나와 생화학 센터 사이의 연락 창구를 맡아 주신 APG의 김○○ 선생님과 렌트 하우스의 전기, 전화, 가스 설치 시 언어장벽의 어려움을 해결해 준 Mark Ma 씨, 가까운 동네에 살면서 믿음 속에서 친교를 나누었던 가톨릭 소공동체 모임의 구성원 모두에게도 때늦은 깊은 감사와 함께 앞으로도 늘 기쁜 일만 가득하시길 기원한다.

Bel Air에 도착해서 두 딸은 Harford County의 공립학교 장학사(Director of Public Information)가 실시한 어휘 능력 테스트 결과, 현지 학생들과 바로 소통할 수 있는 영어 수준은 아니라면서 외국에서 온 학생들을 모아 별도의 교육과정을 운영하고 있는 Harford Technical High School에 편입하는 것이 좋겠다는 의견을 제시하면서 나의 의견을 물었다. 나는 일단 한 학기 정도를 해당 교육과정을 다녀 본 다음 일반 학교로 전학 갔으면 좋겠다는 의견을 개진하니, 장학사도 이에 동의하여 Harford Tech에 편입하여 등교했다.

막내아들은 유치원에 등교하기를 원했으나, 공립유치원은 학기가 맞지 않아 등원할 수 없어, 수용할 수 있는 사설 유치원을 확인하여 거금을 투자하면서 등원시켰으나, 이 녀석이 겉모습이 다른 유치원 친구들과 주변 환경 등에 겁이 났는지 혼자 떨어지기 싫다며 계속 울어대는 통에 이를 진정시키느라 아내가 유치원 교실 모퉁이에 앉아 있는 등 달라진 환경에 적응시키려 애를 먹었다. 또한 입국 전에 나름대로 필요한 서류를 준

나의 소풍길 아토

비한다고 했음에도 불구하고 일부 예방접종 확인이 누락된 게 있어 거금을 내고, 두 딸은 신체검사를 다시 받았던 기억이 난다. 타국 땅에 정착하기가 만만치 않음을 다시 한번 느끼게 되었다.

그리고 한 학기가 끝난 다음 나는 두 딸이 일반 학교로 전학 가기를 희망한다는 편지를 선생님께 보냈더니, 이와 관련하여 면담을 했으면 좋겠다는 전갈이 왔다. 나는 장학사님과의 면담이겠거니 하고 갔더니, 네댓 분이 쭉 앉아 있는 게 아닌가? 필요하면 전화 통역도 가능하다면서, 두 딸을 전학 보내려는 이유를 물었다. 나는 한국 속담에 "호랑이를 잡으려면 호랑이 굴로 들어가야 한다"고 얘기하면서 "6개월 후면 우리가족은 귀국할 터인데 그동안 두 딸이 일반 학교에 적응하여, 현지 학생들과 자유롭게 얘기하고 학교생활 하기를 희망한다"며 어눌하지만 아는 단어 쥐어짜서 영어로 응답했다. 결론으로는 전학을 허가해 줘 한 학기를 일반 학교에서 마치고 무사히 귀국하였다. 두 딸의 학사일정에 관심을 갖고 친절하게 응대해 주신 그때의 모든 장학사님께 항상 좋은 일만 가득하시고, 감사하다는 말씀을 이 글로나마 전한다.

미국 생활 1년 🍃

미국 생활의 주된 목적은 회사 정책의 일환으로 상대국으로 파견되어 현지 연구원들과 업무를 공동 수행함으로써 국제 협력을 증진시키는 일이다. 1년 동안 해외 파견 업무를 수행하면서 겪었던 내용은 국방 관련 내용도 포함되어 있어 여기서 언급하는 것은 바람직하지 않아 생략하기로 한다. 아무튼 잘 갖추어진 연구 인프라에 대한 부러움과 함께, 여러 공공기관 소속의 연구원들이 각자 자기 분야에 대한 긍지를 갖고 열심히 근무하는 모습을 보면서, 나 자신도 다시 한번 근무 자세를 가다듬는 계기가 되었다.

타국 생활에는 좋은 점과 힘든 점이 있겠으나, 그곳의 삶을 몸으로 체험하면서 삶의 방식에 동참하고 언어를 익히는 좋은 기회라는 점, 또한 특별한 계획이 없어도 그간 가 보지 못한 장소를 쉽게 여행할 수 있다는 것은 좋은 점이자 또 다른 혜택이라 하겠다. 물론 언어의 불편함과 문화의 어색함에 따른 힘든 일도 왕왕 접할 수 있다는 점은 감내해야 할 요소임에는 틀림이 없다.

미국 동부 지역(메릴랜드주 벨에어 카운티)의 소도시에서 1년 동안 살아가면서, 서부 지역을 경험하는 동서 횡단 여행은 솔직히 겁이 나서 실행하지는 못했으나(지금 돌이켜 보면 후회되는 측면도 있음), 나이아가라 폭포, 워싱턴 및 뉴욕 시내, 플로리다 올랜도의 디즈니 월드 등을 가족들과 여행했다. 이 밖에도 가까이 위치한 곳은 틈틈이 짬을 내어 방문하면서 펜실베이니아 로즈 가든 내 식물원에서는 어마어마한 규모에서 놀랐고, 볼티모어의 아쿠아리움에서는 해양 생물의 신비한 모습에 놀랐으며, 워싱턴 주변에 자리 잡은 여러 박물관의 다양성에 대해 감동했고, 델라웨어주의 코스트코에서는 세금 없이 생활용품을 구매하는 즐거움도 만끽할 수 있었다.

특히 여름방학 때 디즈니 월드를 입장하기 위해 메릴랜드 벨에어에서 플로리다 올랜도까지 차량으로 이동했던 기억은 오래도록 잊지 못할 추억으로 남아 있다. I—95 국도를 따라 남쪽으로 내려가는 경로로서, 메릴랜드를 벗어나 수도 워싱턴을 거쳐 버지니아, 노스캐롤라이나, 사우스캐롤라이나, 애틀랜타를 경유하여 플로리다에 도착하는 무려 14시간의 여정이었다. 우리 가족은 전날 오후 7시경에 숙소에서 출발하여 다음 날 9시경에 올랜도의 예약된 투숙지에 도착했으니, 그 정도의 시간이 소요된 것이었다. 기억으로는 세 번 정도 주유를 위해 휴게소에 들른 시간을 제외하고 쉼 없이 달려간 기나긴 탑승 시간이었고, 그래서 특별히 더 기억나는 여행이었다. 올랜도에서는 유니버설 스튜디오와 씨월드를 하루씩 즐겼고, 디즈니 월드는 3일권을 구입하여 방문했다.

유니버설 스튜디오는 영화를 테마로 한 엔터테인먼트를 체험할 수 있는 테마파크로서 당시에는 〈쥐라기 공원〉과 〈죠스〉, 〈미이라〉 등의 세트장에서 영화 속의 한 장면을 출연진이 재현하는 프로그램과, 궤도 열차를 타고 굴속을 지나면서 영화 속의 한 장면을 체험하는 놀이 등이 기억에 남는다. 씨월드에서는 상상을 초월할 만큼 커다란 고래가 헤엄쳐 오가는 장면과 돌고래와 사람이 함께 수영하는 장면을 연출한 프로그램이 기억에 남았다. 디즈니 월드는 먼저 규모 면에서 타의 추종을 불허할 정도였고, 나의 기를 무참하게 꺾어 버렸다. 테마파크의 입구로 가기 위해서는 시내 도로를 벗어나, 생소한 형태의 도로표지를 따라 한참이나 주행하고 나서야 끝자락이 어디까지인지도 모를 주차장 입구에 도착할 수 있었다. 하지만 여기서 테마파크로 바로 입장하는 게 아니고, 차량을 주차한 뒤 다시 약 10분 정도 트램을 타고 나서야 테마파크 입구에 도착하는 구조였다.

디즈니 월드에 입장해 보니 각종 놀이 기구하며 테마별 세트장에는 관람객들의 대기 줄이 꼬리에 꼬리를 물고 늘어 서 있었다. 우리 가족은 무전기를 준비하여 선발대를 나누어 대기하는 방법을 쓰기도 했으나, 관람객의 절대적인 숫자가 많고, 특히 인기가 많은 테마파크의 오랜 기다림은 한마디로 단시간 즐거움을 위한 장시간의 고통이었다. 티켓 종류에 따라 패스트 패스가 있는 것으로 알고 있는데, 우리 가족은 보통권으로 3일간 입장하였으니 전체 중에서 10%나 체험했는지 어쩐지 헤아릴 수 없지만 행복했던 여행임에는 틀림이 없다. 매직 킹덤에서는 일정 시간마다 각종 만화영화의 캐릭터(미키, 미니 그리고 공주님들) 차림을 한 출연진들의 퍼레이드가 밤늦게까지 장관을 펼치고 있었다. 관람을 마치고 다시 돌아오는 여정도 갈 때와 별반 다르지 않았을 터인데, 장시간의 탑승 시간이었음에도 특별히 기억나는 게 없다. 사람의 감정이라는 게 참 묘하기도 하다. 설렘이 없어서인지 아니면 한번 경험한 일이어서 그런지 도무지

알다가도 모를 일이다. 기대를 채운 배부른 자의 게으름 때문이 아닐까? ㅋㅋㅋ

나이아가라 폭포 관광은 당일치기로 다녀왔다. 벨에어 숙소에서는 펜실베니아주를 통째로 건너면 뉴욕 주 서쪽 끝자락에 위치한 나이아가라 폭포에 도착할 수 있는데, 캐나다 온타리오주의 강줄기를 아우르며 흐르고 있는 폭포이다. 승용차로 약 7시간 정도 달려 도착할 수 있었다. 아침 일찍 출발하여 늦은 점심께 도착했고, 유람선 회사에서 나눠 준 비닐 우의를 뒤집어쓰고 폭포에 가까워질수록 고막을 울리는 굉음 소리가 점점 더 커 가는 것과 하얀 포말을 일으키며 휘몰아치는 거대한 물보라가 장대비처럼 온몸에 내리치는 색다른 경험을 만끽한 뒤 서둘러 숙소로 되돌아왔다.

그러나 지나고 보니 한 가지 아쉬웠던 점은 나이아가라의 장관은 미국 쪽보다는 캐나다 쪽에서 보는 것이 더 좋아, 이를 아는 사람은 국경을 통과하여 캐나다 쪽에서 폭포를 구경한 다음, 이어서 몬트리올을 관광하고, 미국의 메인주로 돌아오는 경로를 택하는 게 좋다는 것이다. 사실 나도 이런 경로를 그 당시에도 얼핏 알고는 있었으나, 온 가족을 데리고 국경을 넘어야 한다는 부담과 캐나다에서 관광하며 숙식한다는 게 썩 익숙하지 않아, 이를 실행하지 못했다. 해외여행에서 국경을 통과하는 일보다 미국과 캐나다의 국경 통과는 뭐 그리 대단한 일도 아닐진대, 나는 간덩어리가 작아도 한참 덜 떨어지게 작았던 모양이다. 참 아쉽다. 언제 캐나다를 방문해 볼 수는 있는 것일까???

내가 느낀 미국 🍃

뭐 그리 길지도 않은 일 년 정도의 미국살이를 바탕으로 어떠니 저떠니 하는 게 좀 남사스러울 수도 있겠지만, 개인적인 생각이므로 너그럽게 이해해 주면 좋겠다. 먼저 이곳이나 그곳이나 '사람 사는 게 다 비슷하다'는 생각이 들었다.

미국에 도착하여 얼마 지나지 않은 시점에 사무실로 출근하면서 겪은 일로서 환경이 주는 인간 행동의 변화에 관한 나의 견해이다. 사무실 앞쪽의 주차장에 주차를 마친 다음 사무실로 들어가려고 횡단보도로 다가설 즈음, 가까이 오던 한 차량이 횡단보도 앞쪽에서 속도를 낮추는 모습이 눈에 들어왔다. 그래서 나는 어서 지나가라며 손을 내저었는데, 운전자는 나한테 먼저 지나가라며 차를 멈춰 선 채 수신호를 보내왔다. 생경하기도 하고 고맙기도 하여 서둘러 지나가면서 고맙다는 수신호를 보내며 사무실로 출근했다. 그 뒤 출근할 때 나는 반대의 경우에 처했고, 이때 나는 보행자 우선의 양보를 실천하면서 앞서 말한 착한 운전자의 모습을 떠올렸다. 미국인은 배려심이 많은 사람이고 나도 그런 배려심에 동참할 수 있어 뿌듯하다는 그런 마음으로 말이다.

그런데 워싱턴에 있는 한국 대사관을 방문하려고 시내를 주행했을 때, 내가 겪은 모습은 앞서 말한 모습과는 전혀 달랐다. 바둑판처럼 반듯한

나의 소풍길 아토

시가지 모습은 보기 좋았으나, 교통 상황은 서울 도심의 모습과 별반 다름 없이 혼잡했다. 당시에는 차량 내비게이션이 보편화되지 않았던 때였고, 시내 도로에 익숙하지 않은 나로서는 속도를 낮추어 조심스럽게 주행할 수밖에 없었는데, 뒤따르던 차들은 나한테 빨리 가라며 빵빵거리거나 급하게 차선을 바꿔 추월하는 게 아닌가? 그간 가졌던 잠시 동안의 좋은 기억을 바꾸지 않을 수 없었다. 오호~ 그렇구나! 역시 미제도 별수 없구나~

여러 석학들은 인간 행동에 미치는 여러 가지 요인(유전적, 환경적, 자율적 등)에 대해 강조하였으나, 나는 이 중에서 환경적 요인이 분명 존재하고 있음을 체험한 것이다. 내가 출근하던 사무실 인근은 보행인이나 교통량이 많지 않아 사람들은 여유를 가지고 행동하는 반면, 서울이나 워싱턴과 같이 사람이나 차량이 많아지면, 인간 행동에서 인내심의 여유는 잠식돼 버린다는 것을! 그래~ 사람 사는 곳은 여기나 저기나 비슷비슷한 거야~ 건물이 다르고 모습이 다르고 말은 다를지 몰라도, 그 근저에 깔린 인간의 본성은 어쩔 수 없는 거야! 이곳 미국도 말이지~

다음으로 '크기가 남다르다'는 생각이다. '한아름마트'나 '롯데마트' 등에 가서 무, 고구마, 감자 등의 크기를 처음 보고 깜짝 놀랐다. 더욱이 수박의 모양과 크기를 보면서 확신마저 생겼다. 땅덩어리가 크니까 작물도 크구나~ 그래서 사람도 딥다 큰 건가? 그리고 보니 고속도로를 달리는 화물자동차도 크기가 장난이 아니잖아? 그뿐인가 공원이며 주차장이며 농장의 크기를 보면 입이 딱 벌어진다. 가도 가도 끝이 없을 듯한 도로와 반면에 주변의 한적한 땅덩어리를 볼라치면, 이런 게 한국에 있으면 얼마나

좋을까? 뭘 해도 되지 싶은데~~~

자동차 도로에서 교통사고라도 발생하면 경광등 깜박이며 모여든 차들이 서너 대는 보통이고, 주변 여기저기에 제복 입고 수습하는 사람들은 또 몇 명이던가? 아무튼 크기 공세에다가 물량 공세다. 그렇지만 우리도 할 말은 있다. 작은 고추가 맵다하지 않았나? 당시 미국의 전자제품 매장인 베스트바이, 시어스, 월마트, 코스트코 등에서 한국산 전자제품은 목 좋은 진열대에 전시되지 못하여, 구석 한쪽에 회사 로고를 웅크리며 자리 잡을 수밖에 없었다. 그러나 최근의 상황은 어떻게 변했는가? 앞 글자 'K'로 명명된 K—팝, K—드라마, K—클래식 등 K—콘텐츠라 이름 붙인 한류 신드롬이 전 세계를 주름잡고 있지 않은가? 그렇구나. 크기 위에 맵기로구나~~~

또한 '인사를 무척 잘한다'는 생각이다. 타운하우스 앞에서, 엘리베이터, 복도, 길거리에서 누구나 할 것 없이, 내가 마주친 사람들은 거의 모두 "Hi~"가 자동빵이었다. 살짝 웃는 모습도 함께였고, 좀 더 나아가면 "Have a good day~"도 이어진다. 정말 친절하고 예의 바른 사회로 여겨졌다. 근데 그들의 친절함이 마음속에서 우러나온 진정성 있는 친절함인지, 아니면 겉치레 삼은 습관적 행동인지 그들의 속마음이 궁금했다.

짧은 기간이라 그런지 몰라도 나의 1년간의 미국살이 동안에 아시아인 특히 한국인으로서 차별 대우를 받은 기억은 없다. 그러나 드라마나 영화 그리고 심심치 않게 들려오는 뉴스를 접하면, 흑인에 대한 부당한 대

나의 소풍길 아토

우나, 아시아인에 대한 차별은 사라지지 않은 엄연한 현실로 느껴진다. LA 폭동 때 코리아타운에 대한 약탈과 폭력, 워싱턴 등에서 발생한 아시아계를 겨냥한 증오범죄 등이 최근까지도 끊임없이 발생하고 있다. 오죽하면 차별금지법(Anti—discrimination)을 제정하게 되었을까 하는 생각도 든다.

그렇다면 친절한 인사 습성과 유색인종에 대한 차별 대우의 두 장면이 상반되게 나타나는 현상은 어디에서 오는 것일까? '친절한 금자 씨'가 왜 차별 금지에 동참하지 않는 걸까? 물론 이런 일은 일부 몰지각한 사람이 행하는 흔치 않은 일이라며 대수롭지 않게 여길 수도 있겠으나, 겉으로 드러난 모습이 서로 앞뒤가 들어맞지 않다는 생각을 떨칠 수 없었다. 오직 내 스스로 생각해 낸 지극히 개인적인 분석의 결과는 다음과 같다.

먼저 친절한 인사의 원천을 미국 개척사에서 찾아보았다. 미국은 콜롬버스의 신대륙 발견 이후, 원주민이 차지하던 땅에 식민지가 건설되었고, 이어진 독립전쟁과 남북전쟁을 겪은 나라이다. 특히 미국 서부 개척 시대의 Frontier 정신에 입각하여, 미개발 토지를 한 구역당 160에이커(약 20만 평)씩 무상으로 제공한다는 자영 농지법(Homestead Act)을 제정한 역사를 가진 나라이다. 나는 여기서 총과 땅에 주목하여 억지 추론을 도출해 보고자 한다.

상상의 나래를 펼쳐 보자. 무상으로 제공받은 약 20만 평의 농지에 외딴 오두막집을 짓고 농사일하는 한 가족에게 장총을 든 서부 사내가 방문한 장면을 연상해 보자는 것이다. 아마도 그 가족은 평소에 사람 보기가 쉽지 않아 장총 든 손님이 반갑기도 하려니와, 한편으로는 총을 든 모습에 무섭기도 하지 않았을까? 잘못 응대했다가는 목숨이 오락가락할 것이 뻔하지 않겠는가? 그러니 일단 친절하게 인사해야 할 것이다. "Hi~." 그렇다, '웃는 낯에 침 뱉으랴.'라는 말처럼 친절해야 살아남는다.

또한 미국인의 뇌세포에는 미국의 근대화 발전에 기여한 역할을 인종별로 구분해 볼 때, 백인들은 소프트웨어 측면에서 주도적이고 중추적인 역할을 해 왔고, 흑인들은 하드웨어 측면에서 기여한 것으로 인식하지 않을까? 반면에 아시아인은 근대화 이후 이민정책에 따라 후차적으로 동참한 인종이므로 기여도 측면에서 다른 인종에 비해 낮게 평가하고 있는 것이 아닐까 하는 내 나름대로의 해석이다.

결론적으로 미국인들이 "Hi~" 하면서 인사하는 모습은 생존을 위한 친절함에서 나온 습관적 행위의 발로이며, 백인은 물론 흑인이 아시아인을 차별하는 근저에는 미국 근대화에 기여한 인종적 역할에서 나온 보상 심리가 작용한 결과일지도 모른다는 것이다. 따라서 미국인의 친절한 인사는 친절한 응답으로 대응하되, 그 이상의 의미를 부여할 필요는 없는 것으로 보이고, 낮에 없었던 인종차별이 밤에도 없을 것이라고 단정하지는 말자는 얘기이다. 겉으로의 평등함 속에 차별이 잠재해 있지 않기를 바라면서 말이다, '백인우월주의'라는 얘기가 나만의 기우이기를 바랄 뿐이다.

마지막으로 '열이 많은 사람들'이라는 생각이 든다. 나는 원래 추위보다는 더위를 잘 참는 편이다. 지금까지 살아오면서 부채 하나 들고 그늘 속으로 들어가면, 웬만한 더위는 견뎌 내 왔기에 이리 주장한다. 미국에서의 초겨울쯤으로 기억한다. 날씨가 조석으로 제법 쌀쌀하여, 거실이며 안방이며 집에 있는 모든 창문을 닫고 잠을 청하는데, 어디선가 들려오는 모터 소리로 인해 쉽게 잠이 들지 않았다. 우리 집 보일러 소리인가 해서 확인해 보니, 그건 아니어서 문을 열고 밖을 나가 보니 이웃집 에어컨의 모터가 돌아가는 소리였다. 참! 열이 많은 친구들이다. 나는 추워서 보일러라도 켜야 할 처지인데도 말이다. 헌데 이런 장면은 여기서 그치지 않았다. 한겨울 하얀 눈이 소복이 내린 타운 하우스 단지 내에서, 반바지에 반팔 차림으로 오가는 군상들이 종종 눈에 띄었기 때문이다. 그러니 초겨울에 에어컨 작동이 결코 무리가 아니었나 보다.

 '아토'의 집필을 시작한 지금은 계절의 여왕인 오월이다. 온난화 현상 때문인지 몰라도 날씨가 제법 따뜻하여 초여름이라 하여도 무방하지 싶다. 그래서 그런지 지하철에 올라 주변을 살펴보면, 반바지에 반팔 차림의 젊은이도 몇몇 보인다. 이제 우리나라 젊은이도 열이 많아진 모양새다. 아무래도 풍부한 먹거리와 육식 섭취가 늘어난 결과인지는 몰라도, 나한테는 익숙하게 다가오는 문화는 아니다. 더욱이 지하철 냉방 온도가 너무 낮아서 송풍기 주변에 서 있으면 긴팔을 입고서도 등허리가 오싹한데, 저 친구들은 아무 거리낌도 없이 휴대폰에 열중하는 모습이 정말 신기할 따름이다. 이젠 우리나라도 '미국성 고기열'(열대성 고기압 복사~ㅋㅋㅋ)이 본격적으로 상륙한 것 아닐까? 이게 과연 좋은 현상인지 아닌지 아직까지 명쾌한 판단은 서지 않는다.

귀국과 두 딸의 복학 🍃

1년 뒤 미국에서 귀국했다. 이때는 9.11 테러가 발생한 지 얼마 되지 않은 시기여서, '보안 활동의 강화'는 전 세계 화두였고, 특히 군부대 및 공항의 보안 검색은 더할 나위 없이 강화되던 시기였으나, 별다른 문제점 없이 가족은 무사히 귀국했다.

오자마자 부딪힌 문제는 두 딸의 복학 문제였다. 큰딸은 출국 시 고등학교 1학년이었고 작은딸은 중학교 2학년이었으니, 이젠 고등학교 2학년과 중학교 3학년에 복학하는 상황이었고, 시기는 11월 초였다. 우여곡절이 크지 않았던 작은딸의 경우를 먼저 말해 보면, 이 친구는 중학교 3학년이므로 당장 '고입선발고사'를 준비할 시기인지라 중고 책방에 가서 교과서를 구입하여 벼락치기 공부를 하였는데, 다행히도 선발시험에 통과하여 고등학교에 진학할 수 있었다.

문제는 큰딸이었다. 큰딸의 복학과 관련하여 1차로 서울시 교육청의 장학사님을 면담했는데, 그분의 견해는 지금 고등학교 2학년에 복학하여 이듬해 3학년에 올라가기에는 무리가 있으니, 그냥 1학년으로 복학시키는 것이 좋을 것이라는 의견이었다. 그런데 이 의견은 지금 2학년으로 복학시키겠다는 나의 의견과 상충된지라 장학사님을 어렵게 설득시켜 겨우 2학년으로 배정받을 수 있었다. 그런데 2학년으로 배정받은 큰딸이 몇 일

나의 소풍길 아토

간 학교에 등교하더니, 다시 1학년으로 돌아가는 것이 좋겠다는 것이 아닌가? 그 이유는 간단했다. 미국에서 다닌 1년 동안 취득한 고등학교 성적과는 관계없이, 곧 치르게 될 2학년 기말시험의 결과를 가지고 2학년 전체의 내신성적으로 대체한다는 것인데, 짧은 시간에 기말시험을 준비하여 좋은 성적을 기대하는 것은 도저히 불가능하므로, 1학년으로 되돌아가 정상적인 내신성적을 유지하는 것이 최선이라는 것이 큰딸의 의견이었다. 어렵게 장학사님을 설득시켜 2학년으로 복학시켰는데, 이를 다시 1학년으로 재배정하기가 쉬운 문제는 아니었으나, 장학사님을 다시 만나 전후 사정을 통사정하여 어렵게 1학년으로 재배정받을 수 있었다. 이때 여러 가지로 수고가 많으셨고, 노고를 아끼지 않으신 장학사님께 감사드린다.

문제는 1년 뒤 3학년 때 다시 한번 발생했다. 내신성적을 잘 유지하면서 학교생활을 잘해 오던 큰딸이 어느 날 자다가 각혈하였고, 병원 진찰 결과 폐결핵에 걸렸다는 것이다. 나중에 알고 보니 같은 반 짝꿍의 폐결핵에 전염된 것이었다. 대학 입학시험 준비로 몸이 허약해진 상태에서 쉽게 전염된 것으로 보였다. 요즘은 약이 좋아 처방약을 복용하고, 체력을 보충한 노력으로 완치되어 얼마 뒤 수능을 치렀으나, 본인이 그동안 유지해 오던 성적에는 훨씬 미치지 못한 결과를 받았고, 대학 입학전형에 응시하였다. 응시 결과는 다행히 'ㅇㅇ대학교 생명과학과'에 합격했다.

그 뒤 대학에 등록하고 학부를 잘 다니나 싶었더니, 한 학기 마친 뒤 큰딸은 일단 대학을 휴학하고, 수능에 다시 도전하겠다며 반수의 다짐을 알려 왔다. 어쩌랴, '자식 이기는 부모 없다'는 말처럼 이에 동의할 수밖에 없었다. 여름방학과 함께 큰딸은 인근 독서실에 둥지 틀고 수능에 올인했다.

원래 큰딸과 작은딸의 학년 차는 2년이었으나, 큰딸의 유급과 반수로 인해 수능을 같은 해에 둘이서 같이 치렀다. 고맙게도 두 딸의 수학능력시험 결과는 잘 나왔다. 큰딸이 조금 더 나은 편이라 서울 소재의 약대와 의대 3군데를 지원하여 모두 합격하였으나 의학과에 입학하였고, 작은딸은 서울 소재의 약대와 생명공학부 3군데를 지원하여 모두 합격하였으나 약학과에 입학했다.

그런데 1년이 지난 뒤 이번에는 작은딸이 휴학을 하고 수능을 다시 보겠다며, 재도전을 선언하는 것이 아닌가? 이 또한 어쩌랴 '자식 이기는 부모 없다'는 말을 다시 새기며 이에 동의하였고, 작은딸은 재수학원에 등록하고 수능에 매진했다. 하지만 1년 뒤 치러진 수능의 결과는 의대에 합격할 정도에는 미치지 못하여, 결국 약대에 복학하여 졸업하였다.

결과에 관계없이 나는 두 딸의 도전 정신에 찬사를 보낸다. 말이 쉬워 재수, 반수하며 수능을 준비한다지만, 그게 어디 말처럼 쉬운 일인가? 자신들이 이런 어려움을 1년 동안 겪어 봤음에도 불구하고 과감하게 재도전의 의지를 불태웠던 두 딸에게 뜨거운 박수를 보낸다. 혹여 그 결과가 기대에 미치지 못했더라도 최선을 다했음에 스스로 떳떳하다면, 이를 부끄러워하거나 후회할 필요는 전혀 없는 것이기에, 아빠는 늘 이런 일에 찬사를 보낼 것이다. 최선을 다하지 않은 채 주변을 탓하고 변명하는 모습을 보이지만 않는다면, 아빤 도전의 영원한 지지자가 될 수 있다고 강

나의 소풍길 아토

조하고 싶다.

　한참 뒤에 일어난 일이지만 여기서 막내아들의 대학입시에 대해서도 얘기하련다. 두 딸과는 10년 이상 터울이 있어, 아들은 온 가족의 사랑을 듬뿍 받으며 성장해 왔다. 또한 학교생활에서도 별다른 성장통 없이 고등학교를 졸업했다. 그간 내신성적도 상위권을 유지해 오면서 수학능력시험을 치렀으나, 기대에 턱없이 미치지 못하자, 두 누나의 영향을 받았는지 재수를 선언했다. 그리하여 소위 '강남대학교'(강남대성학원을 이렇게 부른다 한다)에 등록하여 재수했다. 그러나 당초 의과대학을 염두에 두었으나, 성적이 이에 미치지 못하여 아깝게 실패했고(예비 후보 선발까지), 결국은 KAIST에 입학하여 지금은 박사과정을 밟고 있는 중이다.

　늦둥이 아들한테도 찬사와 격려의 말을 남기고 싶다. 2년 동안 대입을 준비한 도전 정신과 끈기에 대해 박수를 보내며, 지금 한 분야의 전문성을 넓히고자 불철주야 공부할진데 이것은 곧 미래를 위한 씨앗이고, 그 터전을 넓게 일구는 담금질의 시간임을 명심하여, 뒷날 자신한테 한 점 부끄러움이 없도록 최선을 다해 달라는 부탁도 덧붙인다. 잘하고 있다. 사랑하는 아들, 화이팅!!!

　그리고 보니 자식 3녀석 모두 대학입시에 재도전의 이력을 가지고 있어, 이게 집안 내력인지, 아니면 굽힐 줄 모르는 도전 정신의 발로인지 모르겠네!!! 나도 재수할 걸 그랬나? 갑자기 재투자한 돈이 생각나는 것은 내가 너무 이해타산적인 사람이라 그런가???

귀국 후 직장 생활 🌿

귀국하자 회사에서는 나에게 정책실(기획 담당원) 근무를 제안했다. 정책실은 최고경영자의 의지를 살펴 회사 전체의 미래 발전에 대한 장기 계획을 수립하고 현안 업무에 대한 정책을 결정하여 시달하는 업무를 수행하는 부서이다. 보람이 있는 부서이기도 하고 아무나 올 수도 없지만, 근무 강도로 인해 선호도는 높지는 않은 부서이다. 나는 책임급으로 진급을 앞두고 있는 데다가 해외 연수를 다녀온 뒤여서 근무 강도를 이유로 근무를 기피할 명분도 없고, 다행히도 부서장님이 평소 나를 관심 있게 살펴 주시던 분이라서, 이 부서에 근무하기로 결심했다.

참고로 우리 회사는 진급을 두 번 할 수 있다. 연구원으로 입사하여 5년 정도 후에 연구논문을 발표하여 통과하면, 근무평정 및 포상 실적 등의 자질 평가를 합산하여 자체 '승급심사위원회'를 거쳐 선임 연구원으로 승격하는 것이 첫 번째 진급이다. 이어 다시 10년 정도 지나면 그동안의 근무평정과 포상 실적 등의 자질 평가 결과를 합산하여 자체 '승급심사위원회'를 거쳐 책임 연구원으로 승격하는 것이 두 번째이자 마지막 진급이 된다. 그래서 두 번 진급하면 정년퇴직 때까지 호봉 상승만 이루어지는 인사 제도이다. 물론 보직은 최고경영자의 결심에 따라 책임 연구원 이상이면 누구나 가능한 것이지만 승급과는 별개의 문제이다. 나는 그 당시 선임 연구원으로 미국에 연수를 떠났고, 돌아와서 이제는 책임 연구원으로 승격을 바라볼 경력이 된 것이다.

　예상한 바와 같이 정책실의 기획 담당원 자리는 만만치 않았다. 항상 바쁘게 머리를 쥐어 짜내야 하는 소프트웨어는 물론이고, 밤낮을 가리지 않고 문서 작업 등의 하드웨어가 쉼 없이 작동되어야 하는 자리였다. 하지만 나는 있는 자리와 있는 여건하에서 최선을 다한다는 자세로 기획 담당원 직무를 수행했다. 밤늦게까지 근무하는 것은 일상이고, 밤을 꼬박 새우며 보고서를 작성한 적도 대단치 않게 여기며 업무를 이어 갔다. 이러한 노력의 대표적인 성과로는 회사 본부의 '신청사 건립(안)'을 기획하여 기획재정부로부터 예산 획득을 승인받았던 일과, 회사의 연도 정책을 'RE—UP A2D'라 정하여, 모든 직원들이 회사의 정책을 쉽게 인식할 수 있도록 '슬로건'으로 제시하였고, 예하 각 부서에서는 이를 달성하기 위한 세부 목표를 정하여 매진하도록 기획하였다. 이 내용은 Re—build, Up—grade Active, Basic, Co—work, Develop 등을 결합시킨 슬로건이었는데, 지금 그 세부적인 내용은 기억나지 않는다. 아무튼 이런 노력이 통했는지 다행히 원장님과 부서장의 신임을 얻는 데 성공했다고 자평한다.

　또한 새로운 제도의 도입을 위해 정책 연구과제도 수행하였는데, '장기 저장 화학 물자의 재활용 방안'으로서 이는 비상사태를 대비하여 장기저장 중인 화생방 물자에 대해 일정 기간 경과된 제품의 효율적 처리를 위한 정책적 대안을 제시하는 과제이다. 결국 장기저장 물자에 대한 신뢰성 평가 방법과 재활용 방법에 대한 정책을 제안하고, 이를 어떻게 도입하고 정착시킬 것인지의 대책을 제시하는 과제였다.

이때까지 장기저장 탄약에 대해서는 프로그램을 운영하고 있어 재활용에 따른 예산 및 물자 절약을 도모하여 왔는데, 장기저장 화학 물자에 대해서는 이러한 프로그램이 없어 폐기 시 환경문제 유발과 예산 낭비의 문제점이 잠재해 있었다. 나는 과제 책임자로서 이 정책 연구과제에 참여하여, 외국 사례와 탄약의 경우 등을 조사·분석하여 새로운 평가 제도가 도입될 수 있도록 기초연구를 수행하였고, 연구 결과 보고서를 제출했다. 결과적으로 이 보고서를 계기로 새로운 제도가 도입되었고, 현재는 장기저장 화학 물자도 신뢰성 평가를 통하여 저장수명의 연장이 가능하게 됨으로써, 예산 및 환경문제 유발을 저감하고 있다. 과제 참여에 따른 정책 도입에 기여한 보람을 느낀다.

이렇듯 바쁘면서도 성과가 창출된 점이 심사 위원들의 공감을 일으켰는지 이듬해 책임 연구원으로 당당히 승격하게 되어, 그동안의 수고가 결실로 이어진 보람을 느끼게 되었다. 책임으로 승격된 이후에도 최고경영자의 결원 등 회사 사정으로 일 년 반 동안 기획 담당원으로서 업무를 더 수행한 다음 부서장으로 첫 발령을 받았는데, 그곳이 바로 입사하여 첫발을 내디뎠던 대구 지역의 분실장(팀장)이었다. 이때는 두 딸이 대학 입시생으로서 열공하던 시기이기도 하였지만, 나는 인연이 깊은 도시인 대구에서 독신 생활을 시작하였다.

나의 소풍길 아토

부서장 업무 (1) 🌿

　지역 분실장의 역할은 10여 명의 팀원과 함께 지역 소재 사업장의 탄약 및 전투 물자에 대한 품질보증 업무를 수행하는 일이다. 무기체계의 일종인 탄약을 비롯하여 장병들이 먹고, 입고, 휴대하는 비무기체계 군수품의 품질을 보장하기 위해, 군을 대리하여 군수품 생산 현장에 나가 이상 유무를 확인하고 점검하여, 우수한 품질의 군수품이 장병들에게 보급되도록 발로 뛰는 최일선의 대민·대군의 업무를 수행하는 일이다.

　2000년대 중반까지(이후 정부 부처 출범에 따른 기관 재편성)의 짧은 기간 동안 분실장으로 재직하면서, 전투화 제조용 가죽의 불량품 사전 적발, 규격 불일치 포탄의 원인 분석 등 생산 현장에서 발생한 이상 내용의 후속 조치를 투명하고 공정하게 처리하기 위해, 팀원들과 머리를 맞대며 고생했던 기억이 떠오른다. 그러나 보다 세부적인 내용은 군 관련 내용으로서 여기서는 생략하기로 한다.

　한편 이 당시 국방과 관련된 사회적 이슈는 노무현 정부 출범과 더불어 무기체계의 도입과 개발 등 국방획득제도의 전면적 개혁의 일환으로써, 방위산업 육성 사업 등을 총괄하고 방위력 개선 및 군수품 조달사업의 효율화를 위해 2000년대 중반에 정부 부처를 신설하는 등 획득 개혁이 진행되고 있었다. 여기에 우리 조직도 예외는 아니어서, 내가 속한 조직의

역할과 기능이 조정되었고, 회사명도 변경되었다. 이와 함께 나의 보직
도 변경되었고 명칭도 분실장에서 팀장으로 바뀌어 'ㅇㅇ팀장'으로 근무
하였다.

나의 소풍길 아토

갈매기 아빠의 밥상 🌿

아빠의 종류도 여러 가지인 모양이다. 대구로 내려가 독신 생활할 때 나는 '기러기 아빠'인 줄 알았다. 그런데 그게 아니고 나는 '갈매기 아빠'였다. 자녀들의 조기유학 때문에 자녀 혼자 또는 자녀와 엄마가 해외에서 거주하게 되어, 국내에 있는 아빠와 떨어져 사는 경우는 '기러기 아빠'라 말하고, 업무로 인해 지방에서 업무를 봐야 하는 가장이 아내와 자녀를 서울에 남겨 놓고, 혈혈단신으로 지방에서 거주하는 경우는 '갈매기 아빠'라는 것이다. 그러니 나는 '갈매기 아빠'였다.

'갈매기!' 그러고 보니 내가 대구로 내려간 것이 '소설《갈매기의 꿈》주인공(갈매기)처럼 고단한 비상의 꿈을 위한 것이었나?' 하는 자문도 해 본다. 아무래도 나의 경우는 원대한 '꿈'보다는 회사의 명령에 따른 피동적 순응의 결과였지 싶다. 비록 지방 전출이 자의적 의지에 따른 것이 아닐지라도, '갈매기 아빠'로서 당장 헤쳐 나가야 할 어려움에 봉착했다. 그건 다름 아닌 혼자 사는 외로움과 함께, 먹는 문제의 해결이었다. 외로움이야 주변에 동료도 있고, 주말이나 연휴 기간을 통해 서울로 올라가서 가족들을 만나 즐거운 시간을 종종 보내니 어느 정도 해소될 수 있으나, 먹는 문제는 매일 매끼니 부딪히는 일이니 그리 간단하게 해소될 현안이 아니었다.

내가 구세대인지는 몰라도 나는 양손으로 먹는 양식보다는, 한 손으로 먹는 한식을 좋아한다. 그런데 알다시피 한식의 상차림은 밥과 국 그리고 반찬으로 나뉘지 않는가? 따라서 이런 상차림의 격식을 차려 혼자서 매일 한식을 먹기란 결코 쉬운 일이 아니다. 나는 고민 끝에 몇 가지 원칙(아님 묘안?)을 실천했다. 첫째로 밥은 끼니마다 지어 먹었다. 3인용 소형 전기밥솥을 사용하여 미리 지어 놓고 먹으면 편하지만, 시간이 지나면서 밥이 변색되기도 하고 냄새도 나빠져서, 나는 이 방법을 즐겨 하지는 않았다. 다만 밥 짓는 도구를 전기밥솥과 양은 냄비 또는 소형 무쇠솥을 번갈아 가며, 상황에 따라 바꿔 가며 밥을 지었다. 다만 무쇠솥의 경우 정보매체 등에서 추천하는 방법으로 솥 겉면을 콩기름으로 발라 태워 보기도 했으나, 며칠 지나면 곧 녹이 슬어 버려 관리하기가 힘들어서 점차 포기하였다. 초기에는 전기밥솥을 자주 이용하였으나, 냄비로 밥 짓는 방법을 터득하고 나서는, 주로 이 방법으로 밥을 짓게 되었다. 빠르게 밥을 지을 수도 있고 약간의 눌은밥도 먹을 수 있어 내가 좋아하는 방법이 되었다.

두 번째로 국은 먹지 않기로 정했다. 나는 국을 무척 좋아하지만, '갈매기 아빠' 처지에서 매끼마다 국을 끓이기는 좀처럼 쉬운 일이 아니라는 것을, 너무 잘 알았기 때문이다. 국을 끓이려면 건더기용 야채나 고기 등이 필요한데, 특히 야채를 다듬은 뒤 남은 쓰레기의 처리가 귀찮은 일이고, 국이 남아도 뒤처리 방법이 성가시게 된다. 건강 측면에서도 국을 먹게 되면 자신도 모르게 염분 섭취가 많아진다는 것이 나의 생각이다. 음식의 온도가 높아지면 짠맛을 잘 느끼지 못하여 과도한 염분 섭취에 익숙

나의 소풍길 아토

하게 된다는 생각이다. 위와 같은 이유로 나는 국을 먹지 않는 방법을 택했다. 다만 어느 날 갑자기 국을 먹고 싶다는 강한 충동이 밀려올 때를 대비하여, 대응식을 준비해 두었다. 바로 라면이다. 그냥 라면이 아니고 해물탕면과 같이 국물이 핵심인 라면을 준비했고, 더불어서 입맛은 없으나 끼니는 때워야 할 경우를 대비하여 얼큰한 비빔면도 준비해 두었다. 아울러 중화요리가 생각날 때를 대비해서 짜장라면도 몇 봉 추가하여 구색도 갖췄다.

마지막으로 반찬이다. 반찬을 구색 맞춰 준비하려면 밑도 끝도 없는 일이 될 것 같아, 몇 가지의 한정 판매로 제한했다. 한국인의 으뜸 반찬인 김치는 기본 메뉴이므로 포함시켰다. 이를 지키기 위해 불가피하게 서울 집에서 돌아올 때, 몇 가지 밑반찬과 함께 '김치병'은 반드시 필수품으로 담아 오곤 했다. 아울러 밑반찬은 장기저장이 가능한 것을 우선으로 했다. 즉, 멸치볶음, 땅콩조림, 젓갈류, 진미채 볶음 등이 여기에 속한다. 아울러 마른김도 반드시 준비했다. 봉지에 담긴 구운 김보다는 나는 생김을 그때그때 가스레인지에 살짝 구워, 밥을 싸서 간장 찍어 입에 넣고 몇 번 씹으면, 밥알의 달콤함과 김에서 풍기는 바다 내음이 함께 어우러져, 나에게 먹는 행복을 배가시켜 주었다.

위와 같은 식단의 원칙 준수는 이후 '갈매기 아빠'로 지방 생활을 할 때면 습관처럼 이어져 나가, 어느 순간인지 아내의 식단이 좀 짜다는 느낌을 받기에 이르렀다. 나는 이것이 국을 먹지 않은 식단의 결과가 아닐까 짐작해 본다. 혼자 사는 생활은 힘이 들기도 하지만 여기서도 남는 게 있었다.

　먹는 얘기를 하다 보니 '갈매기는 무엇을 먹고 살지?'라는 궁금증이 생긴다. 알아보니 갈매기는 주식이 바닷물고기여서 바다에서 많이 보여 바닷새로 오해받을 뿐, 갈매기는 먹이만 있는 곳이라면, 강이든 하천이든 논이든 가리지 않고 날아온단다. 그래 맞다. 배에서 사람들이 새우깡 먹이를 주면 이걸 받아먹으려 애쓰는 갈매기의 모습을 TV에서 많이 보지 않았나? '갈매기 아빠'의 먹고사는 문제를 갈매기의 강한 생존력으로 이겨 내면 어떨까? 매끼니 부딪히는 먹거리에 지쳐 스스로 포기하지 않도록, 몇 가지 원칙을 정하여 실천해 보자. 어려운 일이 결코 아니다. 나의 경험에서 우러나 하는 말이다.

　　　　　　　　　　　　　　　　　　　　　　나의 소풍길 아토

부서장 업무 (2) 🌿

보직이 변경되어 ○○팀장으로 근무하였다. 이 부서의 업무는 그동안 계약기관에서 수행해 오던 업무로서, 외부 기관인 우리 팀에서 국내외 군수 조달품의 가격정보를 조사하여 계약 부서에 통보함으로써, 계약 금액의 합리적 산정과 조달 소요 기간의 단축에 기여하는 업무이다. 특히 해외에서 수입되는 군수품의 경우 가격정보의 수집과 접근에 제한요소가 많고, 또한 다수 품목에 대한 다수 정보원에 일일이 접근하여 검색해서 가격정보를 수집한 뒤, 이를 분류하여 보고서를 작성하는 데 많은 노력과 시간이 요구되는 일이었다. 따라서 10명 내외의 인원으로 수백 내지 수천 품목(부품 포함)의 가격정보를 일일이 수집하여 분석하기엔 어려움이 컸다. 특히 단순하지만 반복하는 일이고 후속 조치도 번거로워 업무 선호도마저 크지 않은 일이었다.

나는 위와 같이 업무에 어떤 개선점이나 불편한 사항이 있는 때에는 줄곧 이를 개선하는 방안을 고민하고, 대안을 제시하는 데 주저함이 없는 편이었다. 따라서 가격분석 업무에 제한이 많다는 점을 알고서야, 이를 가만히 놓고 볼 수 없는 문제로 인식하였고, 이의 개선책을 열심히 고심하던 차에 전산 업무에 밝은 팀원의 아이디어에 착안하여, 'Crawling 기능(검색 대상 주제어를 입력하고 사이트를 지정하여 프로그램을 작동하면 자동으로 검색 결과를 제시)'을 활용한 자동 검색 프로그램을 자체 개발하여 운용할 수 있었다. 이에 따른 인력 및 시간 절약은 추가 설명할 필요도 없는 획기적인 성과였다.

위에서 말한 'Crawling 기능을 활용한 가격정보 자동 검색 프로그램'은 이후 정부 부처 주관의 업무혁신 발표회에서 '최고상'을 차지하였으며, 회사 내 제안 발표회에서도 '금상'을 받았고, 이후 '군수품 가격분석 통합 프로그램'을 한국 프로그램 위원회에 특허 등록하는 성과도 이루었다.

팀장으로서 업무를 수행해 오던 중 외부 기관으로 파견되어 연수할 기회가 다시 주어졌다. '국방○○ 안보 과정'으로서 이 프로그램은 정부의 각 부처 및 공공기관에 근무하는 국장급 인사를 대상자로 선발하여, 국방 ○○으로 파견되어 1년간 국가 안보의 주요 주제들에 대해 교육을 받고, 현장 시찰 및 토론하는 프로그램이다. 이 프로그램에 파견되기 위해서는 회사의 최고경영자로부터 다수의 지원자 중에서 선발되어야 했다. 나는 원장이 지원자를 대상으로 순차적으로 전화 인터뷰를 한다는 소식을 전해 듣고, '내가 지원하게 된 이유와 복귀 후의 업무 계획' 위주로 답변을 미리 준비했다. 이후 원장과의 인터뷰에서 준비한 내용을 레코드처럼 답변했다. 결과는 내가 선발되어 이 프로그램에 참여하게 되었다.

리더의 모습 🌿

'국방○○ 안보 과정'은 나에게 참으로 멋진 시간 여행이 되었다. 이 프로그램의 성격을 피상적으로 이해하고 있는 사람은 이를 사교(혹은 운동) 모임이라고 생각할지도 모르겠으나, 적어도 나에게는 동의할 수 없는 해석이었다. 왜냐하면 나는 운동을 오래전부터 해 왔고(국방 기관 연구원들은 군 관할 골프장을 정회원으로 이용할 수 있어 매우 경제적으로 운동할 수 있음), 또한 미국으로 ESEP 파견 시 700달러에 못 미치는 금액으로 1년 동안 미군 영내의 골프장을 제한 없이 운동할 수 있었기에 골프에 대한 기대심은 그리 높지 않았기 때문이다. 또한 골프를 잘 치지도 못한다. 지금은 골프를 하지 않은 지도 1년을 훌쩍 넘어 2년 가까이 되지 싶다. 아마 지금 실력이면 100대를 오르락내리락 할 게다. 내가 안보 과정의 연수에서 느낀 감흥은 다른 데 있었다.

앞에서 얘기했듯이 안보 과정에 선발된 인원들은 정부 각 부처의 국장급(군은 대령급) 인사와 산하기관의 부서장 이상의 인원들이 기관장의 추천에 의해 각 기관의 대표로 파견되어 온다. 따라서 인적 구성 측면에서 각 조직 내에서 그 능력이 검증된 인사들이라 볼 수 있고, 나이도 50대 내외가 되는 사람들이다. 그러다 보니 이들과의 대화와 접촉을 통해 얻은 인상은 한마디로 '멋진 군상들'이었다. 술을 마시고 취하여도 적정선을 넘어서 실수하는 이가 없었고, 다소의 흐트러진 모습에도 구성원들은 서로를 감싸고 응원하는 모습에서, 대한민국 정부에서 일하는 안보 과정 인사들의 됨됨이와 이런 사람들을 진급시키고 선발하는 인사 제도가 허술하지 않다는 것을 다시 한번 실감하였다.

이 프로그램은 교내에서는 안보 관련 과목의 교수진 강의와 외부 인사의 초청 강연을 필수로 수강하여야 하고, 아울러 영어 회화 및 악기 연주 등의 기타 선택과목을 수강하며, 외부 일정으로는 독도 및 백령도 등을 현지 방문하여 안보 현실을 체감하며, 여러 안보 협력국을 대상으로 하는 해외 시찰도 포함되어 있다. 아울러 이 연수 과정 중에 개인별로 주제를 선정하여 논문을 작성하고 제출하는 프로그램도 포함되어 있다.

모든 선발 인원들은 안보 과정에서 유급(1년 더 있고 싶은 마음)을 희망하고 있지만, 예외 없이 수료한 뒤 다시 소속기관으로 복귀한다. 졸업을 앞두고 학예회(?)가 있었는데 나는 안보 과정의 선발자 201명의 첫 등교로부터 소그룹 공동체 구성 그리고 국내외 시찰에서 느꼈던 감정들을 시로 엮어 발표하였는데(나중에 이 내용은 졸업 앨범의 표지 안쪽에 실렸음), 그 이후로 동료들은 나를 '유 시인'이라 불렀다. 그 내용을 뒤쪽에 싣는다. (제2편, 시, 〈안보동 8가 201번지〉 참조)

나의 소풍길 아토

부서장 업무 (3) 🌿

안보 과정을 마치고 다음 인사이동 시기까지 옛 소속이었던 ○○팀으로 복귀했다. 당시는 이명박 정부의 출범과 함께 '저탄소, 녹색 성장'을 국가 발전의 새로운 패러다임이자 비전으로 밝히고, 각 부처의 적극적인 정책 입안이 활발한 시기였다. 따라서 국방 분야도 예외가 아니므로 이에 대한 방안 모색이 필요한 시점이었다. 나는 이러한 시대적 상황에 착안하여 국방 분야의 대응 방안을 제시하여, '한국방위○○'에서 매월 발간하는 군사기술 전문지 〈국방과 ○○〉에 투고하여 게재됨으로써, 녹색 성장에 대한 국방 분야 종사자들의 이해 증진과 참여 방법이 모색되도록 제안했다.

안보 과정에서 복귀한 뒤 후속 인사이동이 다소 길어졌으나, 2000년도 후반 진급 이전에 근무했던 부서의 정책실장으로 발령받았다. 과거의 실무자에서 부서장으로 자리를 옮겨 근무하였다. 외부 교육을 다녀온 처지라 바쁘고 힘든 부서임을 알았지만 인사이동을 수긍할 수밖에 없었다. 동료 실원과 함께 현안 업무의 슬기로운 처리와 조직의 미래 발전을 위한 청사진 마련에 노력하였고, 특히 조직의 '장기 발전 계획서'를 회사 최초로 입안하여, 각 부서에서 업무 수행 시 지향점을 갖고 추진할 수 있도록 조치한 일이 기억에 남는다. 정책실장으로서 업무를 수행한지 채 일 년이 되지 않은 시점에 회사의 인사이동 계획에 따라 2010년대 초반에 나는 '○○센터장'으로 이동하였다.

부서장 업무 (4) 🌿

'○○센터장'은 관할 지역에 소재한 군수품 사업장의 품질보증을 관할하는 최고 지휘관으로서, 예하에 3개 팀을 지휘·통솔하는 업무를 수행하는 자리이다. 여타 조직도 마찬가지겠지만 우리 회사에서도 직책이 높아질수록 현장에서 몸으로 뛰는 실무자와 달리 센터장(보직자)은 직원들의 통솔과 최종 결재권자로서의 임무를 수행하는 것이 주 업무이다. ○○센터장으로 보임한 지 몇 개월 지난 그해 9월, 소위 '물 새는 전투화'로 알려진 신형 전투화 뒷굽(고무 제품)의 접착력이 떨어져, 그 사이로 물이 새는 불량품이 대량 발생되었다. 납품한 제품의 대부분에 품질 불량이 발생되어, 군 내부는 물론 뉴스의 핫이슈로 떠올랐다. 이때 언론에서 다룬 기사 내용은 대략 "국방부가 8년여 간의 연구 끝에 개발해 지난해부터 일선 부대에 보급을 시작한 신형 전투화 중에서 상당수의 불량품이 나와 파문이 일고 있다."와 같은 내용으로서 내가 부임하기 이전에 납품한 전투화에서 치명적인 결함이 발견된 것이었다. 이로 인해 병사들이(특히 신병) 당장 신고 훈련할 전투화의 보급이 막혔고, 대체 수단을 찾기도 곤란하여, 난처한 상황이 조성되었다. 신속한 사후 조치가 급한 상황이나, 이를 위해서는 먼저 원인 규명이 급선무였다.

그러나 전투화를 납품한 사업자는 영세하여 막대한 물량을 재생산할 여력도 없을뿐더러, 원인을 알지 못하면 재생산하여도 같은 불량 현상이

나의 소풍길 아토

재발되지 않는다는 보장이 없어 근본적인 해결책이 되지 못하기 때문이다. 회사에서는 나의 박사학위 논문이 고무 분야이므로 이에 대한 현안 해결의 총괄 책임자로서 임무를 수행토록 요구하였고, 또한 ○○센터에서도 전투화를 납품한 사업자가 포함되어 있어, 자연스럽게 이를 해결하는 현안 업무의 총괄 책임자로서 역할을 수행하였다.

먼저 원인 규명을 위해서는 과학적인 근거를 제시하여야 하므로 외부 공인시험기관에 정밀 분석을 의뢰하여, 그 결과를 제공받을 수 있도록 조치했다. 이때 시험분석의 방법과 그 결과의 해석에 대해 이해당사자들이 수긍해야 되므로, 정밀 분석 항목의 선정과 분석 방법 그리고 해석 기법에 대해 시험기관과 주도적으로 토의함으로써 정확하고 명확한 결과 도출에 노력했다. 그 결과 뒷굽의 원료인 고무 배합이 잘못되어 시간 경과에 따라 블루밍(Blooming) 현상이 발생되었고, 이로 인해 고무 계면 간의 접착이 떨어지는 현상이 발생된 것으로 결론을 맺어, 이에 따른 후속 조치가 이루어지도록 조치했다. 결국 납품업체는 과학적 근거 제시에 따라 변경된 배합으로 생산된 전투화를 보급하면서 '물 새는 전투화'는 뉴스거리에서 사라지게 되었으나, 나에게는 또 다른 현안 해결의 극복 사례로 남았다.

'물 새는 전투화'의 불량 원인을 규명하여 '물 막은 전투화'가 보급되도록 조치한 지 얼마 되지 않은 이듬해 또 하나의 사건이 발생했다. 기존의 장병용 모자 대신에 신규로 조달되어 착용할 '육군 베레모'에 보푸라기가 일어나는 품질 문제가 또 다시 언론의 주목을 받게 된 것이다. 원래 국군

의날(10월 1일)부터 전 육군을 대상으로 베레모를 착용할 예정으로서 품질을 확인하는 중이었는데, 품질을 확인한 결과 필링(Peeling) 현상이 발생되어 이후 보급 절차가 중단된 상태에 이른 것이다.

이에 정부 계약 부서에서는 우리 기관에게 '베레모' 필링 현상의 원인과 대책을 문의해 왔다. 이에 따라 나는 담당 팀장과 실무자에게 기존 베레모와 신형 베레모의 국방 규격을 상호 비교하여 그 차이점을 확인하고, 아울러 외국(유엔군 등) 베레모의 국방 규격 내용과 품질수준도 비교해 보라고 지시했다. 그 결과 해외에서는 필링(Peeling) 항목이 국방 규격에 명시되어 있지 않았으며, 제품을 비교 시험한 결과 외국군의 제품에서도 신형 베레모처럼 필링 현상이 동일하게 발생되는 것을 확인했다. 이에 따라 필링 시험을 국방 규격에서 삭제하는 방안을 기술 검토의 결과로 제시하였고, 이후 베레모는 제시된 방안에 따라 납품 조치되어 현안 문제가 해결된 것으로 이해하고 있었다.

그러나 납품 이후에 예기치 않은 문제가 발생했다. 외부 감사기관의 감사관은 나의 생각과는 전혀 상반된 결과를 제시했다. 국방 규격을 완화시킨 것은 결과적으로 계약 업체에게 부당한 이익을 안겨다 준 내용으로서 부적절한 행위이므로, 기관에서 나를 포함하여 팀장 및 실무자를 징계해야 된다고 알려 온 것이다. 기술자가 합리적이고 과학적인 결과를 바탕으로 의견을 제시한 것이 왜 잘못이냐며 감사 과정에서 수없이 항변하였지만, 외부 감사기관에서는 아랑곳하지 않았다.

위와 같은 감사기관의 의견에 나는 도저히 수긍할 수 없다며 '이의 제기서'를 제출했다. 주변에서는 지금까지 우리 회사에서 수도 없이 외부 감사를 수검했지만 그 결과에 이의 제기한 사례가 없었으며, 이의 제기하여도 받아들인 경우도 없을 것이므로 괜히 우리 기관의 이미지만 나쁘게 비춰지는 것이 아닌지 하여 우려하는 목소리가 컸다. 하지만 이들의 우려도 이의 제기는 개인의 신상이 걸린 사안이므로 각 개인의 뜻을 막을 수 없으므로, 나를 포함한 팀장과 실무자는 불복 의사를 감사기관에 통보했다.

불복 의사 제출 후 한참이 지난(일 년 정도 지난 것으로 기억) 어느 날 감사기관에서 최종 심의회가 있으니, 대상자들은 회의에 출두하라는 통보를 받았다. 심의회가 열리는 장소에 가 보니 적어도 10여 명 이상의 위원들이 회의실에 모여 있었다. 심의회에서는 대략의 감사 요지와 이의 제기 내용을 설명한 뒤, 위원장은 나에게 피심사자 대표자로서 센터장이 최후진술 하라며 답변할 기회를 주었다. 이때 나의 진술 요지는 이랬다. "나를 포함한 팀장과 품질보증원은 기술자들이다. 기술자로서 국내외 규격을 비교·검토했고, 더불어 과학적 분석 기법을 활용하여 외국군의 제품도 비교 시험한 결과, 신형 베레모의 규격이 잘못된 것으로 판단되어, 정부 부처에 해당 의견을 제시한 것이다. 이것을 잘못했다고 한다면 앞으로 기술 검토가 무슨 필요가 있겠는가? 만일 기술 검토를 잘못한 것이라면 얼마든지 책임을 져야 하겠으나, 그게 아니고 과학적인 기술 검토 결과로 사업자가 이득을 보았으니 기술자가 잘못했다는 지적에는 동의할 수 없다. 특히 우리의 기술 검토가 잘못되지 않았다는 점은 최근 타 공인 기관에서 제시한 국방 규격의 개선안에서도 우리가 제시한 내용과 동일한 결론을 제시되었다는 점을 보더라도, 우리가 낸 기술 검토의 타당성은 충분히 재입증되었다고 생각한다."가 그 요지였던 것으로 기억한다.

이때 최후진술을 안내하기 위해 심의회에 동반하여 참석했던 우리 회사 감사실 직원의 말을 듣고 나니, 나는 심의 회의 결과에 대해 희망을 갖게 되었다. 그것은 동료 감사실 직원은 심의회 옆방에 있는 조정실에서 심의 회의 대화 내용을 스피커를 통해 들었는데, 센터장의 진술이 일목요연하고 타당성 있게 들렸으므로, 결과를 긍정적으로 기대해 보자고 말하였기 때문이다. 얼마 후 감사기관에서 심의 결과를 통보해 왔는데, 심의 결과는 '불문'이었다. 우리 회사가 생긴 이래 외부 감사기관의 결과를 바로잡은 최초의 사례라며, 감사실 담당자는 열변을 토하던 모습이 생각난다. 그러나 나는 한편으로는 기분 좋기도 했지만 쓸쓸함이 동시에 밀려왔다. 부정적인 결과를 바로잡은 것은 좋은 일이지만, 이보다는 엉터리 감사 결과를 대외에 과시하듯 발표하여, 성실하게 근무하는 이의 근무 의욕을 상실케 하는 일이 재발되지 않도록 하는 것이 더 중요하지 않을까 하는 생각이 앞섰기 때문이다.

아무튼 베레모의 불량 현상을 해결하고 잠잠해질 무렵, 인사이동이 단행되었는데 이번에는 지방의 'ㅇㅇ센터장'으로 가라는 것이었다. 무슨 역마살이 낀 것도 아닐진대, '동가숙서가식' 하듯 여기저기 전국을 떠돌아다니게 되었다.

나의 소풍길 아토

부서장 업무 (5) 🌿

새로 부임한 '○○센터장'은 관할 지역에 위치한 군 관련 사업장의 품질보증을 관할하는 총괄 부서장으로서, 예하에 4개 팀을 지휘·통솔하는 업무를 수행하는 자리이다. 여기서 근무하면서도 서너 가지 현안을 해결하려고 바삐 지내게 되었다.

그 대상이 되었던 내용은 VHF 안테나 부품류 하자처리를 비롯하여, 유도탄 고속함 워터제트 추진기의 직진 안정성 미흡 사항 그리고 잠수함의 추진 전동기 손상에 따른 원인 규명 기술 검토 등 현안 업무 해결에 주력하며 부서장 근무를 이어 갔다. 이런 현안 해결 과정에서도 많은 에피소드가 있지만, 여기서 언급하는 게 보안 사항도 있어 적절하지 않은 것으로 판단되어 세부적인 내용은 이만 줄인다.

이런 부서장 생활도 일 년 남짓 지나 새해가 밝아 오자 회사는 다시 인사이동을 단행하였고, 여기서 나는 그동안의 부서장 직무를 떠나 정년퇴직을 준비할 수 있는, 업무가 다소 복잡하지 않은 '○○센터장'으로 이동하였다.

미래를 위한 인고의 시간 🌿

여기서 잠깐 'ㅇㅇ센터장' 직분을 수행하던 시절에 있었던 인생 터닝 포인트가 된 얘기를 하지 않을 수 없다. 센터장 직무를 수행하던 때 나이는 벌써 오십 대 중반을 넘어서고 있었다. 선배들의 이야기였고, 아주 멀리 느껴지던 정년 퇴임의 모습이 내 눈앞에 어른거리기 시작한 시점이 된 것이다. 이때 아내와 딸·아들은 서울에서 생활하고, 나 혼자 부산의 관사에서 독신 생활을 하고 있었다. 지금 돌이켜 생각하면 이때 인고의 시간이 오늘날 이모작 인생의 밑거름이 되었다는 생각에 나름 흐뭇함을 금하지 못하고 있다.

앞에서 얘기한 바와 같이 대학원 복학 이후 취직을 위해 기사 자격증을 따려고 노력하였고, 그 결과 화공안전기사 등의 기술자격증 취득에 대해서는 앞에서 기술한 바 있다. 이후 시간은 흘러 기사 자격을 넘어서는 기술사 자격을 치를 수 있는 자격도 생기게 된 40대 즈음부터, 화공안전기술사 취득을 목표로 여러 번 시험에 도전하였으나 계속해서 낙방했다. 당시에는 화공 안전과 관련된 전문 서적도 흔치 않았던 시절이었고, 꼭 취득해야 된다는 동기부여도 크지 않았던 터라 열심히 공부하지 않은 이유도 있었겠지만, 도전에 실패한 것이다. 그러나 마음 한구석에는 늘 화공안전기술사를 꼭 취득하겠다는 강한 욕구가 잠재해 있었다. 그 이유는 여러 가지가 있겠으나, 화공안전기사를 공부하는 과정에서 얻은 매슬로

나의 소풍길 아토

(A. Maslow)의 욕구 단계설이 가장 큰 자극이 되었다.

매슬로는 단계별로 상승하는 인간의 욕구를 5단계로 구분했다. 그 첫째는 따뜻함이나 거주지, 먹을 것을 얻고자 하는 '생리적 욕구'이고, 두 번째는 근본적으로 신체적 및 감정적인 위험으로부터 보호되고 안전해지기를 바라는 '안전의 욕구'이며, 세 번째는 집단을 이루고 싶고 동료들로부터 받아들여지고 싶다는 '소속감이나 애정욕구'가 그것이며, 네 번째는 내적으로 자존, 자율을 성취하려는 내적 존경 욕구 및 외적으로 타인으로부터 주의를 받고, 인정을 받아 집단 내에서 어떤 지위를 확보하려는 외적 '존경 욕구'이다, 마지막 다섯 번째는 '나의 능력을 발휘하고 싶다' 혹은 '자기 계발을 계속하고 싶다'는 '자아실현 욕구'가 그것이다. 여기서 나는 '안전 희구 욕구'에 주목하였다. 결국 앞으로의 사회는 안전에 대한 의식이 높아질 것이고, 근로자의 의식도 안정적인 의식주 해결로부터 안전 욕구로 전환될 것이라는 나름대로의 전망을 갖게 된 것이다. 따라서 안전 분야의 전문 지식을 갖추면, 정년퇴직 후 이 분야에서 인생 이모작의 희망을 펼쳐 볼 수 있을 것으로 기대했다.

더욱이 부산에 근무하면서 매주 금요일 서울로 올라가 다시 일요일 부산으로 내려오는 일도 쉬운 일은 아니었고, 앞에서 말한 기술사 시험에 대한 욕망도 잠재되어 있던 터라 이러한 환경을 발판 삼아 마지막 인생 시험에 도전하기로 심지를 굳혔다. 먼저 화공 안전의 기술자료 확보가 관건이었다. 그간 전문서적으로 나온 《화공안전공학》(2권) 및 《산업안전공학》(1권)으로 구성된 수험서(유철진 편저)가 전부인 마당에 이것만 가지고는 시험 준비에 부족하다는 생각으로 인터넷을 검색해 보니, 한 곳에서 화공안전기술사 준비 자료를 집대성한 자료집을 약 30만 원에 판매한다는 정보를 입수했다. 적은 돈은 아니지만 일단 투자하기로 결심하고 입금하니, 세 권의 자료집이 배달되었다.

　그리하여 ○○센터장으로 업무를 수행하면서 저녁 시간과 상경하지 않은 휴일 등의 여유 시간을 활용하여, 화공안전기술사 시험을 본격적으로 준비했다. 공부할 대상으로는 앞에서 언급한 3권의 수험서와 더불어 3권의 자료집을 기본으로 공부하고, 기출문제에 대한 분석을 항목별로 분류하여 목록화하면서, 부족한 전문 지식은 인터넷을 검색하여 별도 파일로 색인하여 공부했다. 기사 시험과 달리 기술사 시험은 모두 주관식 시험이므로, 아침 일찍부터 시작한 시험은 오후 늦게까지 과목당 100분씩 4과목을 치르는 험난한 전형이다. 따라서 단순한 기계적 암기가 아니라, 알고 있는 내용을 조리 있게 서술하는 것이 중요하므로, 공부하면서 열심히 기술하는 연습도 병행하여야 한다. 이렇게 열심히 일 년여를 준비하여, 드디어 부산에서 필기시험을 치렀다.

　1차 필기시험을 치르고 귀가하던 그날 저녁, 관사 아파트의 침실에 혼자 누워 움직일 수 없을 정도로 뻐근한 어깨를 만지며 합격 여부를 떠나, 그동안의 지난한 시간에 걸친 인내의 시간을 회상하며, 닭똥 같은 눈물을 뚝뚝 떨구던 기억이 지금도 아련하다. 앞에서도 언급한 바와 같이 나는 자식들에게 항상 강조해 온 말이 있었다. 과정과 결과에 대한 얘기인데, "결과가 설령 좋지 않을지라도 진실로 자신에게 부끄럽지 않을 만큼 최선을 다했다면, 그건 자신의 잘못이 아니다. 명석한 두뇌의 유전자를 갖지 못한 부모의 잘못이다. 그러나 반대의 경우로 대충대충 공부했으면서 좋지 않은 결과에 눈물 흘리며 후회하는 모습은 결코 용납할 수 없다"는 것이다. 나는 기술사 시험에 최선을 다해 준비했다고 떳떳하게 말할 수 있었으므로, 좋은 결과를 기대하면서 지난 시간을 스스로 격려한 것이었다.

1차 필기시험을 치른 지 한 달 정도 지난 즈음, 운 좋게도 합격 통지를 받았다. 운이 좋았다는 표현은 다름이 아니라, 거금 30만 원을 투자하여 구입한 자료집의 내용 중에 두 문제가 이번 시험에서 동일하게 출제되어, 답안지를 쉽게 적을 수 있었던 게 결정타였다고 생각하기 때문이다. 이후 나는 혹시 시험을 준비하는 사람에게 조언하는 일이 있으면, 공부에는 반드시 투자도 필요하다고 강조하고 있는데, 그 이유는 여기에 연유된 것이다. 남이 공부한 책을 얻어 공부하면 아까움이 덜해 아무래도 관심이 적어질 것이나, 자신이 투자하여 공부하게 되면 돈이 아까워 관심을 더 기울일 것이고, 이것이 시험공부에 자극이 될 수 있다며, 앞에서 경험한 나의 사례를 힘주어 강조하고 있다.

1차 필기시험에 합격한 뒤 2차는 구술 면접을 준비해야 한다. 이를 위해 그간 공부하였던 내용을 다시 한번 복습하였고, 2차 구술 면접에 응시하였는데, 면접관 세 분이 돌아가면서 질문하였는데, 의외로 잘 알지 못하는 내용도 있어서 당황하기도 했으나, 아는 내용에 대해서는 침착하고 조리 있게 설명하려 힘쓰면서 응시했다. 또 다시 한 달 정도의 시간이 지난 어느 월요일 오전 9시경, 휴대폰에서 기분 좋은 안내 문자가 뜨기

만을 애타게 기다렸고, 그 기대에 부응한 합격 문자를 받았을 때의 기분은 정말 모든 것을 다 이룬 것처럼 행복하였고 날아갈 듯 기쁨으로 충만했었다.

그날은 회의 참석차 동해안으로 출장을 가던 날이었는데, 기쁨을 주체할 수 없어 동행하던 팀장에게 뽐냈던 일이 머쓱하게 기억난다. 그리하여 네 번째 기술 자격인 화공안전기술사(2012.05.)를 취득했다. 합격의 기쁨을 한동안 만끽하면서 'ㅇㅇ센터장'으로 근무했고, 이듬해가 되자 회사의 인사이동 계획에 따라 그동안 부서장 직무를 수행해 오던 업무를 떠나, 조직 구성과 업무 형태가 복잡하지 않은 'ㅇㅇ센터장'으로 이동하여 정년퇴직을 준비하는 계기가 되었다.

나의 소풍길 아토

고향에서 근무 🌿

    '○○센터장'은 관할 지역에 소재한 중소기업 중에서 기술성이나 성장성이 상대적으로 높아, 정부에서 지원할 필요가 있다고 인정되고, 국방 사업에 진출을 희망하는 중소벤처기업을 대상으로 지자체와 공동으로 방산 참여의 기회를 제공하여, 민간 아이디어의 국방 분야 접목을 위한 제반 지원 업무를 수행하는 자리이다. 2명의 매니저와 함께 대상 기업으로 선정된 20여 개의 협약 기업을 대상으로 연구개발 과제 및 전시회 참여 등에 예산을 지원하는 활동 및 국방 관련 기술자료 제공과 관련 정보를 제공하는 비예산 활동을 수행한다. 국방○○○에 입사하여 30여 년 동안 타향에서 근무하다가 처음으로 고향 땅에서 근무한다는 즐거움도 있었으나, 지역 산업계의 실정은 국방 분야라는 새로운 시장에 참여한 실적이 매우 저조하였고 안보라는 특성상 접근도 쉽지 않은 형편이었다. 이런 여건하에서 나는 국방 분야의 가이드로서 모범적인 역할을 수행해야 된다는 중압감도 뒤따라 심적인 부담감을 간직한 채 업무를 수행하게 되었다.

    예상한 바와 같이 협약 기업의 국방 분야 진출은 의욕만큼 쉬운 과제는 아니었다. 각 군의 소요처를 대상으로 협약 기업의 보유 기술을 전파하여 신규 개발 품목이 군에서 소요제기 되도록 현장 방문을 통하여 협조하였고, 국방 적용이 확정된 품목에 대해서는 국방 규격 등의 기술자료를 제공하는 등 다방면의 노력을 경주하였으나, 당초의 기대와 달리 성과는 크지 않았음을 고백하지 않을 수 없다. 특히 국방 적용을 위한 개발과정은 5년 이상의 장기간이 소요된다는 점을 감안할 때, 단기간 내에 그 성과를 기대하는 것도 다소 무리가 있는 실정이었다.

다만 이 과정에서 협약 기업을 대상으로 개발 자금 및 기술지원 등과 함께, 협약 기업 근로자들에 대한 건전한 직장 문화 조성을 주제로 교육 프로그램을 기획하여 직접 강사로 나서기도 했다. 이 프로그램은 '직장, 우리 힘차게!(같은 일, 다른 무엇)'라는 주제로서, 여기에는 일자리 이야기, 하루를 어떻게, 행복 만들기, 제안과 안전, 회사 경영 등의 내용이 포함되어 있어, 중소기업 근로자의 일하는 자세와 산업재해 예방을 위한 안전 작업 유의 사항 그리고 중소기업의 회사 경영방식의 사례를 열거하면서, 종사자들의 자부심 고취와 아울러 사기 진작이 도모되도록 현지로 가서 직접 강의했다.

아울러 당시 산업계의 사회적 이슈 중에 하나였던 '사회적 책임(SR)'에 대해 국방 분야에서는 어떻게 대응해야 좋을지를 검토하여, '국방 분야에서 사회적 책임(SR)의 의미와 참여'라는 제목으로 한국방위ㅇㅇ에서 매월 발간하는 군사기술 전문지인 〈국방과 ㅇㅇ〉에 투고하여 게재됨으로써, 국방 분야 종사자들의 사회적 책임에 대한 이해 증진과 참여 방법의 모색되도록 방안을 제시하였다.

두 번째 기술사에 도전 🌿

'○○센터장'으로 근무한 기간이 6개월을 넘기자 업무도 익숙해졌고, 시간활용에도 여유가 생겼다. 원래 가만히 있지 못하는 성격이라서 그런지 몰라도, 2010년대 중반이 되자 새로운 도전 의욕이 발동했다. '품질관리기술사'에 도전해 보기로 결심한 것이다. 사실 '국방○○○'은 품질관리 분야에서 국내에서 가장 큰 조직이며, 이러한 조직에서 30년 이상을 근무해 왔음에도 이렇다 할 품질 관련 전문성을 내세우지 못하는 데 늘 아쉬움을 간직하고 있었고, 또한 '품질관리기사'를 취득한 지도 30년이 지나, 한 단계 도약할 시기도 됐다는 측면에서 새로운 도전 대상으로 선정하게 된 것이다. 여기에다 일 년 전에 취득한 '화공안전기술사'도 든든한 뒷배가 되었다. 이미 기술사를 취득한 경험이 자신감을 배가시켜 줄 뿐만 아니라 설령 실패해도 밑질 게 없다는 생각은 실패의 두려움을 반감시켜 주었다.

'품질관리기사'를 취득할 때도 경험했지만, '품질관리기술사'는 수많은 계산식을 이해하고 기억해야 하는 지난한 도전의 영역이다. 다만 앞서 기술사에 도전한 경험을 바탕으로 전문 서적을 구매하여 기본 개념을 숙지하였고, 핵심 내용을 별도로 요약하여 파일로 정리하였으며, 주제별로 요점을 수집하여 파일링한 뒤 목록을 작성하여 복습 시 편리하게 활용할 수 있도록 준비했다. 이 종목도 다른 기술사와 마찬가지로 1차는 필기시험이고 2차는 구술 면접의 전형이다. 이듬해 초에 1차 필기시험이 예정되어 있어 연말부터 시작된 공부 기간은 약 6개월 정도가 남아 있었다. 열심히 공부하고 준비했지만, 1차 필기시험 결과는 불합격이었다. 1차 필기시험 결과가 발표되자 바로 다음 검정 일정에 다시 응시했다. 지난 번 1차 필기시험에서 미진했던 부분을 중점적으로 보완하면서, 문제 풀이의 시간 절약을 위해 고급 성능의 공학용 계산기를 새로 구매했다. 다행히 곧 이어진 검정 일정에서 1차 필기시험에 합격했고, 이어진 구술 면접시험에 통과하여, 마침내 11월 최종 합격 통보를 받았다. 그리하여 다섯 번째 기술자격인 '품질관리기술사(2014.11)'를 취득했다.

이를 통해 얻은 경험을 말하자면, 먼저 '떡도 먹어 본 사람이 먹는다'는 점이다. 앞서 '화공안전기술사'를 취득한 경험이 '품질관리기술사'의 공부에 큰 도움이 되었다. 어떤 분야를 어떻게 준비하고 공부하는 것이 가장 효율적인지에 대해 본인에 적합한 맞춤형 전략 수립이 가능했다는 점이다. 두 번째는 앞서 언급한 바 있으나, 도전에 소요되는 경비에 투자하라는 것이다. 나의 경험을 추가하자면 두 번째 응시한 '품질관리기술사' 1차 필기시험 과정에서 겪은 얘기를 하지 않을 수 없다. 필기시험을 한참 치르고 있던 와중에 계산이 잘못된 것을 발견했다. 따라서 답안지를 전면 수정해야 하는데 벌써 시험 마감 시간이 임박한 시점이 되었다. 1초라도 빠른 계산이 필요한 상황인데, 바로 새로 구입한 고급형 공학용 계산기가 결정적인 도움을 주었다. 계산시간의 단축에 기여한 것이다. 만약 기능이 다소 떨어진 종전의 계산기를 사용했다면 제한시간 내에 마무리하지 못할 수도 있었다고 연상하니 아찔함과 동시에 천만다행으로 생각되었다. 나는 다시 한번 주장한다. "시험에 도전하려면 필요한 투자는 반드시 하라."

나의 소풍길 아토

새로운 임무와 성과 🍃

　고향에서 남은 직장 생활을 보낼 것이라는 기대는 얼마 되지 않아 무너졌다. 다섯 번째 기술 자격이자 두 번째 기술사 취득의 기쁨이 채 가시지 않은 상황에서 '부지선정 TF팀장'으로 인사 발령이 난 것이다. '부지선정 TF팀장'은 동료 직원 2명과 함께 군수품의 검증을 위한 인프라 구축의 일환으로 각종 시험평가 설비가 구축되고 연구원들이 근무하는 가칭 '국방 ○○센터'가 들어설 신축 부지를 선정하는 한시 조직의 책임자였다. 업무의 특성상 기존에 없던 일을 한시적으로 수행하므로, 직원 중에서 적합한 인원을 선발하여 업무를 수행토록 해야 하는데, 여기에 지원하는 인원이 없는 상황에서 내가 지명된 것이었다. 누군가는 해야 할 업무이지만 그게 내가 될 줄은 몰랐으나, 인사 명령이 난 이상 새로운 업무 파악을 위해 회사 본원이 위치한 지방으로 이동했다.

　공공기관의 특성상 모든 예산은 정부에서 승인된 한도 내에서 집행해야 하므로, 당초 정부에 제출한 '업무 추진 전략 보고서' 등의 기획안을 확인하고, 이를 구체화하기 위한 부지선정 계획에 돌입했다.

　가장 먼저 시작한 업무는 그간 추진되었던 공문서를 확인하고 난 뒤, 앞으로의 추진 방향을 설정하는 것이었다. 다음으로 유사한 사례를 확인하여 좋은 점을 벤치마킹하는 일을 추진했다. 여기에는 '신행 정수도 입지 선정', '기업도시 시범 사업 선정', '혁신도시 입지 선정', '태권도 공원 조성 후보지 결정', '경기 북부 폴리텍 설립 부지 제안' 등의 사례를 수집했고, 이를 통해 입지 선정 평가 방안을 구체화했다. 가장 중요한 요소는 입지에 대한 평가 체계가 중요하다는 점을 인식하여, 입지 선정 방식과 평가 단계, 평가단 구성, 항목 평가 방법, 평가 측정 방법 등을 단계별로 추진했다, 더불어 입지 선정 기준 및 세부 평가 항목을 확정하였는데, 여기에는 ① 인프라 구축 용이성 ② 사업 수행 효율성 ③ 수요자 접근성 ④ 전문 인력 수급 및 정주 여건 우수성 ⑤ 부지의 경제성 및 환경영향 ⑥ 지자체 지원 등으로 구성했다. 또한 최적의 입지에 대한 정보를 입수하는 것도 중요하다는 판단에 따라 본 사업계획을 전국의 광역지방자치단체에게 알려 지자체별로 내부 경쟁을 통해 우수한 입지를 선정하고, 이것이 우리 회사에 제출되도록 유도하는 공모 방식을 채택했다. 이런 방식을 채택한 이유는 각 지방단체장은 자신의 지역에 공공기관을 유치함으로써 양질의 일자리는 물론 부수적인 경제효과를 유도할 수 있어, 자신의 치적으로 생각하고 적극적인 유치 경쟁을 벌일 수도 있다는 점에 착안한 것이었다.

이렇게 각 광역지자체에 공문을 발송한 결과, 기대 이상으로 8군데에서 최적지를 선정해 왔고, 이를 대상으로 최종 입지의 선정 절차에 착수했다. 선정 과정에서의 공정성과 객관성을 담보하기 위해 내부 및 외부 전문가들로 구성된 평가단을 구성하였고, 이들 평가단에는 내·외부 인원을 고르게 편성하여 지역별로 쏠림 현상이 없도록 인원 선정 방안에 반영했다. 이 과정에서 벌어진 여러 가지 에피소드를 자세히 밝힐 수는 없으

나의 소풍길 아토

나, 다사다난했던 일 년여의 고생 끝에 최종 부지가 선정되었고, 현재는 이곳에 '국방○○센터'가 신축되어 활발하게 업무를 수행하고 있어 보람을 느낀다.

　실질적으로 '부지선정 TF팀장'은 그동안 몸담았던 '국방○○○'에서 행한 마지막 업무였다. 부지선정 업무는 내 인생과 직장 생활을 통틀어서 처음 수행한 업무였으나, 그간의 인생 경험과 회사 경력을 바탕으로 최적의 결과를 도출했다고 자부하며, 후배들에게 떳떳하게 결과를 펼칠 수 있음에 긍지를 갖고 있다. 한편 이러한 부지선정의 결과는 '국방○○○'에서 발간하는 〈기술로 ○○○〉에 게재하여 내·외부에 홍보한 것을 끝으로 부여된 임무를 마쳤다.

　부지선정 업무가 마무리되자 그동안 실행한 모든 문서를 후임자에게 인계하고, 가족들이 있는 서울 지역에서 정년퇴직까지 남은 기간을 근무할 수 있도록 근무지가 변경되었다.

눈병과 실손보험 🍃

직장 생활의 마지막 근무 부서를 얘기하기 전에 건강 문제를 하나 꺼내야겠다. 벌써 환갑이 지난 나이에 퇴직을 앞두고 사무실에 출근하면서, 컴퓨터 화면을 자주 들여다보았는데, 글씨가 예전과 다르게 잘 보이지 않는 느낌이 들었다. 노안이 진행된 것이겠지 하고 지나쳤다. 그런데 하루는 큰딸이 재직 중인 병원에 예약을 해 놨으니, 종합건강검진을 받아 보라며 권했다. 부부가 함께 종합검진을 받았고, 얼마 지나지 않아 병원에서 검진 결과를 알려 주겠다며 전화가 왔는데, 눈에 이상한 게 보이니 자세한 내용은 정밀검사를 해 보라는 것이었다.

그런데 나도 부모 세대처럼 병원 기피증이 있었던 모양이다. 나이가 들면 시력이 약해지는 것은 당연한 일이지 뭐가 대수겠냐고 흘려들었다. 이후 다시 한 달 정도 지났을까? 아무래도 시력이 이상하여 큰딸에게 평소의 시력과 건강검진 결과 이후 안내 전화 등 자초지종을 얘기했다. 그리하여 안과에서 검진한 결과 그 무시무시한 '황반변성'이라는 진단을 받았다.

황반변성이란 우리 눈의 황반이라는 곳에 변성이 일어나 시력장애를 일으키는 질환이다. 연령 관련 황반변성이라고도 하는데 시력에 매우 중요한 황반부가 나이가 들면서 여러 가지 변화로 말미암아 생기는 것으로,

나의 소풍길 아토

점점 진행하여 결국은 실명도 될 수 있는 질환이고, 최근 젊은이들에게도 많이 발생하는 추세로 알려져 있다.

그래도 나는 큰딸 덕분에 증상 초기에 발견되었고 진료 의사는 초기 증세라며 검진기로 찍은 사진을 보여 주는데, 오른쪽 망막은 매끄러운 데 반해 왼쪽 망막은 주름진 모습으로 찍혀 있었다. 바로 치료가 시작되었는데 치료 방법은 단순하게 눈알 안쪽으로 치료제를 주사하는 것이 전부였다. 이 치료제는 최근에 개발되었는데, 도입 초기에는 주사액의 가격이 백만 원을 훌쩍 넘었다 한다. 다행히도 최근에는 의료보험이 적용되어 20만 원 미만으로 조정되었다. 이때부터 2~3개월 간격으로 치료액을 주사 맞고 있는데 최근에는 그 간격이 4개월로 늘어나는 등 완치는 아니지만 더 이상 나빠지지 않은 상태로 생활하고 있다. 물론 나이에 따른 시력 저하는 별개의 문제이지만, 적어도 물체가 찌그러져 보이는 증상은 멈춘 것이다. 불행 중 다행이라고 생각하며 치료를 받고 있다.

그런데 기왕 얘기가 나왔으니, 병원비와 관련하여 겪은 에피소드 하나를 추가해야겠다. 나는 원래 보험 가입에 전혀 관심이 없었다. 직장에서 퇴직할 때까지 스스로 가입한 보험은 하나도 없었다. 다만 하나 예외가 있었는데, 회사에서 의무적으로 가입한 단체 실손의료보험이 그것이다. 이것도 실은 가입하고 싶어서 한 게 아니고, 회사의 정책상 개인 실손의료보험을 가입하지 않은 직원은 단체 실손의료보험에 의무적으로 가입해야 한다며, 개인별로 지급되는 인센티브 금액에서 일정 금액을 차감하고 지급하여 어쩔 수 없이 가입한 것이었다.

나는 평소에 감기 몇 번 걸려 본 정도의 건강 체질로서 질병에는 자신한다는 생각으로, 단체 실손의료보험의 의무적 가입에 속으로는 무척 황당하고 어처구니없는 일이라 생각한 채로 몇 년을 지나치게 되었다. 그러던 중 앞에서 말한 황반변성의 진단을 받아 일정 금액의 치료비를 보상받게 되니, 한편으로는 다행이다 싶었다. 보험 이것, 오!!! 나의 실수, 착각~~~

문제는 퇴직 이후였다. 황반변성의 진단을 받은 것이 퇴직을 6개월 정도 앞둔 시점이었으므로, 언제 끝날지도 모를 치료에 적지 않은 의료비 지출이 불가피한 상황이 닥친 것이다. 그런데 '쥐구멍에도 볕 뜰 날 있다' 했던가, 기쁜 소식을 접했다. 단체 실손의료보험을 5년 이상 가입한 사람이 퇴직하게 되면, 동일한 가입 조건으로 실손의료보험을 계속해서 가입할 수 있는 제도가 최근 신설되었다는 것이다.

퇴직하자마자 나는 해당 보험회사에 전화를 걸어 자초지종을 얘기하니 담당자는 잘 모르는 제도라며, 자세한 얘기를 들어 보자며 사무실을 방문해 달라 했다. '목마른 사람이 우물 판다'는 심정으로 보험가입 이력과 보험 관련 감독기관(금융감독원으로 추정)에서 시달된 신설 제도의 안내 공문 등을 가지고 담당자에게 설명하였더니, "자신도 잘 모르는 내용인데 확인 후 알려 주겠다." 했다. 얼마 지나지 않아 담당자로부터 연락이 왔다. 가입이 가능하니 이런저런 서류를 추가로 제시하라는 것이었다. 결국 힘들게 실손의료보험을 가입하여 지병 치료에 경제적인 도움을 받게 되었으니, 이 제도를 도입한 담당자님께 감사를 드려야 할 일이다. "고맙습니다. 담당자님~~~"

나의 소풍길 아토

기왕에 얘기가 나왔으니, '어찌하여 나에게 황반변성이라는 환영받지 못한 나쁜 놈이 쳐들어왔을까?' 하는 이유를 자문해 보련다. 첫째로 앞서 초등학교 시절 찍은 사진에서 눈을 찌푸린 장면을 볼 수 있었는데, 나의 눈이 천성적으로 햇빛에 약한 점이 있지 않았나 싶고, 둘째로 평소에 나는 햇빛을 가림막 없이 올려보던 습관이 있었다. 한여름 테니스 운동을 하면서도 이글거리는 태양을 즐겨 쳐다보기도 했고, 일식 장면도 선글라스 없이 올려보기도 했다. 선글라스 착용은 좀 건방져 보이기도 하고 특수 요원처럼 보이는 게 마뜩잖아, 쓰는 것 자체를 기피했던 것도 사실이었다. 마지막으로는 기름진 음식의 섭취가 한 원인이 되지 않았을까 싶다. 평소 삼겹살이나 소고기로 만든 음식을 먹다 보면 식구 중 일부는(해당자의 명예를 위해 누군지는 밝히지 않겠음 ㅋㅋ) 기름진 부분을 골라 내어 놓고 살코기 부분만 먹는 일이 자주 있었다. 이에 나는 이렇게 구수하고 맛있는 부위를 왜 골라 내놓느냐며 그걸 집어 먹기 일쑤였다. 이렇게 과도하게 섭취한 고콜레스테롤 음식이 망막에 영향을 준 게 아닐까 하는 것이 마지막 추론이다.

그렇다. 황반변성의 원인을 인터넷에서 검색해 보면 망막 부분에 있는 혈관이 출혈하거나 노폐물이 삼출되는 고콜레스테롤 혈증이라고 적시되어 있다는 측면에서 나의 추론이 근거가 전혀 없는 것은 아니지 싶다. 존경하는 독자님들!!! 혹시라도 이 글을 읽으셨다면 나와 같은 행동은 절대로 하지 말기를 바란다. 나쁜 선례는 저 하나로 충분하니까~ ㅋㅋㅋ

퇴직 준비 🌿

퇴직 전 마지막 근무 부서는 'ㅇㅇ시험센터'였다. 이 부서의 임무는 장기저장 장비·물자의 신뢰성 평가를 통하여 저장 및 폐기 등의 결정을 위한 분석 자료를 군에 제공하는 업무이다. 여기서 나는 장비·물자의 신뢰성 평가를 담당하는 '시험분석팀'에서 팀원으로 근무했다. 각 부대에서 장기저장 중인 물자 중에서 시료를 채취해 와서 시험분석을 통하여 성능 저하의 수준을 평가한 뒤 분석 자료를 군에 제공함으로써, 과학적 자료에 근거한 효율적 관리 방안의 결정을 지원하는 업무이다. 여기서 나는 정년퇴직을 앞두고 시험분석 업무를 측면 지원하고, 현안 발생 시 대처 방안의 모색 등 대외 협력 업무에 일조하며 근무했다.

아울러 정년퇴직을 2~3년 앞둔 시점으로서 인생 이모작을 준비해야 하는 시기이기도 했다. 2종의 기술사 등 다양한 기술 자격증을 취득하여 나름대로의 대비에 노력하였으나, 이들 기술자격증이 퇴직 후의 취업을 담보해 주지는 못하므로, 또 다른 대안이 있는지 고민하던 중에 ISO9001 인증 심사원 자격 취득이 하나의 대안으로 떠올랐다.

이는 그동안 '국방ㅇㅇㅇ'에서 군수품에 국한하여 독자적으로 운영해 오던 국방ㅇㅇ시스템(DQMS)을 일반 산업계의 ISO9001 시스템과 통합하여 운영하도록 결정하여, 지금까지 DQMS 프로그램에서 심사원 및 심

나의 소풍길 아토

사 팀장으로 활동해 오던 심사 경력은 소멸되었기 때문이다. 따라서 통합 이후에도 ISO 9001 인증 심사원으로 활동하려면, 심사원 자격증을 신규 취득토록 요건이 변경된 것이다. 그간 부서장 보직 수행으로 대외 기관에서 시행하는 인증 심사원 교육을 신청하기에 다소 제한이 있었으나, 이제는 실무자로 근무하게 되어 교육연수의 걸림돌이 사라진 것이다. 그리하여 5일 동안의 '품질경영시스템 인증 심사원' 연수 교육을 마치고, 필기시험에 통과한 뒤, 심사 경력 요건 충족을 위한 인증 심사에 참여하여, 'ISO9001 인증 심사원(2018.03.)' 자격을 취득했다.

회색 지대의 생활 🍃

정년퇴직을 앞두고 3개월의 공로 연수가 나에게 주어졌다. 나는 20○
○년 5월에 정년퇴직이 예정되어 있어, 그해 3월부터는 회사에 출근할 필
요는 없어졌다. 진정한 자유인이 아닌 회색인 기간이 생긴 것이다.

이런 여유 시간을 어떻게 활용할 것인가를 고민하다 서울시에서 무료
로 운영하는 1년 과정의 전자분야 기술교육 프로그램에 지원했다. 당초
이 프로그램에 참여한 목적은 전자제품의 작동 원리를 공부하여, 가전제
품의 단순한 고장 발생을 스스로 수리할 수 있는 능력을 확보하여, 나와
이웃에게 도움이 되고 싶은 순수한 의욕에 따른 것이었다.

그러나 막상 교육을 받아 보니 집적회로로 제작되는 최신 전자제품의
작동 원리를 공부하는 것이 아니라, 반도체 개별 소자를 회로도에 따라
납땜 연결하는 등 기능사 시험을 대비하는 과정으로서 해당 기능의 숙달
에 집중하고 있어 당초의 기대와는 결이 달랐다. 그러나 당시의 여유 시
간을 대체할 만한 뾰족한 프로그램도 없어 다른 과정을 계속 탐색하고 있
었다. 그 결과 고용노동부 주관 '직업능력개발훈련교사 교직 훈련 과정'
이 대안으로 생각되어 이를 지원했다. 기술사 자격 등의 요건을 충족하
였고, 이 분야의 취업 가능성을 염두에 둔 포석이었다.

나의 소풍길 아토

'직업능력개발훈련교사'는 직업전문학교나 직업훈련원 등에서 근로자 또는 근로자가 되려는 사람들에게 직업에 필요한 기능과 지식을 가르치는 업무를 담당하는 훈련 교사를 말한다. 각 분야별 기술자격 혹은 경력을 소지한 자를 대상으로 교직 훈련 과정을 이수한 뒤, 자격시험을 거쳐 훈련 교사 자격을 인증하는 직종이다. 나는 서울시의 기술교육 프로그램을 잠시 중단하고, 교직 훈련 과정을 이수한 뒤 자격시험에 합격하여 '직업능력개발훈련교사' 자격을 취득했다.

똑딱추 바라기 🍃

서울시의 기술교육 프로그램 연수 과정 중 정년 퇴임식이 이루어졌다. '시간이 쏜살같이 지나간다'는 말이 있듯이 27세의 풋풋한 나이로 입사한 것이 엊그제 같은데, 벌써 36년의 세월이 흘러 그동안 오롯이 근무했던 정든 직장을 떠날 시간이 되었다. 돌이켜 생각하면 고마움과 함께 아쉬움이 많은 여정이었다. 내가 몸담은 직장은 가족 모두 건강한 모습으로 험한 세상을 이겨 낼 수 있는 경제적 받침돌의 착실한 원천이 되었고, 아울러 우리나라 안보의 대들보인 국방의 초석을 다지는 데 작은 역할이나마 기여했다는 보람도 안겨 주었다. 더 잘할 수 있었는데 하는 아쉬움도 있지만, 시간을 돌이킬 수 없는 안타까움을 간직한 채 머물던 자리를 떠나게 되었다.

아내와 작은딸 그리고 외손주가 함께 참석한 정년 퇴임식에서 나는 그간의 소회를 〈똑딱추 바라기〉라는 편지글을 읽은 것으로 퇴임사를 대신했다. 그리고 이 글은 이미 전자편지를 통해 회사 내 후배들에게 남겼던 글이었다. 이 편지의 내용은 초등학교 입학부터 대학까지의 학교 공부와 취업 그리고 결혼에 이은 회사 생활의 애환을 얘기했고, 마지막으로 퇴직 후의 바람 등을 괘종시계의 시계추(똑딱추)에 빗대어 쓴 글이다. 그 내용을 뒤쪽에 싣는다. (제3편, 편지글, 〈똑딱추 바라기〉 참조)

나의 소풍길 아토

인생 이모작의 시작 🍃

'국방○○○'에 36년간 재직한 뒤 정년퇴직하였으나, 퇴직 이후의 안정적인 직장을 구하기란 정말 쉽지 않은 일이었다. 특히 경력을 쌓은 곳이 공공기관이었고, 군수품의 납품과 연관된 직종으로서 그 폭은 매우 한정된 형편이었다. 따라서 나는 이러한 제한 요건과 무관하게 안정적인 직장을 구하기 위해 여러 가지 자격을 취득하려 노력해 온 것이다. 그러나 이러한 기술자격 취득과 직업능력개발훈련교사 자격 확보에도 불구하고 막상 희망하는 일자리 구하기는 말처럼 쉽지 않았다.

그러던 중 '한국화공안전 기술사 다음 카페'의 연말 모임에 참석하여 회원들과 대화하는 과정에서 선배 한 분을 알게 되었고, 이분의 소개로 때마침 전문직 인원이 필요했던 '산업안전○○'에 20○○년 입사했다.

입사하여 안전진단 업무를 시작하였으나, 이전부터 또 다른 기술자격인 '소방시설관리사'의 취득에 관심을 가졌었다. 그런데 이 시험과목 중에서 난이도 있는 특정 과목의 시험과목의 면제를 받으려면 '위험물기능장'을 취득해야 됐다. 그리고 '위험물기능장'은 화공 분야 지식을 밑바탕으로 하는 분야여서 학습에 큰 어려움도 없었다. 그래서 6개월 남짓의 공부를 통해 1, 2차 시험에 합격함으로써, 여섯 번째 기술자격인 '위험물기능장(2020.07.)'을 취득했다.

당초 이 기술자격의 취득 목적은 앞에서 언급한 바와 같이 '소방시설관리사' 시험에서 과목 면제를 받아, 이 자격증을 쉽게 따려는 것이었다. 그러나 현재 '화공안전기술사'로서 직분을 수행하고 있고, '소방시설관리사' 시험과목은 주로 기계·전기 분야의 기술지식을 바탕으로 하는 과목으로서 나한테는 접근하기가 쉽지는 않았다. 특히 그간 각종 시험 준비에 쏟은 열정 에너지와 육순이 지난 나이를 감안할 때, 엄두가 나지 않았다. 결국 '소방시설관리사' 취득을 과감히 포기하고 안전진단 업무에 전념토록 결심했다. 이럴 줄 알았으면 진작 포기하지 그랬어??? 괜히 사서 고생했잖아!!! 그런데 그렇지도 않았다. 위험물기능장 시험을 공부하는 과정에서 알게 된 지식이 안전진단 업무에도 많은 도움을 주고 있기 때문이다. "배워서 남 주는 것 아니야~~~" ㅋㅋㅋ

'산업안전○○'은 산업체의 안전 체계를 진단하여 기술 검토 결과를 제시하는 것을 주된 업무로 수행하는 기관으로서 고용노동부 인정의 전문 기관이다. 이러한 업무에는 PSM(공정안전관리) 이행 상태 평가를 비롯하여 ISO45001 인증체계 구축 및 중대재해처벌 관련 안전보건관리체계 구축 등으로서 안전 분야 전반의 컨설팅 업무가 주축을 이룬다.

안전한 사업장을 구현하기 위해 안전진단이 필요하다고 판단한 사업장이 전문 기관과 별도의 계약을 맺으면, 안전진단 기관에서는 전문팀을 편성하여 현장의 안전시설 설치 및 운용상태, 작업자의 안전 수칙 이행 상태, 법적 요구사항 이행 상태 등을 점검하고 미흡한 점을 도출하여, 이를 대상 기관에 제시하는 기술 컨설팅 업무이다. 이러한 안전진단 컨설

나의 소풍길 아토

팅을 수행하기 위해서는 고용노동부에서 정한 요건(인원, 시설)을 갖추고 심사를 받아야 하는데, 이중 인적 요건으로서 1명 이상의 안전기술사 채용이 의무화되어 있다. '화공안전기술사' 자격이 내가 채용된 주된 이유의 하나인 것이다.

　비록 '화공안전기술사(2012. 05.)'를 일찍이 취득하였으나, 기술자격 취득은 주로 이론적 지식의 확보 여부를 중점적으로 평가한다는 점에서 현장 실무 경험이 추가로 필요한 실정이었다. 입사 후 여러 가지 안전진단 컨설팅을 수행하면서 현장에 직접 참여하여 업무의 특성과 범위 그리고 참여 위원별 역할 등을 파악할 수 있었고, 이를 통해 지금은 실무에도 자신감을 갖게 되었다.

　한편 안전진단 컨설팅 업무를 열심히 수행하고 있던 어느 날 이전 직장의 후배로부터 전화가 왔다. 지역 센터장으로 근무하고 있는 후배는 나에게 퇴직 준비와 현재의 생활에 대하여 후배 직원들에게 한 시간 정도 강의해 달라며 부탁했다. 정들었던 직장을 떠나게 되었을 때, 나도 퇴직 후의 생활이 너무 막연하게 느꼈던 생각이 나서 흔쾌히 강의를 수락하였고 강의자료를 작성했다. 여기에는 공공기관에서 수행해 오던 업무와는 전혀 다른 분야에서 근무하게 된 배경과 이를 준비해 온 과정이 주된 내용이었다. 한 시간의 강의를 마쳤는데 후배들은 다른 선배들의 퇴직 준비와 다른 내용으로서 좋은 사례가 되었다는 후문이 있었으나, 개인에 따라 의견이 다를 수도 있다고 본다. 다만 내가 하고 싶은 얘기는 어떤 목표라 할지라도 준비는 빠를수록 좋다는 점이다. 사랑하는 후배들은 나를

닮으려 하지 말고, 나의 실패를 거울삼아 더 좋은 분야를 개척하기를 진심으로 기원한다. 아멘~~~

벌써 2023년의 11월이다. 2개월이 지나면 입사 5년째에 접어든다. '서당 개 삼 년에 풍월을 읊는다' 했던가? 이젠 안전진단 업무의 큰 줄기를 이해하고 있고, 일부 개선 방안을 제시할 정도의 실무 경력을 갖추었다고 자부하고 있다. 인생 이모작으로 새롭게 출발한 직장인으로서 작은 역할이지만 성실하게 근무하고 있으며, 이러한 역할 수행에 큰 보람과 즐거움을 느끼며 살고 있어 행복하다. 두 대표님 감사합니다~~~

다음 주 토요일 큰딸 생일 축하 겸 모처럼 가족 식사가 예정되어 있다. 사위는 대학병원에서 임상 교수로 그리고 큰딸은 종합병원에서 소아과 의사로 봉직하는 관계로 평일에는 시간 내기가 여의치 않아 휴일에 만나기로 했다. 이때 초등학교 2학년인 외손주도 참석할 테니 모처럼 귀여운 모습도 볼 수 있어 기대된다. 하지만 작은딸은 결혼은 미뤄 둔 채 유럽의 제약 회사에 근무하고 있고, 아들은 KAIST에서 8년째 객지 생활 중이라 딴 나라 사람들이다. 방 3개의 아파트에서 5명 가족이 북적대던 때가 엊그제 같은데 지금은 부부가 각방을 써도 하나가 남아돌아 산속 기도방처럼 적막만 가득하다. 다행히 올 연말에 작은딸이 휴가차 귀국한다니 온 가족이 함께하는 가족 여행을 계획하고 있어 집사람은 기대에 한껏 부풀어 있다. 이때 가장으로서 찬조금을 넉넉히 내 볼까 한다. 근데 얼마쯤 내야 넉넉하지???

나의 소풍길 아토

말이 나왔으니 하는 얘기인데 지금 생활비는 적은 액수이지만 직장에서 매월 월급이 나오고, 정부에서도 나의 윤택한 퇴직 생활에 동참해 주고 있다. 국민연금 얘기인데 지금은 종합소득세 관계로 수급을 중지하고 있지만, 중지된 기간 동안의 수급액에 대한 이자가 할증되어, 내년부터 다시 수령할 예정이다. 퇴직 당시의 봉급에 훨씬 미치지 못하는 수입이지만, 자식에게 두 손 벌리지 않고, 때론 손주에게 장난감도 사 주고 가족 외식비를 기쁜 마음으로 낼 수 있어 매우 행복하게 살아가는 오늘이다. 하느님 감사합니다. 아멘~~~

갈무리 🍃

오늘 아침 베란다 창문을 여는데, 바깥에서 오는 서늘한 공기가 옷섶에 스쳤다. 벌써 열한 구비 돌아선 달력도 남은 두 자락에 목줄을 연명하는 아침이다. 한 해를 마감하는 계절이 왔다. '나이 들수록 시간이 빠르게 지난다'는 말이 새삼 실감으로 다가온다.

이제 지난 세월의 더께를 들춰내는 일도 마무리해야지 싶다. 글을 남기는 일이 무슨 의미인지, 무엇을 위한 것인지, 아직도 명확하지 않지만, 다만 나의 지난 발자취가 아무런 흔적 없이 묻히는 게 겁나고, 이곳 생을 떠나 하느님 앞에 설 때 말주변 없이 중언부언 항변하는 것도 염치없는 일로 여겨져, 다소나마 정제된 글로서 엮어 보려 했다.

생판 모르는 분이야 어찌하랴 싶지만, 혹시 티끌만큼의 인연이라도 있었더라면, 이런 나의 푸념을 조금이나마 이해해 줄지도 모를 일이고, 특히나 나의 사랑하는 가족은 좀 더 이해의 폭이 넓을 줄 믿고 싶다. 그간의 삶에서 벌어진 행동과 말이 이 글에서 밝힌 생각과 상황에서 나온 것임을 알게 된다면, 좀 더 아량의 폭이 넓어지지 않을까 하는 바람도 없지 않다.

하지만 진실로 희망하는 것은 행여라도 이 글을 읽는 이의 삶에서 시행

착오의 선례가 되거나 희망과 용기의 본보기가 된다면, 더할 나위 없는 영광이자 보람으로 여기고자 함이다. 이런 나의 희망이 하나라도 실현되기를 꿈꾸며 '아토'의 첫 자락을 여기서 갈무리한다.

• 제2편 •

시(詩)

사랑하는 사람아 사랑할 사람아 🌿

다른 하늘 아래
그렇게 남겨 놓은 채 떠나 왔는데
하루 못 미쳐 들려오는 소리 있었네
내가 좋다고……

왠지 평온하고
그저 조용히 맞이하고픈 심사에
기나긴 삶의 이야기를 하염없이 담고 싶네
스무일곱 고개를 넘어오도록
그렇게 풀지 못했던 태초의 수수께끼를,
잊지 못할 한 해의 황혼녘에 당신이 이렇게
참으로 눈물이 나오도록 이렇게 알려 주어 버렸네

오! 주여
당신의 거룩한 뜻은 무엇이오니까
헤아릴 수 없는 당신의 계획은 무엇이오니까

숭고하게 그리고 순결하게
한 장의 백노지를 그대에게 바치옵니다

나의 소풍길 아토

당신의 놀라운 뜻이 깡그리 기록될

그런 하얀 종이를 말입니다

이 밤에……

1983. 11. 28. (21:49) 대구에서

비

비
너는 목마른 내 가슴 적실 수 있어 좋아
어느 적막 흐르는 여름날 오후 한때
달콤한 속삭임 있어 더욱 그래……

비
너는 타오르는 내 마음을 달랠 수 있어 좋아
한숨 내리쳐 달려오다가 문득 마주친
잊지 못할 너를 생각할 때 더욱 그래……

비
알 수 없는 신비의 궁궐에서 오는 것일까
이슬 머금은 산처녀 품에 안기듯
얼굴 수그려 나를 껴안아 부르는
따뜻한 네가 좋아
싫지 않아 좋아

1989. 7. 16
비 오는 오후
아내에게

나의 소풍길 아토

안보동 8가 201번지 🌿

국방○○○ 책임 연구원

나는 자의로 그대는 권유로
충무공 동상 앞 연못가 살얼음 질 때
깍두기 반찬에 더벅머리 무침들 한 식탁에 모여
안보동 8가 201번지 문패 달고
군악대의 관현악과 국악의 팡파르는
장도(壯途) 300일의 기상나팔을 알렸다

'씨뿌줄 가잎열'은
엄마가 가르쳐 주지 않은 우리말
친가와 처가가 실린 6막 7장의 족보 들추며
십장생 형제들은 벌써부터 옹기종기
자치기 놀이에 폭탄 돌리기 넘나들며
제 키보다 훌쩍 넘은 추억 탑 쌓기에 열을 올린다

한 막이 끝나면 어김없는 자아비판
이럴 때 이 집 저 집엔 오리 꽁무니 넘쳐 나지만
앞에 나선 주인공은 멋진 연예인 되어
내 가슴은 봄처녀처럼 일렁거렸다

제2편 · 시(詩)

159

때론 나도 유명 인사와 자리를 같이한다
비록, 생각과 삶의 간극이
연단과 객석만큼이나 멀어져 있을지라도
이 순간만큼은 함께 눈 맞춰 공감하면서
지난 발자취의 더께를 걷고
앞으로의 삶을 덧칠했다

독도, 그 정상에 의연히 달린 태극기
우리 국민은 늘 가슴에 응어리를 품고 살았다
그날 그 자리
안영복 선조의 300년 충혼은
동도와 서도를 시리도록 휘감아 돌아
큰 바위 얼굴 되어 창공에 넘실거렸고
동녘 너머 딸깍발이 철부지
두 손 불끈 꾸짖고 있었다

매미 소리 한낮보다 더 길게 울 때
'열심인 당신, 떠나라' 안보동의 가훈 받들어
반백 년 달려온 그만큼
뭍으로 산으로 바다 건너서
가족이란 이름 걸고 길게 쉬어 나왔다

시간은 생각보다 빨리 사과를 농익힌다

새벽녘 스산한 바람에 직장이 뒤섞이고
칭찬받을 일 별로 없는데
사감님은 자꾸 자서전을 쓰라신다

다그치는 마감 시간을 뒤로한 채
격전의 서해 최북단을 향한다

백령도,
항구 떠밀어 부산 갈만큼 내달아 닿은
또 한쪽의 끝 섬
한반도 거울삼아 박힌 서해 해금강은
심청일 바라보며 소청, 대청을 품고 터 잡아
두무진 기암절벽으로 병풍 휘둘고
우리의 소원 하나씩
사리(舍利)의 염원은 콩돌로 쌓아
세계 속의 천연 활주로 하나 사곳을 날고 있었다

아, 참으로 안타까움이여
독도의 철부지 모자라 백령도엔 망나니도 출몰한다
얄타의 사생아 38선을 경계로
장산곶 인당수 심청이 북녘의 볼모로 잡더니
허풍으로 달려들다 서해 수호신 참수리에 놀라 달아났다

바라건대, 망나니 목에 겨눈 비수의 칼날 백령도여
한 발 바로 앞 숨조차 틀어막힌 나의 반쪽을 위해
독도의 해 오름 정기 그대로
한민족의 볼카노 이곳 서부전선을 길이 비추소서

어릴 적부터 내 꿈은 모래성 쌓기에 과녁 맞추기였고
국외 학습의 과녁 또한 무지개 색깔보다 많은 꿈이었다
나는 고민을 살찌우며 희망의 화살을 던졌고
기대감이 현실로 바뀐 무지개 나라에서 나는
남의 떡 커 보인 후일담으로 과욕의 배를 채웠다

안타까운 시간의 정이 쌓여 아쉬운 연민의 세월을 낳는가
이제, 헤어져야 할 때 어김없이 다가와
우린 '전원 유급'의 희망을 접고
색인 목록의 희미한 흔적 남기고 돌아가야 한다

이때 나는 허전한 가슴 한편에
작은 속삭임을 채우련다
그리하여,
바람 몰아 흩뿌린 장대비 천둥으로 치닫는 훗날
실타래처럼 헝클어진 마음 가닥 찾기 힘들 때
속주머니 작은 속삭임 버릇처럼 들추이면
기쁘고 즐겁고 반갑게 맞는 벗이

엄마처럼 포옥 다가서기를…

그리고 또 얼마나 지난 어느 날

빼끗한 창문 틈 비집어 눈부신 아침 햇살 비추면

내 침실의 스크린은 흑백사진으로 오버랩되고

앳된 모습으로 얘기꽃 피운 친구는

추억이 만든 미소 입가 지으며

언제나 그 자리에 우뚝 서 있기를…

아! 그립고 멈추고 싶은 시간

안보동

8가

201번지여……

* 마무리를 앞둔 언제부터 엮이지 않은 매듭으로 며칠 동안 아침잠을 설치곤 했다. 마치 쓰지 않으면 멈추지 않을 것처럼 기관차에 올라 추억 더듬고 입김 불어 차창 유리에 검지 적어 내렸다.

눈물

오늘도 제 가슴에 눈물이 맺힙니다
허름한 외식에서 마냥 즐거이 훔치는
두 딸의 모습을 덩그러니 바라볼 때
힘없는 제 가슴에 목이 멥니다

생활의 모순 속에 오늘을 이겨 내는
힘겨운 아내의 모습을 저만치 바라볼 때
이건 아닌데 생각에 이르면
후회의 상념 속에 힘없는 눈물이 잉태됩니다

티 없이 맑던 한 숙녀가 생각납니다
그 어떤 핑계로 인생 역정(歷程)의 굴레를 둘러대도
피치 못할 사랑의 열매임을 알고서야
소스라치는 두려움과 함께 왠지 슬픈 눈물이 용솟음칩니다

오늘도 예견치 못한 비가 속절없이 내립니다
주룩주룩 가슴 여미며 두 볼 따라 흐를 때
눈물도 어우러져 키를 잽니다

아!

나의 소풍길 아토

만추우(晚秋雨) 🍃

선임 연구원 공학박사

시험분석실

산은 색동저고리 가슴으로 왔다 썰물 되어 뒹구는 창밖

기념사진만큼 도려낸 추억이 골방처럼 다가서는데,
만추우(晚秋雨)는 잿빛 덧칠한 하늘 내달아
손가락 뿌리치며 유리창 수채화를 펼친다

낙엽 토닥대던 소리 쌓이어 파문의 단추로 엮이고
한바탕 바람 몰아 흩뿌리기라도 하면
추억은 치닫는 기적(汽笛) 속으로 저며 들인다

그 언제던가……
양철 지붕 타던 만추우(晚秋雨) 후드득 날갯짓하고
추녀 밑 골패는 소리 가락 담아 스산할 때,
소름은 물줄기 되어 어깨 넘나고
홑이불 꺼내 덮어 가슴 좁게 추스르면,
돌아누운 눈 속에선 요람이 일렁거렸다

갓난아이 목욕하고 단잠 꾸는 양
한 켜 한 켜 넘는 옛날 웃음 머금다

어미 품 잃은 듯 혼자 놀래어
깨어 보는 천장엔 야윈 바람이
덩그러니 팔짱 끼고 홀로 서 있다

오늘도 만추우는 하늘 춤추다
구름 속에 내비친 햇살 그리 얄미워
내 상념에 흔적 남기고 자락 감춘다

일천구백구십사 년 시월

가을 산행

그저 떠난 가을 산행인데
산을 벌써 하늘 바탕에 색동 가슴 내밀었고
거울처럼 가까이 다가선 낯선 풍경이
가을 입김을 차창에 내뿜는다

상념의 누더기일랑 홀홀 떨쳐 버리고
작은 위안 삼아 찾은 나에게
산 그림자는 친구처럼 한 발 앞서 다가선다

초록 물 굽은 언저리 돌아
가쁜 숨소리 채찍하고
한 발짝 힘겨이 올라 고대의 눈길을 올리는데
가을 하늘은 아직도 저만치 걸쳐 있다

흐르는 물소리 풍경 담아 적적하고
뒹구는 낙엽 밟는 소리 귓가에 다다르면
마음은 무념(無念)의 나래를 펼친다

한구석 아쉬움일랑 등 뒤로 묻어 두고

돌아서 내친걸음 싫은 듯 총총거리며
오는 이보다 만족하며 산자락을 거두었다

올라앉은 차창 넘어 내일을 또 잉태하며
마음 다져 돌아온 처음 그 자리……

막내아들이 태어나기 이전(1995년경)

情 🍃

情이란 걸
그 누구도 알려 주진 않았습니다

그러기에
야속한 그대의 뒷모습을
목 긴 해바라기처럼 슬퍼하면서도
그것이 엄마의 가슴으로부터 온
삶의 태생이라는 것을 깨닫지 못하여
늘 그렇게 솜방망이로 가슴 탓하다
이젠 그런 당신을
제 풀에 지쳐 포기하려는지 모릅니다

풀 이슬 방울거리는 아침 처음
기도 손 맞잡아 다짐 또 하건만
마주친 당신으로 이내 무너져 버리는
그토록 허무한 까닭을 저는 도대체 알지 못합니다

情, 당신은 진정 나에게 그 무엇인가요
겨울 입김으로 왔다 이내 사라져 버릴

그저 한순간의 흔적인가요

저는 오늘도 그 이유를 알지 못하여
이렇게 또 하루를 예비합니다
'당신은 하나의 無情, 나는 전부인 有情'

시험분석실 근무 시(1996년경)

나의 소풍길 아토

다리 인생 🍃

선임 연구원 공학박사

시험분석실

생각해 보니 인생은 다리입니다

알지 못할 그 어떤 의미로

이처럼 부모 사이에서 태어난 것이

피할 수 없는 다리 인생의 시작이었습니다

세상 물정 모르고 뛰놀던 때도 잠시

배움과 반려자의 갈림길에서

심판대 오른 죄인처럼

출렁이는 조바심으로 구름다리를 건넜습니다

생활 전선에 뛰어들고서야

직장과 가정 사이에서 영도 다리처럼 오르내리는

반은 이곳 반은 저곳인 인생,

고부 사이 힘겨이 놓인 통나무 다리도

외줄 타며 어찌어찌 건넜습니다

머리 굽혀 힘겨이 오른 높은 일자리

빨리 가라 아랫것 눈치와 제 몫 찾은 윗분 등살에

어쩔 수 없이 샌드위치 되어 허둥거리는
이 또한 만성 체증의 한강 다리입니다

내 아무리 자린고비 발버둥 쳐도
세상사 오르내리는 인사 어림없지만
슬픈 사연엔 수줍은 듯 허리춤 훔치며
알아주는 이 없어도 묵묵히 자리 지키는
이름 없는 징검다리도 되어 봅니다

때로, 철부지 탓하는 모성(母性)의 금속음에
긴 목 떨구며 두 손 조아린 어린 자식 바라보곤
여린 마음이 앞장서 그만 됐다 다독거리는
그런 사랑의 가교도 마찬가지입니다

삼천리 굽이굽이 맞닿은 언저리마다
어김없이 가로지른 인생의 두 자락을
오늘도 사람들은 접시 저울질하듯
저마다 다리 인생을 건너갑니다

기관지 〈국방○○〉 게재

나의 소풍길 아토

이방인의 심연 🌿

이방인 뫼로쏘를 아시나요?
거울에 비친 자화상을 거부하고
영원히 타인이기를 갈망하는데
어디로부터 그 파문은 나그네에게 밀려옵니까?

어머니의 죽음, 그리고
태양의 이름으로 심판된 타인의 죽음을 방관하였음이
결국 타의적 부조리의 희생양이란 말입니까

자신의 종말점에 홀로 서 있는 그는
너저리한 욕설, 용솟음치는 기쁨과
분노의 파열음을 마침내 토해 냅니다
그 뒤 다가올 평화와 새로운 희망을 알지 못하면서……

사랑이라 부르는 당신,
참으로 당신은 나에게 그 어떤 파문인가요?
뫼르쏘의 사제인가요
아니면 스쳐 지나는 파문의 시녀 레이몽인가요

나도 결국 반항의 한 인간인 것을……

제3편

편지 글

To ○○에게 (1) 🍃

잔잔한 호숫가에 돌 하나 던지면
이내 잔물결은 온통 번지고 말지만
넓은 물결은 잠자코 사라지고 맙니다.
커다란 사랑의 호수처럼

한 가닥 풀지 못한 매듭이 있을지언정
나의 좁은 가슴속에 존재한
○○의 비중을 생각하면서
더욱더 예뻐지고 성숙스런 사람이 되길 빕니다.
인내하고 오래 참는 사랑의 말씀처럼

잉태되는 모든 달콤한 언어를 던지지 못하는
심정을 가누지 못하며……
오후 2시경 다시 전화하리라.

1984. 1. 14.

예비 남편 후보생

나의 소풍길 아토

To ○○에게 (2) 🍃

받아 보시오!

먼저 생일을 진심으로 축하합니다.

제대로 챙겨 주지도 못했던 날인데 오늘은 모처럼 팍팍 쓰기로 결심했소.

당신이 청구한 금액에 덤을 더해 넣었으니 요긴하게 활용하시기 바라오.

항상 내조를 열심히 해 온 당신께 감사하며 글을 마치오.

Congratulations Your Happy Birthday.

To My Dear.

1995년 아내의 생일로 추정

새천년의 여행 🍃

우리 인생은 어쩌면 고향 산길 같을지도 모릅니다.
수천 년을 쉼 없이 휘감아 돌던 그 열두 고개를 따라
마지막 마을버스는 오늘도 뽀얀 파문을 일으키며 달려오고 있습니다.

나는 오늘 새천년을 향해 여행을 떠납니다.
그 길은 내가 거닐던 오솔길도
마을버스 넘나들던 고향 산길은 아닐지라도
환희의 깃발 담아 가방을 고쳐 쌉니다.

그 속에,
살아갈 인생의 연륜을 빼곡히 싣고 나서
남은 한 모퉁이엔 지나온 인연들을 송이송이 엮어 두렵니다.

문득 정든 선배가 생각납니다.
외로울 때 함께 위로하고 뒹굴고 장난치며
넘어진 손 끌어 주던 기억들이
오늘은 정말 슬픈 영화 되어 가슴에 와닿습니다.

이제 경적이 울리고 신발 끈 동여매는데

나의 소풍길 아토

바지 섶에 내려앉은 먼지는

패인 발자국만큼이나 아픈 흔적으로 남아 있습니다.

이럴 때 선배는 늘 애인 같은 모자를 움켜쥐곤

그저 툭툭 털어 내곤 했습니다.

나도 그를 닮아 이글거리는 태양의 방패를 푹 눌러 써 보렵니다.

그리고,

그 모자에 붙은 영광의 계급장을 발판 삼아

먼 훗날 다시 만날 선배에게

여행길에 얽힌 사연을 떳떳이 얘기하고파

두 손 불끈 자리 박차며 새천년의 여행을 떠나려 합니다.

엊그제까지 찌푸리던 하늘이 열리고

오늘 아침엔 창가 열린 틈새로 영사기처럼 환한 햇빛이 비추었습니다.

가능하다면 이 햇빛도 가방에 넣으렵니다.

여행길에 도려낸 행복했던 추억들을

두고두고 사진처럼 펼쳐 보려고 말입니다.

그 언제일는지……

일천구백구십구 해 열한 고개 넘은 열흘날

김○○ 실장님의 환송식을 예비하며, 국방○○○ (선임 연구원)

쉰여덟의 오늘 🍃

어제도 그랬고
예전에도 그랬지만,
오늘은 좀 달리 얘기하련다.

○○~
왜냐고 묻는다면

하나는,
지금껏 지내 온 오늘은
그저 허름한 외식으로도 불평 없이 훔쳐 온
삼백예순다섯의 하루였지만…….

예순 넘어 서릿발 쌓이고
거울 속 할아버지는 고랑 깊게 오버랩되니
한숨으로 하얀 수염이 고드름처럼 영글고 있다고.

그러니 이제야 이리 말할까 봐,
이럴 줄 알았으면 어찌 그랬을까…….

나의 소풍길 아토

그대가!
또 왜냐고 묻는다면

두 번째는,
그대가 살아온 절반의 인생이
잊을 만하면 얼굴 서로 붉히고,
소리 질러 부딪쳐
실타래처럼 엉킨 역정이
질리고 짜증 나며 안타까워
이젠 그만할 때도 됐다 싶고,
목소리만 들어도 알고
표정만 봐도 느끼지 않나 싶지만

행여 한 조각 외침이라도 들어 준다면
그래도 좀 애교 띤 여자이기를
생각의 나래 쭉 펼쳐 재치도 묻어나기를…….

당신이!
왜냐고 다시 묻는다면

오늘은 스스럼없이 말하고 싶다.
그래도 당신은
후덕한 사람으로

정감 넘치는 엄마이자

세심한 할미까지 품고 사는

나에겐 넘칠 만큼 고마운 아내

그 이름 ○○이라고…….

이천열여덟 무술년

사랑하는 아내의 울림통이

한 처음 세상으로 널리 퍼진 날을 기억하며

격려와 희망을 말하려고 옆 식구가 썼네~~~

ps. 이 글의 꿈(지금 읽어서 좋고, 앞으로 느끼며 기억되길)

2018년 아내 생일에

* ○○: 아내 이름

나의 소풍길 아토

엄마 ○○의 날 🌿

큰딸~

먼저 이리 불러 보고 싶다.

무엇보다 이게 아빠 가슴에 있으니,

오늘은 서른네 구비 넘어와

또 다른 엄마를 보는 큰딸의 날.

아빠!

새까만 눈망울에 동그랗고 예쁜 얼굴이 그리 귀엽고

짧은 치마 춤추며 또박또박 동화 얘기 넘쳤던 모습도 생각나네.

무엇보다,

올망졸망 큰딸 손잡고 영천 은해사 오솔길에 담긴 흑백사진도.

○○!

큰딸은 나의 자산 일 호이자 자존심이니

행여 남들 시샘 낼까 조바심 내며 지내 왔지,

그런 딸이,

입가 하얀 흔적 남겨 우유 마실 때

채우지 못한 아쉬움이 가슴 묻어 남았건만,
서른세 번이나 무심히 지나친 아빠,
한구석 웅어리가 가슴 남아 애리고
다만 이것이 오직 하나였기를 바랄 뿐!

아니,
가정, 직장, 학교 삼중주의 쳇바퀴 속에
한 치의 여유 없는 바쁜 시절이었음을
에두른 핑계라도 들어 주기를,

그랬어!
큰딸은 고비마다 현명함이 빛났지,
고등학교 재수, 대학교 반수 그리고
인턴 병원과 전공의……
특히나 이 서방과의 인연 때도 그랬지,
이런 딸의 예지를 아빠 마음속으로 굳게 응원했음을…….

큰딸 ○○!
그래도 하나의 바람이 있다면
좁은 생각의 틀은 하늘처럼 키우고
배려의 품을 땅처럼 넓히며 살았으면,
조금 손해 보는 오늘이 더 큰 내일의 씨앗임을
늘 순명처럼 간직하며 살기를 바랄 뿐…….

나의 소풍길 아토

그리하여,

행복한 ○○ 가족

화목한 우리 가문의 든든한 으뜸 버팀목이기를!

한 해 하루는 꼭 ○○ 공주님,

가족 모두의 이름으로 불러 외칩니다

유○○ 아가다, 생일 축하합니다!!!

이천열여덟 무술년

오늘은 사랑하는 큰딸 ○○의 생일

꿈과 희망을 말하려고 아빠가 썼네~~~

                                          2018년 큰딸 생일에

* ○○: 큰딸 이름

돌 맞은 ○○ 🌿

작딸~

서른한 구비를 훌쩍 돌아온
오늘의 ○○를 바라본다.

아빤!
늘 귀여워 끌어안기 바빴고
누가 뭐래도 내 딸임이 자랑스러웠다.

오늘을 서른한 번이나 고쳐 지나며
오로지 정성으로 챙기지 못한 후회가
늘 한구석의 둥지로 남아 있어
비로소 작은 상자에 옮겨 담았다.

○○!
혹시 이런 연유로 아님,
형제 견주어
한 줌의 아쉬움마저 남아 있걸랑

아빠!

흔들림 없이 그대 편이고

사랑은 웃자라 구름 닿으니

외롭고 힘들 때 하늘 보면서

잠시라도 위안받고 용기 내기를,

아니,

이런 소박한 희망이라도 간직하기 바랄 뿐.

벌써

연륜의 덧살도 엄마 키보다 컸으니

생각의 깊이도 홀로 섰겠지.

그래도 하나의 바람이 있다면

늘~

행동에 앞서 높이 보면서

미래의 거울로 멀리 보자고

또 박히도록 외쳐 보련다.

그리하면,

무슨 희망을 키우고

어떤 선택이 먼저일지

지나서 후회하는 건 바보라고

그렇게 믿고 살아온

인생이니까…….

오늘,
한 해 하루씩 ○○ 주인공
우린 사랑으로 가슴 품어
기쁨이어라, 행복이어라!

이천열여덟 무술년
○○의 돌 맞아
꿈과 희망을 말하려고 아빠가 썼네~~~

2018년 작은딸 생일에

* ○○: 작은딸 이름

나의 소풍길 아토

유스 패밀리 주춧돌, ○○ 🍃

아들~

품에 안고 가슴으로 부르고픈 나의 왕자!

너를 생각할 때면 아빤,

왠지 멍한 울림이 한구석 웅어리로 남아 있곤 했다, 늘~

이게 늦게 온 만남으로 채우지 못할 그대와의 공극 때문인지도 몰라……

베드로!

넌, 하느님의 믿음으로 태어났고

가족 모두의 사랑과 축복으로 오늘에 왔다.

아빤, 볼수록 네 속에서 나를 발견하며 흐뭇하였고

엄만, 자신의 분신을 다름 아닌 너로 여겼고

두 누난, 질투만큼 귀여움도 넘치게 쏟았어.

그 속에서 꼽힌 하나, 노오란 애교머리도

왜 이리 어제 일처럼 내 눈에 박혀 있는지,

그러니 넌,

가족 모두의 바람처럼 행복하고 복 받은 삶이 되어야 해.

○○!
하지만 삶이란 가족의 울타리 넘어 수많은 인연도 넘쳐날 테니
가족의 사랑만으로 모든 것을 대할 순 없어.
그러니, 어렵고 힘든 순간이 닥칠 때면,
사랑과 관심의 울타리가 네 옆에 늘 버티고 있음을 잊지 말고
슬기롭게 용기 벗 삼아 헤쳐 나길 바랄 뿐⋯⋯.

아빠!
여기에 하나의 바람을 남긴다면
삶이 맘처럼 그리 넉넉지 않을 때,
오늘의 영광보다는 마라톤의 끈기로 묵묵히 달리고
나는 이것이, 그들은 저것이 어려우니
아니, 주어진 시간이 그들도 나와 다르지 않으니
나의 부족함을 성실과 인내로 채우고 다지며
두 눈 부릅뜨고 꼭,
보다 머얼리 바라보기를⋯⋯.

그러다 고개 들어 하늘 보다가
또다시 힘들고 어렵다 여길 때이면,
이 또한 지나갈 이만큼의 성장통이려니 위안 삼기를⋯⋯.

그리하여 이것이 설령, 2% 부족한 마지막일지라도
최선을 다했으니 자신에게 떳떳한 만큼

나의 소풍길 아토

후회 남지 않기를 바랄 뿐······.

그래도, 미처 채우지 못한 엄마 아빠의 빈자리일랑 스스로 메꿔 나가
행복한 유스 패밀리의 버팀목이 되기를,
  새로운 유스 패밀리의 으뜸 가장으로 피어나기를 기도 손 모아 바랄 뿐!

한 해 발자국 네 번째 걸어온 오늘,
사랑의 목소리로 그댈 불러 봅니다.
아들~ 유○○ 베드로~ 왕자님~
생일 축하합니다!!!

이천열아홉 기해년, 사랑하는 아들이 태어난 꼭 스물두 번째 날,
아빠에겐 늘 왕자님인 그대에게, 꿈과 희망을 말하려고 아빠가 썼네~~~

2019년 아들 생일에

* ○○ : 아들 이름

○○에게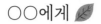

먼저 영전을 진심으로 축하해~~~

아마도 이게 처음이지 싶네, 너한테 편지를 쓰는 게~
그러고 보니 만남도 뜻깊은 거지만 이런 것도 의미가 있어 보이기도 하네? ㅋㅋㅋ

참~ 세월이란 녀석은 모든 일상의 평범함을 어느 순간 홀딱 바꿔 놓아, 사람을 놀래키는 선수인가 봐.

동그란 얼굴에 초롱한 눈동자가 유난히 귀여웠던 너의 어린 시절 모습이, 나의 기억 속에 자리 잡은 지도 얼마 되지 않을진대, 벌써 초중고에 이은 대학 생활, 직장 잡고, 결혼하여 2세를 잉태하여 키우고, 또 한세월이 지나 영전도 하여 이렇게 오늘에 이르렀잖아.

작빠(작은아빠)도 여느 사람과 다름없이 바삐 살며 사위와 손주, 결혼 대기자, 대졸을 앞둔 아들…… 네가 걸어온 길의 갑절을 정말 쉼 없이 잰 걸음으로 달려왔는데, 이젠 퇴직이라는 멍에를 쓰고 제2의 인생이라는 가당치 않은 타이틀도 껴안으며 살아가고 있어.

그러면서 가족과 친지와 친구들을 떠올리면서, 가끔씩은 너무 바삐 지나온 시간과 앞만 보고 달려온 세월에 묻힌 다하지 못한 정성과 배려의 아쉬움이, 이젠 마음을 도려내듯 안타까움으로 다가오는 요즈음이야.

사설이 좀 길었지? 하지만 처음이기도 하고, 기왕 편지라는 형식을 빌렸으니 내친김에 '작빠의 인생 팁(?)' 몇 자 더 적을까 해.

오늘과 내일 그리고 행복과 어려움에 대한 얘기인데,

먼저, 오늘을 살아갈 때 가능하면 3~5년 후의 자신의 모습을 예견하면서 대비해 보자는 거야. 시간을 내서 공부하고, 자격을 갖추고 소질을 계발하는 일이야말로 지나가 보면 절대로 헛된 일이 아니었다는 걸 체험할 수 있어, 눈을 크게 뜨고 높이서 멀리 바라보면 지금의 내가 할 일이 보이지 않을까? 작빠의 경험으로~

그리고 행복을 만일 계량한다면 '현실/이상'이 아닐까? 꿈을 크게 갖는 건 좋은 일이지만 이게 무한대로 커지면 상응하는 현실은 유한하니까, 결국 자포자기에 이르게 된다는 슬픈 방정식이야. 다만 현실의 결실을 단계 단계로 나누어 쌓아 놓는다면, 그래도 어느 정도 행복 지수는 존재하는 실체가 되는 거지. 행복(샴페인)을 한꺼번에 누리지(터트리지) 말고 차곡차곡 비축해 나가자는 거지.

마지막으로, 생활하다 보면 크고 작은 어려움에 고민과 걱정을 하게 되는데, 이를 이길 수 있는 방법의 하나로 작빠는 '이 또한 지나가리라'는 말을 많이 되새기며 이겨 왔던 거 같아. '남들도 다 해 왔는데 나도 할 수 있어, 내일이 지나면 다시 새로운 모습으로 거듭날 거야' 등의 자기다짐을 통해 자신감을 다져 보자는 얘기야.

휴~ 나이가 많아지니 역시 말이 많아 위에서 말한 거 참고하세요~~~

네가 온대서 무얼 준비할까 생각했어, 작지만 필요한 걸로. 그러다가 마스크와 칫솔이 간택(?)되어 보내니 작은 도움이 되었으면 좋겠네.

그리고 칫솔은 3세트인데 1세트는 엄빠한테 드려도 되고, 좋아 보이면 그냥 하세요. 단, 이 편지를 들키지 않았다는 전제로~
나머지 달력과 수첩, 수건, 장바구니 등은 엄빠 몫인데 이것도 상동이니 알아서 처리하셈~~~

아무쪼록 건강하게 잘 지내고, 무탈하고 행복한 ○○이가 되기를 기도할게~
언제 다시 얼굴을 볼지 모르지만, 이 또한 무소식이 희소식이라는 굳센 믿음으로 다음을 기약하면서 이만 줄일까 해.
안녕~ 작빠의 넋두리 잘 읽어 줘서 생유……

이천이십일 년 정월 열이틀
작빠가 보냄

* ○○: 조카 이름

나의 소풍길 아토

똑딱추 바라기 🍃

이제, 오늘의 하루는 어제와 달리 여유가 덤으로 왔습니다.

그 첫 설렘이 창밖으로 햇살 가득 넘치는데,
무슨 말을 해야 할까?
추억 품은 상념이 덧없는 풍경 헤치고 괘종시계를 맴돕니다.

돌이켜 보니 까마득히 먼 언제부터 시간의 이름은 늘 괘종의 외침이
었고 똑딱추 줄줄이 엮인 괘종은 시간의 연금술사였습니다.

하물며 시간을 어찌 알랴.
엄마 따라 손수건에 이름표 달고 집과 학교를 오간 것이 똑딱추의 시작
이었습니다.

초중고대 열여섯 해 넘나며 세상 물정이 머릿속에 자리 박힐 즈음 대청
마루 우뚝 선 괘종은 똑딱추 태엽 풀린 판소리였고,
아라비아 소년은 긴 머리 돌려 한 뼘 댕기 묶으며 커 가는 걸 알았습니다.

어쩌다 전교 일 등의 고2 화학,
이게 평생의 업으로 자리매김될 줄도 모르고 형광색 자명종을 얼차려

교관으로 모시고 똑딱추 오가며 자랐습니다.

2년 4개월,
탁상시계보다 연병장 나팔소리가 하루의 시작과 끝을 아뢰고, 타향 땅 낯선 터 잡은 BOQ와 막사를 오갔으니
국방의 설레는 첫 경험도 똑딱추와 다를 바 없었습니다.

나이 들어 한 지붕에 둥지 틀면서,
시작은 예물 두른 왼손이었고 끝은 회칠한 벽시계 바라보며
집과 사무실 오가는 나인 투 식스의 똑딱추가 되었습니다.

어제는 짠밥의 진원지 찾아 서울 부산 찍은 전국구였고,
오늘은 학업과 가족 부둥켜 껴안아 셀 수 없는 시간을 넘고 나날을 지나 세월이 쌓였습니다.

초중고대 이름 바뀌듯 검사소는 연구소, 관리소를 지나 기품원에 이를 때, 감사원, 국방부, 방사청 전선의 허리케인이 몰아닥쳐도 진급, 지방 근무, 주택 마련, 민원 해결 등 온갖 인생의 갈등이 밀려와도 얼마의 좌절과 그만큼의 실망을 헤집고 햇빛 반짝이는 똑딱추를 지켰습니다.

눈앞의 추억이 소나기처럼 흘러내려도 무엇보다 라면 끓이던 모기약을 화장하는 군인으로 탈바꿈시키고, 만성 불만이던 전차 군단의 신발은 질긴 궤도로 바꾼 보람과 조직 발전의 터전이자 밑거름이 될 신탄진 부지

나의 소풍길 아토

선정에 앞장선 일이 떠오릅니다.

난 이제 똑딱추의 추억을 매듭지으렵니다.
그렇지만 똑딱추의 정직함과 아롱진 추억까지 지우고 싶진 않습니다.

그건 추억으로 새긴 오늘이 혼자의 산물이 아니었음을
선배는 태엽 감고, 후배는 전지 바꾸고, 동료는 늘리고 당긴
모든 우리의 유산이기 때문입니다.

으뜸 지킴이 원장님을 비롯하여
여기까지 지켜 온 선배님과 동료들 그리고 지켜 갈 후배님들의 보이지
않은 헌신이 엮이고 묶여 저와 가족의 울타리였고 버팀목이었음을 온몸
으로 느낍니다.

이제야 철이 좀 들었나 봅니다.
머리 숙여 다시 한번 감사의 인사를 올립니다.

긴 숙제를 막 마친 느낌의 짧지 않은 서른여섯의 다짐과 후회 속에서,
사랑하고 정들었던 기품원을 떠나려니 만감이 교차합니다.

하지만 우리 원의 무궁한 발전과 후배들의 영원한 건승을 확신하기에
희망을 꼬옥 품고 가렵니다.

이제 또 다른 똑딱추의 모습을 기약하면서
한 조각 지난 추억이 흔적이나마 묻어 있기를 소망하면서.

2019년 5월 초

— 후기 —

돌이켜 보니 어쩌면 인생은 왔다 가는 괘종 시계추(똑딱추)와 같다는
생각이 불현듯 쏟아지더군요.

하여 세상 물정 모르던 초등생부터 대학 거쳐 군복무 그리고 직장과
결혼을 거쳐 직장 생활의 영광스런 모습에 이어 퇴직까지
인생의 한 여정을 똑딱추에 견주어 정리해 보았습니다.

옆에서 손주놈은 아무것도 모르면서 "시계는 아침부터 똑딱 똑딱" 외쳐
대는군요.

지는 벌써부터 인생을 엮나 봅니다. ㅋㅋㅋ

정년 퇴임식 답사

나의 소풍길 아토

큰 굽이에 들어선 작딸에게~ 🍃

작딸~

오늘, 네가 외국으로 간다는 얘기를 듣던 날이 생각나는구나.

다른 일일 거라는 지레짐작으로 너의 뜻을 헤아리지 못한 것이 미안하고,

그간 부녀지간의 따스함이 많지 않았음도 애석하고…….

하나, 그 어떤 이유로도 너의 외국행은 축하와 기쁜 일임에는 틀림이 없지~

그럼에도 아빠!

늙은 부모가 다리 건너는 자식 걱정하듯, 모든 게 기쁘지만은 않구나.

독립된 생활도 처음인 네가, 멀리 타국 땅에서 홀로 생활한다는 게 걸리고,

여리고 착한 너의 성품으로 모든 걸 헤쳐 나가는데 아빠 도움도 못 되니,

밖으로 표현은 안 했어도, 속으론 수많은 생각과 상상을 떨치기 어려

웠음을~

그래서~

익숙지 않은 스타벅스라도 같이 가서 이런저런 얘기라도 펼쳐 볼까?

근데, 다정스런 분위기보단 잘못된 말씨나 또는 슬픈 분위기로 흘러 버리

면……, 이런 저런 걱정을 넘어, 생각이 마침내 편지 쓰기에 이르렀지……

찾아보니 4년 전 네 생일에 첫 번째 편지를 썼더구나. 몇 가지 바람을 담아~

○○야~

이젠 너도 서른다섯을 넘었으니, 아빠 얘기가 뻔한 잔소리로 들릴 수 있겠지.

하지만, 그냥 세상을 먼저 겪은 인생 선배로서 그리고 부모의 마음에서, 이런저런 생각의 나래를 적은 것이려니 하고, 이해해 줬으면 좋겠구나~

물론 마음에 담아 생각과 행동에 한 번쯤 돌이켜 보는 길잡이로 여겨 준다면 더할 나위 없이 기쁘겠지만~~~

먼저, 외국의 직장 생활에 대하여……

당당하고 적극적이며 최선을 다하는 ○○가 되었으면 해~

너는 동양의 이국적인 얼굴에 언어도 서투르니,

사무실 내에서 관심의 으뜸일 거고, 처음엔 좀 못해도 자연스럽겠지만 시간이 지나면 부담이 많아지겠지~

아빠 얘기를 꺼내자면, 아빤 직장 생활하면서 작은 목표를 세우곤 했어~

내가 한국의 최고는 못 될지언정, 이 조직에서 한 분야의 최고 전문가가 되겠다는 다짐 같은 것 말이야. (그래서 고무 박사가 되었는지도 몰라, ㅋㅋㅋ)

나라마다 생활 습관이나 모습은 달라도 인간의 본성은 비슷하겠지, 서투르고 어색할지라도 모든 일에 당당하고 적극적이고 최선을 다한다면, 그들도 너의 능력을 인정하고 존경할 거라고 믿어 의심치 않아~

나의 소풍길 아토

물론 너의 능력을 인정받아 스위스로 간다는 자체가 이를 증명한 셈이지, 비록 외국이라는 환경이 달라졌어도 인간의 본성처럼 다를 게 없으니~

자신감을 갖고 직장을 향한 작은 목표를 세워 이끌어 갔으면 좋겠어…….

다음으로 숙소 생활하면서……

몇 가지 반드시 실천할 사항을 스스로 정하고 지켰으면 해~

모든 일상생활을 혼자서 살아가기가 그리 간단치 않은 게 사실이야, 아빠도 지방에 혼자 살면서 조금이나마 겪은 본 일이라서~

'하루 3끼는 반드시 먹는다. (이런저런 핑계로 식습관을 헤치면!!!) 자고 일어나는 시간을 반드시 지킨다. (불규칙적인 생활은 건강의 적이니!!!)

짜투리 시간을 활용하여 자신의 계발 시간을 갖는다. (틈틈이 기술사 공부!!!)'

앞의 내용은 아빠의 경우이고, ○○이는 더 알찬 내용을 정하여 실천하기를~

이번엔 삶의 여정에 대해서……

좀 더 신중하고 고귀한 생각을 가졌으면 해~

누가 뭐래도 넌 능력 있는 지성인이야, 대한민국에서 약사는 최상위 부류라는 것은 틀림없는 사실이야,

서방의 세계도 별반 다르지 않다고 생각해…….

의사, 약사를 절대로 하류 인생으로 취급하지는 않지~

앞에서도 얘기했지만, 너는 사무실뿐만 아니라 거주지 부근에서도 주

목받는 사람 중의 하나일 거야. 일거수일투족이 눈에 띄게 마련이지~

그중에서 아빠의 생각은 치안과 이성 문제에 머물러 있어.
한국과 환경이 달라 아빠도 잘은 모르지만,
아무쪼록 출퇴근이나 집 안에서 지낼 때,
치안과 안전에 많은 관심을 가지고 생활했으면 좋겠어.
비상 상황에 대비한 도구나 연락처, 연락 방법 등을 준비하고, 가급적
어두운 시간을 피하도록 일정을 잡는 등 세심한 배려가 필요할 거야~

혹시 멋진 남자가 나타날지도 모르겠구나~ 그랬으면 좋겠는데, 혹여
문화의 차이를 극복할 수 없는 경우도 가능하니,
외국 남성이 너보다 더 잘나고, 더 갖춘 사람이라는 확신이 들 때까지……
앞에서 말한 것처럼 신중하고 고귀한 생각을 가졌으면 하는 바람이지…….

마지막으로 행여 힘들 때에 대해서……
엄마, 아빠를 든든한 후원자로 생각해 줬으면 좋겠어…….
○○ 넌 잘할 거야, 지금까지 해 온 것처럼 말이야~
근데 혹시 지치고 힘들어질 경우도 생각해 봐야겠지…….
하여, 집안일이 힘들거나 외로워 엄마가 필요하면 언제든 얘기해 줬으
면 해, 절대로 미안해하지 않아도 돼, 아빠 혼자의 생활이 그리 어렵지 않
아, 너도 평상시에 줄곧 봐 왔던 것처럼 말이야. (ㅋㅋ~~~)

또한 외국 생활이 힘들어 조기 귀국을 결정하여도,

나의 소풍길 아토

아빠 너의 결정을 한 치의 망설임 없이 응원할 거야~

그러니 좀 더 편하고 열린 마음으로 외국 생활을 이끌어 갔으면 좋겠어…….

얘기가 좀 길었지?

무슨 말은 더 해야 할지 잘 떠오르지 않는구나~

문득, 너한테 썼던 첫 번째 편지가 생각났고,

그 내용 중에 오늘 다시 한번 되새김하고픈 대목이 있어,

이를 맺음말로 대신할까 하는구나~

네가 혹시 기억할지도 모르겠으나, 어떤 결정을 할라치면 보다 넓고, 깊게 그리고 멀리 내다보는 자세로 상황을 신중하게 판단했으면 좋겠다는 아빠의 바람을 표현한 글귀야~~~

"벌써

연륜의 덧살도 엄마 키보다 컷으니 생각의 깊이도 홀로 섰겠지.

그래도 하나의 바람이 있다면

늘~

행동에 앞서 높이 보면서 미래의 거울로 멀리 보자고

또 박히도록 외쳐 보련다."

거실 밖의 햇볕이 제법 따사롭게 느껴지는 가을의 오후 한나절이구나~
지금쯤 넌 혀에 익숙지 않은 외국어를 열심히 리핏하고 있으려나?

이젠 좀 후련한 마음이 드네~
마음 한구석에 아쉬운 게 자리 잡고 있었는데, 그걸 떨쳐 버린 마음이
라고 할까…….

사랑하는 둘째 딸의 무운장구를 소망하는 아빠가~

이천이십이 년 시월 스무사흘 날 오후,
아쉬움과 그리움의 마음을 담아, 작딸에게~~~

나의 소풍길 아토

·제4편·

수필

知足可樂 務貪則憂 🍃

'知足可樂 務貪則憂'(지족가락 무탐즉우) 대학생일 때로 기억된다. 〈샘터〉라는 문고판 크기의 월간지가 있었는데, 거기에서 읽었던 글 가운데 지금까지 잊히지 않는 글이 바로 위의 글귀이다. 어찌 보면 나의 좌우명이라고도 할 수 있을 만큼 문득 문득 곱씹어 보는 격언이다.

원래 이것은 明心寶鑑의 安分篇에 나오는 글인데, "족한 줄 알면 가히 즐겁고, 탐욕에 힘쓰면 근심이 생긴다."라는 뜻이다.

인간의 욕심이란 한이 없다. 스스로 자기 처지에 만족할 줄 알아야 한다. 모든 것은 마음의 자세에 달려 있다. 가진 것이 별로 없는 사람도 자기 처지에 만족하는 사람이 있는가 하면, 큰 부자이면서도 만족하지 못하고 탐욕을 부리는 사람이 있다. 매스컴에 간단(間斷)없이 오르내리는 갖가지의 부패상들이 어찌 보면 이런 탐욕을 다스리지 못한 데서 비롯되는 것은 아닐지! 그러나 이 글귀를 소개하면서 한 가지 첨언해 두고자 하는 것은, 스스로 만족하라는 뜻을 현실에 안주하여 나태해지는 그래서 무망(無望)의 상태로 지내라는 뜻으로 받아들여서는 결코 안 된다.

미래의 희망을 위한 힘찬 도전과 헛된 꿈에 대한 지나친 탐욕은 서로 구분되어야 하기 때문이다. 다만 이러한 두 가지 상반된 뜻을 올바르게

206   나의 소풍길 아토

판단할 수 있는 척도가 문제인데, 이는 표상(表象)이 되는 어떤 인간상을 염두에 두고 여기에 자신의 처지를 비추어 본다면 합리적인 판단이 가능하리라 본다.

　동양적 사상 체계에서 말하는 이상적인 인간상은 한마디로 '군자(君子)'이다. 군자는 학식과 덕행을 겸비(兼備)한 사람으로서 말보다 행동을 앞세우는 실천가이다. 이를 위해서는 나를 극복하고 절대적 실재인 예(禮)로 돌아가야 한다(克己復禮). 이는 곧 나를 죽이고라도 인(仁)을 이룩하는 것으로 통한다(殺身成仁). 결국 인(仁)은 휴머니즘이다. 인(仁)의 구현은 바로 남을 사랑하고 만민을 안락하게 해 준다. 따라서 현대적 표현으로 군자란 '학덕을 쌓아 가지고 올바른 정치와 현실 참여로써 휴머니즘을 구현하는 엘리트'라 하겠다.

　그렇다 현실(現實)의 부족함과 이상(理想)의 풍요함, 그 사이의 빈 공간을 채울 수 있는 도구(척도)는 바로 이러한 박애적 정신(휴머니즘)의 소유자 즉, 군자가 아닐까? 휴머니즘을 염두에 두고 위의 글귀를 되새겨 본다면 인생의 좋은 이정표가 되리라 확신하며, 국방○○○인들의 휴머니즘적인 사고를 권고하면서 이 글을 다시 한번 뒤돌아 음미해 본다.

　국방○○○ 휴머니스트 파이팅!

기관지 〈국방○○〉 게재

아빠와 아버지 사이 🍃

오늘 아침 문득 떠오른 '기러기 아빠'라는 말이 머릿속에서 쉽게 지워지지 않는다. 제법 오랜 기간 이어진 지역 사무소 근무로 인해 가족과 멀리 떨어져 혼밥하던 기억이 하나둘 소환되고 있는 것일까? 생각은 이제 '기러기 아빠'가 올바른 표현인지에 머물러 있다. 나는 가족과 떨어져 홀로 직장 생활하는 가장을 가리키는 말로 이해하고 있는데 혹시나 하는 마음에 궁금증이 앞선다. 요즘 궁금하면 구글링이 대세 아니던가? 그랬더니 뜻밖에도 비슷한 신조어들이 많이 검색되었고, 내가 쓰고자 했던 의미는 '기러기 아빠'가 아닌 '갈매기 아빠'가 오히려 걸맞은 표현이었다. 역시 '혹시가 사람 잡는다'는 말이 헛말이 아니었구나~

나는 전국 각지에 사무소를 두고 있는 공공기관에서 정년퇴직했다. 36년간 이 직장에서 근무하다 보니 이곳저곳 전근이 불가피하여, 상당 기간 동안 지역 사무소에서 근무하던 때도 있었다. 이런 경우를 일컫는 표현에 착오가 있었던 것이다.

구글링 검색 결과에서는 '국립국어원'과 '한국민족문화대백과사전'의 내용이 가장 믿음이 갔다. 왜냐하면 홈페이지의 주체가 korean.go.kr과 aks.ac.kr로서 정부(go) 및 연구소(ac)에서 올린 내용이므로, 공신력을 담보할 수 있기 때문이었다. 여기서 '국립국어원'은 '기러기 아빠'를 "2002

나의 소풍길 아토

년 신어"로 밝혔다는 내용을 확인할 수 있었고, '한국민족문화대백과사전'에서는 "기러기 아빠는 1990년대 조기유학 열풍에서 생겨난 현상으로, 평소에는 한국에 머물며 돈을 벌다가 일 년에 한두 번씩 가족이 있는 외국으로 날아간다는 점에서 철새인 기러기와 비슷해 이름이 붙여졌다."라며 그 연원을 밝히고 있었다. 따라서 외국이 아닌 국내에 머물러 있는 나의 경우를 '기러기 아빠'라고 말하는 것은 적절한 표현이 아님을 알려 주었다.

그렇다면 이 경우에 들어맞는 표현은 무얼까? '한국민족문화대백과사전'에서는 더 이상의 정보를 알려 주지 않았으나, 아빠는 지방에서 돈을 벌고 자식과 아내가 서울에 있는 경우 국내여서 자주 볼 수 있고, '갈매기 아빠'라는 별도의 이름이 있어 결국 나에게 가장 들어맞는 말은 '기러기 아빠'가 아닌 '갈매기 아빠'가 가장 걸맞은 표현으로 이해하고 마무리했다.

그런데 검색해 보니 다양한 검색 결과도 동시에 보여 주었다. 가족과 분리되어 사는 가장의 모습을 여러 각도에서 바라본 의견이 제시되어 있어 참신하다는 생각도 있었으나, 한편으로는 이처럼 힘들게 살아가는 가족구성원의 속사정을 생각하니 안타까운 느낌도 함께 다가왔다.

이런 내용을 알고 나니 떨어져 사는 아빠의 삶의 모습을 어쩌면 저토록 싱크로나이즈 수영과 같이 새의 모습으로 동기화시켰는지 감탄하지 않을 수 없었다. 동시에 이렇듯 각양각색으로 사회현상을 연구하는 사람이 있다는 사실도 신기했다.

철새인 기러기가 철따라 장거리를 이동하는 모습은 시간과 거리 그리고 경비의 장벽을 뛰어넘어 가족과 상봉하려는 '기러기 아빠'의 모습을 연상시키고, 가까운 바다나 바닷가에 사는 갈매기의 모습은 상대적으로 가까이서 가족을 자주 볼 수 있는 '갈매기 아빠'의 형편을 데칼코마니처럼 떠올리게 한다.

그런데 '갈매기 아빠'와 '기러기 아빠' 중에서 어느 쪽이 더 좋은 형편일까? 나는 이를 단순히 물리적(지역적) 여건만으로 우열을 가리는 것은 좋은 방법이 아니라고 본다. 물론 '갈매기 아빠'의 경우 가족과 떨어져 살아야 하는 상황을 직장인으로서 수용할 수밖에 없는 여건도 있겠으나, 이보다는 아빠의 희생이 전제되어 있음을 주목해야 한다고 본다. 즉 '기러기 아빠', '갈매기 아빠'라는 용어에서 '기러기'와 '갈매기'뿐만 아니라 '아빠'의 의미도 반드시 짚어 봐야 한다는 말이다. 물론 '기러기 엄마', '갈매기 엄마'라고 부를 때도 마찬가지로 '엄마'를 주목해야 한다는 말이기도 하다.

위와 같은 이유와 '갈매기 아빠'인 나의 입장에서 '아빠'라는 말도 궁금 중에 더해졌다. 다시 말해 '기러기 아버지' 또는 '갈매기 아버지'라고 말하지 않는 이유를 알고 싶어졌다.

앞에서와 같은 방법으로 '아빠'를 구글링해 보았다. 가장 먼저 눈에 띄는 것은 Oxford Languages의 한국어 사전이 제공하는 풀이로서 "어린아이가 '아버지'를 지칭하는 말"이었다. 어느 정도 짐작이 가는 뜻풀이였다. 또한 '기러기 아빠'나 '갈매기 아빠' 모두 어린 자식의 조기교육(유학)과

연관시킬 수 있는 말이기에 더욱 그러했다.

　한발 더 나아가 '아버지'의 의미도 되새겨 보고 싶어졌다. 흔히 우리는 나이순으로 세대를 구분할 때 태아, 신생아, 영아, 유아, 어린이, 청소년, 성인, 청년, 장년, 중년, 노인 등의 용어를 쓰고 있다. 여기서 '아빠'라는 호칭은 보통 나이가 장년과 중년 사이에 있는 부친을 통칭하는 것으로 보이고, '아버지'는 중년과 노인 사이에 있는 부친을 통칭한 것으로 여겨진다. 어린아이가 나이가 들면 호칭이 '아버지'로 바뀐다는 사정을 고려하면 그럴듯한 해석이다. 물론 요즘 다 큰 애들도 애칭으로 '아빠'를 고집하는 경우도 많으나, 이 경우는 예외로 두자.

　그런데 '아빠'와 '아버지' 사이에는 나이(시간)의 간극만이 존재하는 것일까? 나는 자연스럽게 흘러가는 시간 이외에도 '살아가는 모습'으로 채워진 공간이 함께 존재하여, 결국 시공간적 모습이 '아빠'와 '아버지' 사이에 존재하는 간극의 참모습이라고 믿고 있다. 시간은 만인에게 똑같이 주어지는 시계열적 모습이라면, 공간은 각자의 살아가는 자세가 투영된 공간적이고 복합적인 모습으로 채우는 게 아닐까? 결국 '아버지'로의 변화는 시간의 흐름에 따른 용어상의 변화라기보다는 '아빠'로서 어떻게 살아가느냐가 '아버지'의 참다운 의미에 더 부합된 요소라는 주장이다. 그렇다 '아버지'란 단순하게 '아빠'보다 나이가 많아서 부르는 말이 아니라, 현재의 여건에서 미래를 향해 매진하는 일상의 모습을 통해 '아버지'로 승화되어 일컫는 말이라고 판단된다. 그리하여 '아빠'를 '과정'의 존재라 한다면 '아버지'는 그 '결과'의 존재라 할 수 있지 않을까? '기러기 아빠'냐 '갈매기 아빠'냐의 문제는 개개 가족의 여건과 상황에 따라 부르는 '기러기' 혹은 '갈매기'라는 호칭에 머무를 것이 아니라, '아빠'로서 '살아가는 모습'을 통한 '아버지'로의 공간적 결과에 주목하여 살아가면 어떨까?

이제 나는 정년퇴직한 한 가족의 가장이다. 따라서 나는 시계열적 의미에서 '아빠'로서의 과정은 이미 지났고, 이젠 '아버지(?)'로서의 공간적 모습을 안고 산다. '기러기 아빠'는 아니었지만 '갈매기 아빠'로서 오랜 기간 살아왔다. 내가 살아온 '갈매기 아빠'로서의 삶의 모습이 가족에게는 어떤 공간적 삶으로 투영되었을지 무척 궁금하다. 설령 그것이 내가 생각하던 모습의 '아버지'가 아니더라도 나름대로 최선을 다해 살아왔음에 자족하고 싶다. 다만 이제는 다시 돌이킬 수 없는 '아빠'로서의 시간을 뒤돌아보며, 후배 아빠들은 '아빠'로서 살아가는 '공간적 모습'에 '후회'라는 말이 비집을 틈이 없도록 알찬 밀도의 시간이 엮어지길 기원한다.

벌써부터 초여름 무더위가 대지를 후끈 달구는 6월의 오후 한나절이다. 기러기 하면 떠오르는 동요 〈기러기〉(작사 윤석중) 가사가 문득 떠오른다.

아차! 위 노래와 다르게 나는 갈매기 아빠였잖아~ 생각이 갈매기에 머무르자 생각은 다시 소설 《갈매기의 꿈》(리처드 바크)에서 조나단의 날갯짓이 눈앞에 어른거린다.

오늘 하루도 사랑 가득한 '아빠'로 살아가는 가장에게 기러기 노래와 갈

나의 소풍길 아토

매기 조나단의 얘기가 한 가닥 희망의 메시지가 되었으면 좋겠다. 또한 '가장 높이 나는 새가 가장 멀리 본다'는 말을 되새기며, 기러기와 갈매기처럼 아빠와 아버지 사이의 간극을 알찬 모습으로 메꾸어 가는 부모가 되었으면 좋겠다.

대학입시와 우유 🍃

세상에는 많은 상표의 유제품이 있다. 특히 해외여행에서 처음 보는 유제품을 마주하면, 어느 것을 사야 좋을지 망설이지 않을 수 없다. 어느 지역에서 나온 것인지, 유기농 여부, 구성 성분, 살균 방식 등에 따라 종류도 많고 상표도 많아 제품 선택이 망설여진다. 한국도 마찬가지다. 우리들은 보통 이런 수많은 상표의 유제품 가운데 본인의 선호도와 가격대를 비교한 뒤 특정 상표의 제품을 선택할 것이다. 이런 유제품 선택의 고민속에서, 학부모가 유제품을 선택할 때 대학입시와 연관된 상표를 우선한다는 웃픈 이야기가 회자되고 있어 이를 소개하려 한다. 여기에는 시중에 널리 알려진 내용에 더하여 내 생각도 일부 추가되었음을 고백하면서 말이다.

요즘 대학입시가 갈수록 치열해지고 힘들어져 이제는 유치원부터 특정 대학이나 학과를 목표로 한 고액 과외가 성행하고 있다는 뉴스까지 접하는 형국이다 보니, 이게 옳은 교육이고 좋은 현상인지 세간의 의견도 분분하다. 그러나 여기서는 이런 안타깝고 각박한 현실 얘기에서 벗어나, 대학입시와 우유 성분 혹은 상표와 얽힌 이야기를 코믹하게 펼치려한다.

앞에서 말한 해외뿐만 아니라 우리나라의 마트 진열장에서도 여러 종류의 유제품이 소비자의 선택을 기다리고 있다. 대충 머릿속에서 떠오르는 대로 열거하자면, '서울우유', '매일우유', '연세우유', '남양우유', '파스퇴르 우유', '빙그레 우유', '부산우유', '건국우유' 등이 있고, 이외 상표의 우유도 판매되고 있을 것이다. 아울러 우유와 유사한 성분을 가진 식물성 두유 제품에는 '삼육두유', '연세두유', '베지밀 두유', '매일유업 두유' 등이 마트 냉장실의 한자리를 차지하여 소비자의 선택을 기다리고 있다.

이제 본론으로 들어가 보자. 다만 들어가기에 앞서 양해를 구하고 싶은 것은, 아래의 내용에는 우수 대학의 교명이 상표와 연계하여 열거되어 있으나, 이는 사회 통념상의 개념에 따라 표현한 것으로서 독자에 따라서는 다른 견해를 가질 수 있다는 점이다.

얘기하자면 이렇다. 대학입시와 연계된 유제품 선택은 자녀의 학년이 올라갈수록 제품의 선택 기준도 하향화하는 특성을 띤다는 거다. 먼저 초등학생 이하의 자녀를 둔 부모는 '아이슈타인 우유'(실제 남양유업에서 '무항생제 원유'로 판매되고 있음)를 구매한단다. 왜냐하면 자신의 자식이 아이슈타인처럼 세계적인 석학이 되기를 희망하기 때문이다. 그런데 중학교 1학년이 되어 여러 가지 현실을 직면하면서 당초의 꿈을 다소 낮춰 잡아 '파스퇴르 우유'로 바꿔 구매하고(사유는 같은 이치임), 다시 중학교 2학년이 되면 세계적 석학의 꿈을 낮춰 국내에서라도 내로라하는 석학을 바라며 '서울우유'(서울대학교 합격을 바라며)로 바꿔 선택한다는 것이다. 여기서 세월이 더 지나 중학교 3학년이 되면, 어느 정도 예상할 수 있는 바와 같이 '연세우유'(연세대학교 합격을 바라며)로 희망을 낮춰 잡게 되고, 이어진 고등학교 1학년이 되면 다시 '건국우유'(건국대학교 합격을 바라며)로 바뀌고, 이내 고등학교 2학년이 되면 인서울(In Seoul)만을 꿈꾸며 '탈지우유'(지방이 아닌 서울 안에 있는 대학교 합격을 바라며)를 선택하고, 마지막 고등학교 3학년이 되면 이제는 지방에 있는 대학이라도 붙길 바라며 '저지방 우유'(멀리 떨어진 지방 소재의 대학교 합격을 바라며)를 선택한다는 웃픈 얘기다. 그런데 여기서 끝나면 다행인데, 요즘은 재수생도 만만치 않아 재수할 때는 지방의 어느 대학이라도 붙기만을 바라며 '전지분유'(모든 지방 대학교 합격을 바라며)를 마지막 희망으로 선택한다는 정말로 코미디 같고 슬프기도 한 이야기이다.

물론 앞에서 말한 내용은 현실적인 얘기는 아닐지라도 혹시 극소수의 부모들은 이런 무의식적인 희망을 담아 유제품을 선택할 수도 있지 싶다. 나는 이러한 웃픈 얘기를 ppt로 만들어 강의시 졸려하는 수강생을 깨우기 위한 수단으로 활용한 적이 있었다. 대부분의 수강생들은 처음에는 "무슨 얘기야?" 하다가, 자녀의 학년이 높아져 유제품이 바뀔수록 관심도가 높아지고 있음을 그들의 표정을 통해 알 수 있었다. 추정컨대 앞에서 열거되는 상표들은 시중에서 널리 알려진 제품이지만, 뒷부분은 내가 각색한 내용이라 다소 생소하다는 점과 학년이 올라갈수록 희망의 수준이 낮춰지는 슬픈 현실에 동화되어 그런 표정이 나오지 않나 싶어 씁쓸한 느낌도 들었다.

갈수록 치열해지고 힘든 경쟁사회를 묵묵히 살아가는 우리 후대들의 건강한 성장과 발전을 기대하고, 대학 진학과 연계된 유제품 선택의 얘기

나의 소풍길 아토

는 우리나라에서는 절대로 일어나지 않는 먼 나라의 얘기이기를 소원하면서 글을 맺는다.

　요즘 우윳값도 많이 오른다는데 앞으로 유제품 선택에 더욱 신중해야겠다. 그런데 만일 세종대왕님이 지금 살아 계신다면, 슬하에 있는 22명의 자제분을 위해 어떤 유제품을 사셨을까???

　내가 말한 글을 앞에서부터 여기까지 열심히 잘 읽은 학생(?)은 아마도 아이슈타인 우유를 마셨을 것이고, 정답도 잘 알고 있겠지? 그래~ 정답은 바로 '아야어여우유'야. ㅋㅋㅋ

자녀 교육 한 꼬집 🌿

들어가기

말도 많고 탈도 많은 얘기 중 하나가 대입 제도이지 싶다. 그동안 대입 제도는 정권이 바뀔 때마다 아니면 장관이 바뀔 때마다 크든 작든 지속적으로 바뀌어 왔다. 여러 매체의 기사에 따르면 "우리나라는 지난 1954년 교육과정 고시를 시작으로 총론만 10차례 개정하고, 대입 제도는 정부 수립 이후 무려18번 개정안을 포함하면 19번째다."라며 입시제도의 잦은 변천사에 대해 지적했다.

그러나 최근에는 수능 문제의 난이도와 관련하여 킬러 문항을 수능 출제에서 배제하겠다는 용산발 정책 발표에 이어 사교육 카르텔 단속까지 확산하는 실정이다. 더욱이 소위 교육 전문가라는 이들의 이런저런 의견을 듣다 보면, 이게 '일조일석'에 풀릴 문제가 아닌 것으로 보여 안타까움은 더 커 간다. 대학입시까지의 교육과정이 초등학교 6년, 중학교 3년, 고등학교 3년이므로, 이를 합하면 12년이 된다. 초등학교 기간을 빼고 중학교부터 따져도 6년이 소요된다. 그러니 교육 전문가가 아닌 내가 계산해도 어떤 최선의 교육정책이 있어 그 효과를 검증하려면, 중학교부터 시작해도 최소 6년 이상이 지나 봐야 알 수 있는 지난한 문제인 것이다. 결론적으로 나는 '백년대계'라는 말을 허투루 듣지 말고, 교육제도의 변화를 미래 지향적 관점에서 신중하게 결정해 줄 것을 정책 입안자에게 제언하고 싶다.

이러한 상황에서 '자녀 교육 한 꼬집'을 소개하는 것이 '무슨 의미가 있을까? 오히려 혼란만 가중하는 일이 되지 않을까?' 하는 걱정도 생겼다. 하지만 내가 소개하는 내용은 어떤 커다란 교육제도의 틀을 바꾸자는 얘기가 아닌, 다자녀(2녀 1남)를 오랫동안(큰딸과 막내아들, 13년 터울) 가정교육을 체험한 부모 입장에서 그간의 경험을 후배 부모에게 소개하여, 이를 참고토록 하는 것도 미약하나마 의미 있지 싶어 용기를 내어 몇 가지 의견을 제시하려 한다.

내용 소개에 앞서 꼭 당부하고 싶은 말이 있다. 그것은 이 경험 소개가 글쓴이의 가족을 자랑할 목적으로 작성한 건 결코 아니고, 이웃 후배 부모들의 동동거리는 모습을 바라보면서 글쓴이가 느꼈던 안쓰러움의 발로라는 사실이다. 이점 꼭 염두에 두고 이 글을 하나의 참고 사항으로 읽었으면 좋겠다.

먼저 글쓴이의 가족을 소개하는 것이 가정교육 경험의 공감대 형성에 도움이 되지 싶어 정리해 본다. 나는 2남 2녀의 가정에서 차남으로 태어났고, 이후 결혼하여 2녀 1남을 키운 정년퇴직한 가장이다. 큰딸과 작은 딸은 3년 터울이고 작은딸과 막내아들은 10년 터울이다. 따라서 큰딸과 막내아들은 13년 터울이니, 당연히 장기간 자녀의 가정교육을 겪어야 했다. 전국에 지역 사무소가 있는 직장으로서 지방과 서울을 오가며 여러 번 전근 하였으나, 애들은 모두 서울 동대문구 소재의 중·고등학교를 졸업했다(큰딸과 작은딸의 초등학교 입학은 지방에서, 졸업은 서울에서 했음). 큰딸은 고등학교 자진 유급(가족 동반 미국 연수에 기인)에 이어 서울 소재 대학의 생명공학과에 입학한 뒤 반수하여, 서울 소재 의과대학에 입학하였고, 작은딸은(이른 생일로 초등학교 조기입학) 큰딸과 같은 해에 서울 소재 약학대학에 입학하였으며, 막내아들은 재수한 뒤 KAIST에 입학했다. 나는 지방 대학교 화공과 출신이며, 아내도 지방 대학 사학과 출신이다. 이처럼 우리 가족은 특별나게 뛰어난 것도 내세울 것도 없는 평범한 가족으로 구성되어 있다. 그럼에도 불구하고 굳이 특별함을 말하라면, 내가 지방 대학교의 공학박사(기술사 2종 취득)라는 정도이다. 그러나 나는 딸·아들의 대학 입학에 자긍심과 자부심이 있는데, 그 이유 중의 하나는 대학입시를 위해 흔히 말하는 사교육에 크게 매달리지 않고 (수학 개인교습은 1년 정도 했음) 나름대로 자녀들이 희망했던 대학(학과)에 입학할 수 있었기 때문이다.

위에서 살펴본 바와 같이 글쓴이의 가정환경은 특별하게 부유하거나 머리가 뛰어난 가족력의 소유자가 아님을 확인했을 것이다. 아울러 자녀들이 모두 서울의 명문 대학(서울대, 연세대, 고려대 등)을 입학했다거나 수석 입학한 사례는 더더욱 아니다. 다만 평범한 가정임에도 서울 소재의 의대, 약대와 KAIST에 입학한 것을 혹시나 '타산지석'으로 삼을 분이 있다면, 그들에게 용기를 북돋아 주고 동기부여가 되는 가정교육의 한 사례이길 소망하기 때문이다. 뒤에서 펼칠 사례는 독자의 이해가 쉽도록 딸·아들의 나이와 관계없이 유·초·중·고·대의 학력 순으로 엮었음을 참고하기 바란다.

유치원 교육

세상의 모든 엄마는 여건이 허락하는 한 최선의 노력으로 임신 초기부터 좋은 생각하고, 좋은 음식 먹고, 좋은 음악 듣고, 좋은 그림을 감상하는 등 자식 사랑에 열심이다. 내가 아는 한 아내도 주어진 여건하에서 태아에게 좋은 영향을 주기 위해 최선을 다했을 것이다. 그렇지만 여기에 소개할 정도로 아내의 특별한 태아 교육은 생각나는 것이 없다. 태아 교육은 평범함 그 자체였다고 생각한다.

태어나서 유치원 등원 이전까지 모빌 달아 주고, 동화책이며 장난감 등을 사 주었으나, 브리테니커 백과사전과 같은 전집류 동화책은 사 준 기억이 없고(10권 내외의 문고판 시리즈 동화책은 사준 기억 있음), 블레이드 장난감 같은 시리즈를 연달아 사 준 기억도 없다(단품은 한두 번 사 줬음). 작은딸은 언니가 읽은 동화책을 이어받아 읽었고(일부 새로 구입한 것도 있었을 것이지만 대부분이 그렇다는 것임), 일부는 친척 형제들이 구매한 것을 돌려 가며 활용했다. 기타 유모차나 자전거도 중고품을 활용했고, 특히 작은딸의 옷가지는 언니와 친척들 것을 대부분 돌려 입은 것으로 기억한다. 다만 막내아들의 경우는 두 딸과 성별이 달라, 장남감이나 옷가지 등을 어느 정도 새것을 사 준 것으로 기억한다. 자녀 셋 모두 유치원 이전에 별도의 교육 프로그램에 참여한 적은 없었다.

유치원은 세 명 모두 집 근처에 있는 곳에 다녔는데, 이사로 인해 장소는 모두 바뀌었다. 한글, 영어, 산수 과목을 특별하게 선행교육은 하지 않았다. 다만 벽에 붙여 놓은 한글 그림판의 도움이 컸는지 모르겠으나, 엄마가 읽어 준 그림책을 보면서 본인들이 읽혀 한글을 깨우쳤다. 아무튼 초등학교에 들어갈 때 동화책 겨우 읽고 자기 이름 쓸 줄 아는 정도의 인지력을 가진 것으로 기억한다. 이 밖에 유치원 다니는 동안 특별히 기억나는 사교육 활동은 없었다. 나와 아내는 초등학교도 입학하지 않았는데 공부에 너무 스트레스 주는 것은 아니라는 생각에 의견이 일치되었기 때문이다. 물론 경제적 여력도 여의치 않은 실정이었다. 다만 본인들이 원하여 동화책을 읽을 때면 이를 박수 치며 칭찬했고, 아내가 애들의 잠자리 시간에 침대에 걸터앉아 동화책을 읽어 주던 모습도 기억난다. 세 녀석 모두 그림에는 소질이 없어 보였다. 아무리 내 자식이지만 스케치북 속의 그림이 형태나 색감 측면에서 결코 칭찬할 정도는 아니었지만, 꾹 참고 잘 그렸다고 칭찬했었다. 굳이 이를 정리하자면 자식들은 태어나서 유치원에 이르기까지 최대한 자유로웠고, 부모의 가정교육은 최소한으로 참여했다 정도로 얘기해 두자. 주변에 있는 다른 부모들의 열성은 그냥 먼 나라 얘기로 묻어 두었다.

초등학교 교육

초등학교 입학 즈음에 사설 학원에 보냈다. 두 딸은 피아노 학원만 보냈으나, 아들은 피아노를 포함하여 미술과 수영 학원 그리고 구청에서 운영하는 스포츠 프로그램(농구, 수영, 바둑 등)에도 보냈다. 이는 딸·아들을 차별한 것이 아니라, 터울이 10년 이상인 관계로 그간의 사회적 환경 변화와 가정 형편이 다소 나아진 점에 기인하였으니, 두 딸은 너무 서운하게 생각하지 않기 바란다. 그 시절 나의 생각은 이랬다. 예·체능의 재능은 키워지는 게 아닌 타고난 것이라고 말이다. 그런데 이 재능을 부모가 겉으로 봐서는 알 수 없으니, 대신에 애들의 미술이나 음악의 성취물에 대한 해당 선생님의 의견을 주의 깊게 경청해야 한다고 생각했다. 또한 내 판단으로도 세 녀석 모두 미술 재능은 가지고 있지 않았음을 이들이 그린 그림을 보고서 어렵지 않게 파악할 수 있었고, 피아노 또한 연주회에 참석하여 몇몇 상장을 받아 온 적은 있으나, 내세울 정도의 특별한 재능을 가지지 않은 것으로 믿었다. 그렇지만 본인들이 피아노 교습의 중단을 원하지 않아, 초등학교를 거쳐 중학교 저학년까지 보냈다(아내의 말에 의하면 체르니 50번까지로 추정). 즉, 음악에 소질이 있어서 보냈다기보다는 악기 하나 정도는 다룰 수 있으면 좋겠다는 생각을 가졌고, 피아노는 이러한 악기를 다룰 수 있는 기본적인 학습 수단으로 보았기 때문이었다. 세 녀석의 현재 연주 수준은 중학교 때의 실력이 사라진 지 오래다. 물론 일부 손에 익은 곡은 서툴게 연주할 수 있는 정도이지만, 어린 시절 피아노 쳤던 음악적 감성이 이들의 내면에 아직도 잠재되어 있기를 기대하는 것이, 여기에 쏟은 투자에 대한 보답으로 위안 삼을 뿐이다.

학교 공부 중 숙제 이행 여부에 대한 아내의 확인은 어김이 없었다. 무슨 일이 있어도 숙제를 거르는 일은 없도록 지도했다(내 기억으로는 한 번도 없다고 장담하나 혹시 모를 일~). 세 녀석 모두 반에서 상위권 실력은 유지한 것으로 보이나(몇몇 교내 상장이 있으나, 통지표에는 석차가 없어 통지표의 기술 내용으로 추정), 전국 단위의 상장을 받아 온 적은 없었다. 학급 부회장 등을 경험하였으나 전교 회장 등 리더십과 관련한 이력은 없었다.

TV 시청은 정해진 시간만 허락했다. 예를 들어 어린이 프로그램은 숙제를 다 마치고 몇 시에서 몇 시까지 1시간 동안만 허락하는 방식이었다. 세 녀석이 약속을 어기면서까지 TV 시청에 매달렸던 기억이 나에겐 없다. 다만 녀석들은 TV 시청 시간이 끝나는 시간에 좀 더 보면 안 되냐며 간청하는 정도로 부모의 말에 순응하였고, 이는 상황에 따라 유연하게 대처했던 것으로 기억한다.

여기서 개인적인 의견을 말하자면 자녀의 초등학교 시기에는 다양한 학습 분야를 경험토록 하는 것이 좋다고 생각한다. 다만 이는 자녀들의 적성(소질)을 파악하는 기회로 삼자는 점에서 그렇다는 것이다. 이를 통해 자녀들이 어떤 분야에 소질이 있어 보이고, 또 특정 분야에 자신들이 즐거워한다면, 이를 적극 계발하는 것이 부모의 자세라고 본다. 자녀들이 학원 가기를 즐거워하지도 않고 해당 분야에 소질도 없어 보이는데, 부모의 욕심에 의해 학원을 보내는 것에 나는 절대 반대다. 시간 낭비이자 돈 낭비이다. 차라리 이 돈을 애들이 성장한 뒤를 위해 시드머니로 저축하는 쪽이 정답이라고 생각한다.

결국 초등학교 가정교육의 핵심은 자녀들의 재능(소질)을 파악하는 데 있다고 본다. 그들에게 어떤 재능이 내재되어 있는지 확인하고, 이를 계발하는 데 주력하자는 얘기다. 이 과정에서 예체능 분야에 특별한 재능이 확인되지 않은 나의 세 자녀는 결국 공부가 답이라는 데 집중할 수밖에 없었다.

중학교 교육

중학교 교육에서도 특별나게 내세울 만한 가정교육의 사례는 없다. 두 딸은 학교 공부에 열심이었고, 학원 등 학교 밖의 교육을 시킨 적이 없다. 아들도 마찬가지였으나 대학교 이곳저곳에서 개최하는 교육 프로그램(과학 관련)에 참여한 것이 대외 활동의 전부인 것으로 기억한다.

또한 다양한 정보매체의 접근에 대해서는 집안에서 지킨 몇 가지 원칙이 있었다. 먼저 TV를 설치한 위치이다. 추측컨대 대부분의 가정(아파트)에서는 TV를 거실에 설치하지 않나 싶다. 그런데 우리는 TV를 안방에 두었다. 자녀들이 TV를 보고 싶을 때는 안방으로 와서 부모와 같이 시청하도록 만든 것이다. 아무래도 TV가 거실에 있는 경우보다 자녀들의 TV 시청 시간이 줄어들지 않았을까 짐작한다.

둘째로 컴퓨터(데스크탑)는 반대로 거실에 두었다. 정보 검색이 필요한 자녀는 스스로 거실로 나와서 공개된 공간에서 데스크탑을 검색할 수 있도록 했다. 당시에는 지금처럼 노트북이 범용화되지 않아 개인별 소유가 흔치 않았던 측면도 있지만, 아무튼 컴퓨터의 활용은 공개된 장소로 국한했다.

마지막으로 휴대폰 사용에 대한 일이다. 지금은 유치원 아동들도 개인별로 휴대폰을 가지고 다니지만, 시점을 1990년대로 돌아가 보면 중학교 학생의 휴대폰 지급 비율은 그다지 높지 않았던 것으로 기억한다. 나는 휴대폰의 기본적인 목적은 소통의 도구로 생각했다(물론 현재의 관점에서 보면 소통을 포함한 개인별 정보 활용의 총아로 발전). 두 딸이 중학교에 다닐 때 이들은 집에서 1㎞ 이내의 가까운 거리의 학교로 등·하교했다. 따라서 휴대폰의 필요성이 크지 않았고, 휴대폰 지급이 공부에 도움이 된다기보다 오히려 장애가 될 것이라는 생각에 사 주지 않았다. 큰딸이 고등학교 졸업할 때 졸업 선물로 휴대폰을 사 주었다. 당연히 작은딸도 이때까지 휴대폰을 사 달라는 얘기는 하지 않았고, 마찬가지로 고등학교 졸업 선물로 휴대폰을 사 줬다. 다만 아들은 상황이 달라졌다. 휴대폰의 보급이 확산되어 아들이 학교에 다니던 2000년대에는 휴대폰을 가지고 있지 않은 초등학생을 발견하기 쉽지 않은 시절이 되었다. 별수 없이 아들이 중학교 2학년 때, 전화는 가능하면서 인터넷 사용량이 최소화된 기기의 휴대폰을 사 줬다. 자기 반에서 휴대폰이 없는 친구가 두 명 내지 세 명밖에 없다며 투덜대면서도 흡족한 표정을 짓던 아들 얼굴이 기억난다.

고등학교 교육

큰딸이 고등학생이 되면서 가족에게 변화가 생겼고 여러 가지 에피소드가 많았던 시기로 기억한다. 나의 직장에서 1년간 미국 파견근무가 결정되었다. 이때 큰딸은 고등학교 1학년이었고 작은딸은 중학교 2학년 그리고 막내는 4살이던 2000년대의 일이다. 온 가족이 미국 생활은 처음인지라 좋은 경험을 얻는 기회로 생각하며 타국 생활을 마쳤고, 1년 뒤 귀국했다.

9.11 테러가 발생하고 멀지 않은 시점에 귀국했는데, 큰딸의 고등학교 복학에 고민이 생겼다. 문제는 내신성적이었다. 큰딸은 출국 시 고등

나의 소풍길 아토

학교 1학년이었으니, 귀국하자 2학년 학기말이 되었다. 그런데 2학년 전체의 내신성적을 복학한 뒤 치른 2학년 기말고사 결과로 대체된다는 것을 시험을 앞두고 알게 되었다. 미국의 고등학교에서 받은 성적표는 전혀 관계가 없었다. 큰딸은 고민 끝에 준비 없이 기말고사를 치러 내신성적의 하향을 막기 위해서는 1학년으로 유급하는 방법뿐이라며 이 길을 원했다. 그리할 수밖에 없었다. 이에 반해 작은딸은 중학교 2학년에 출국하여 귀국하자 3학년 말이 되어, 바로 '고입선발고사'를 치렀다. 벼락치기 공부가 통했는지 다행히도 큰 문제 없이 고등학교에 진학하였다. 결국 큰딸과 작은딸의 학년 차는 2년에서 1년으로 줄게 되었다.

큰딸의 고등학교 공부는 이전과 다름없이 학교 공부 위주였다. 다만 한 가지 달랐던 점은, 큰딸의 간곡한 요청에 따라 수학 과외를 시켰다. 2학년이 되자 수학에 한계를 느낀 나머지 보충수업이 반드시 필요하다는 딸의 요청을 받아들여 개인교습을 시켰다.

3학년이 되자 큰딸의 공부 시간은 당연히 늘어날 수밖에 없었는데, 몇 개월 지난 시점에 문제가 발생했다. 내신성적을 잘 유지해 오면서 학교 생활 하던 큰딸이 어느 날 입에서 피를 흘려 병원 진찰한 결과 폐결핵에 걸렸다는 진단을 받았다. 나중에 알고 보니 같은 반 친구의 폐결핵이 전염된 것이었다. 대학입학 시험 준비로 몸이 허약해진 상태에서 쉽게 감염된 것으로 보였다. 그리하여 학교를 일시 휴학하고 치료를 마친 다음 폐결핵 완치 판정을 받고서야 학교에 복귀했다. 얼마 뒤 수능을 치렀으나 본인이 평소 유지해 오던 성적에 훨씬 못 미치는 결과를 받았지만, 다행히도 '○○대학교 생명과학과'에 합격할 수 있었다. 그래서 학부를 잘 다니나 싶었더니 한 학기 마치자마자 큰딸은 일단 대학을 휴학하고, 수능에 재도전하겠다며 반수의 다짐을 알려왔다. 어쩌랴 '자식 이기는 부모 없다'는 말처럼 이에 동의할 수밖에 없었고, 큰딸은 인근 독서실에서 다시 수능에 매진했다.

작은딸도 별반 다름이 없었다. 학교 수업 위주로 공부하였고 내신성적 유지에 최선을 다했다. 언니에 이어 2학년이 되자 자기도 수학 공부를 위해 개인교습을 시켜 달라는 것이다. 같은 선생님에게 부탁하여 수학 과외를 시켰다. 작은딸이 3학년이 되는 해에 언니도 반수에 들어갔으니 두 명이 동시에 수능에 응시하게 되었다.

고맙게도 두 딸의 수학능력시험 결과는 잘 나왔다. 큰딸이 조금 더 나은 편이라 약대와 의대를 지원하여 3군데 모두 합격하였으나 ○○대학교 의과대학에 입학하였고, 작은딸은 약대와 생명공학부를 지원하여 3군데 모두 합격하였으나 ○○대학교 약학과에 입학했다. 하지만 작은딸은 1년 뒤 반수를 자청하여 재도전했으나, 기대와 달리 의대 진학은 실패로 끝났고 약대에 복학하여 졸업했다.

나는 이와 같은 두 딸의 도전 정신에 찬사를 보낸다. 의욕이 앞서 재수, 반수로 수능을 준비한다지만 그게 어디 말처럼 쉬운 일이던가? 자신들이 한번 대입 준비의 어려움을 겪어 본 처지임에도 과감하게 도전 정신을 발휘한 두 딸에게 뜨거운 박수를 보낸다. 혹여 그 결과가 기대에 미치지 못

나의 소풍길 아토

했더라도 최선을 다했음에 자신이 떳떳하다면 이를 부끄러워하거나 후회할 필요는 전혀 없는 것이고, 그런 과정에 대해 아빠는 무한한 찬사를 보낸 것이다. 최선을 다하지 않은 채 주변을 탓하고 변명하는 모습을 보이지 않는다면, 앞으로도 아빠 도전의 영원한 지지자가 될 수 있다고 약속한다.

한참 뒤에 일어난 일이지만 막내아들의 대학 입시도 비슷했다. 두 딸과는 10년 이상 터울이 있어 아들은 온 가족의 사랑을 듬뿍 받으며 성장해 왔다. 또한 학교생활에서도 별다른 성장통 없이 고등학교를 졸업했다. 그간 내신성적도 상위권을 유지해 오면서 수학능력시험을 치렀으나, 기대에 턱없이 미치지 못하자 두 누나의 영향을 받았는지 재수를 선언했다. 그리하여 소위 '강남대학교(강남대성학원을 이렇게 부른단다)'에 등록하여 재수했다. 당초 의과대학을 염두에 두었으나 아깝게 실패하였고 (예비 후보로 선정되었지만) 결국은 KAIST에 입학하여 지금은 박사과정을 밟고 있다. 늦둥이 아들한테도 찬사와 격려의 말을 남기고 싶다. 2년 동안 대입을 준비한 도전 정신과 끈기에 대해 박수를 보내며, 지금 한 분야의 전문성을 넓히고자 불철주야 공부할 텐데 이것은 곧 미래를 위한 씨앗이고 그 터전을 일구는 담금질의 시기임을 명심하여, 뒷날 자신한테 부끄럽지 않도록 최선을 다해 달라고 부탁하고 싶다. '잘하고 있다 사랑하는 아들, 파이팅!'

고등학교 졸업 이후
고등학교 졸업 이후에 대해서는 구태여 언급하지 않겠다. 20세 이상의 자녀들에게 이래라저래라 하는 것은 사리에 맞지 않은 일이라 여기고 있고, 대학 교육은 가정교육보다는 학교와 자신의 의지가 핵심적 요인이라고 생각하기 때문이다.

다만, 여기서 그간의 자식 교육에 대한 나의 의견을 정리하여 몇 가지만 얘기하고 싶다. 나는 결코 교육학자가 아니므로 지극히 개인적인 의견임을 전제한다. 우리나라 교육에 대해 백인백색의 이야기가 난무하고 있어, 결론을 하나로 집약할 수 없는 현실적인 어려움이 있는 것도 사실이다. 결국 하향식 영향 요소(대학교 입학 제도가 초중고 학사에 절대적 영향을 줌)가 관건이라고 생각한다. 서울대를 필두로 하는 소위 명문대에 가기 위해서 또는 의대에 가기 위해서 고등학교, 중학교, 초등학교를 거쳐 유치원에 이르기까지 아이들을 사교육의 전쟁터로 몰아가는 하향식 영향이 문제의 시발점이고 이에 따른 학부모의 불안심리가 너무 크게 작동한다는 것이다.

그런데 이런 목적 달성을 위해 사교육이 반드시 필요한가에 대해서는 아무런 확증이나 검증 결과는 없다고 생각한다. 나는 막말로 '호박에 줄 긋는다고 수박 되나?'처럼 '강남에 있는 고등학생만 서울대 가고, 의대 가느냐?'라고 되묻고 싶다. 그렇다고 '맹모삼천치교'라는 말처럼 주변 학습 환경의 중요성을 무시하자는 것은 결코 아니다. 핵심은 환경보다는 수험생 당사자의 의지와 실천이 관건이라는 얘기다. 아무리 좋은 환경과 실력 있는 선생님이 있어도, 본인이 공부하려는 의지와 실천이 담보되지 않는다면 무슨 의미가 있겠느냐는 원론적 얘기다.

나의 소풍길 아토

결론적으로 후배 학부모들에게 권하고 싶다. 먼저 '가정환경을 공부에 적합하도록 최대한 조성하라'고 말이다. 주변에서 TV 보고 떠들면서 너는 열심히 공부하라고 말한다면 이치에 맞는 것인지 다시 한번 깊이 되새겨 보란 말이다. 필요하다면 고3 수험생에게 안방을 내줘야 한다고 권하고 싶다. 그래야 부모도 최선을 다했다는 떳떳함이 있고, 수험생도 이런 노력에 감응하여(?) 더욱 최선을 다할 것이 아닌가? 부모들도 모범을 보이는 것이 중요하다고 강조하고 싶다. 부모들은 밤늦게까지 여흥을 즐기면서 자식에게는 열심히 공부하라는 것은 결코 도움이 되지 않을 것이며, 책을 읽거나 아니면 신문이라도 열심히 읽고 있는 모습을 보일 때, 자식들도 공부에 매진하는 분위기가 조성될 것이라는 점이다. 물론 나는 박사학위 취득을 위해 책상에 앉아 있는 시간이 많을 수밖에 없었고, 이후 기술사 자격시험을 위해 공부를 게을리하지 않은 점이 위에서 말한 가정환경 조성에 일조했을 것으로 짐작한다.

다음으로는 수험생 본인들이 공부에 필요한 요구(지원)사항에 대해 합리적 이유가 있고 여건이 허락한다면 최대한 수용하라는 것이다. 학원이 필요하다면 학원을 보내고 개인교습이 필요하다면 이것도 수용하라는 것이다. 이렇게 말하니 '가정교육 운운하다가 갑자기 웬일?'이라거나 '사교육 운운하더니 갑자기 갑부나 되었나 보다'라고 반문할 수 있으나, 나의 생각은 그게 아니다. 수험생이 자신의 가정 형편상 허용할 수 없는 요구를 무리하게 청하는 경우가 얼마나 될까? 혹여 수험생이 정말 대책 없이 요구한다면 저간의 가정 사정을 충분히 얘기해서 차선책이 강구되도록 대화로 풀어야 한다고 생각한다. 수험생의 생각을 묻지도 않고, 이 학원 저 학원에 등록하는 것은 전혀 도움이 되지 않을 것이며, 다만 본인이 원하는 경우에만 효과가 배증된다는 것이 나의 경험에서 얻은 결론이다.

마지막으로 주변의 왈가왈부에 현혹되지 말고 본인의 교육철학을 굳건하게 지켜 나가라는 것이다. 서울대나 의대에 보내기 위해 유치원부터 사교육에 몰입하는 소식을 접할 때면, 나는 정말 그 학부모는 어떤 생각에서 그런 결론에 이르렀는지 궁금하기 짝이 없다. 유치원부터 공부하면 초·중·고등학교까지 최소 12년이다. 12년 동안 끊임없이 긴장하면서 열심히 공부하는 수험생이 우리나라를 통틀어 과연 몇 명이나 될까? 가다가 도중에 지쳐 쓰러지고 말 것이다. 이렇게 다그치는 부모는 자신들은 과연 몇 년 동안이나 밤잠 안 자고 공부한 이력을 가졌는지 꼭 뒤돌아보라고 주장한다.

내 생각으로는 중학교까지는 학교 밖 활동으로서 음악도 미술도 운동도 빠트리지 않고 시간을 투자하여 활동하는 것이 중요하다고 생각한다. 체력(체육)이나 감성(예능)의 기본(토대)이 잘 갖추어지면 실력 향상을 위한 공부 방식의 접근이 쉬울 것이며, 탄력을 받기도 쉬울 것이라는 게 나의 주장이다. 그렇다고 중학교까지 음악, 미술, 운동만 열심히 하라는 얘기는 결코 아니라는 것은 지금까지 나의 생각을 읽어 본 사람이면 이미 눈치채고 있으리라 생각한다. 기본적으로 학교 교육을 성실히 하되, 성적 향상을 위해 이곳저곳의 학원을 뺑뺑이 돌리듯 하는 모습은 결코 아니라는 점을 강조하고 있음을 이해했을 것으로 믿는다.

대학교 입학은 초등학교 입학부터 12년에 걸친 장기간의 공부이다. 100미터 달리기처럼 단시간에 결과가 가려지는 경기가 아닌, 복싱 경기처럼 12라운드에 걸친 긴 여정의 공부이다. 초반부터 힘을 써 버리면 중반을 거쳐 종반까지 체력이 이를 감당하지 못해, 옆 라인의 선수가 자신을 앞지르는 모습만 지켜본 채 경기가 끝나게 된다. 제발 초·중·종반의 공부 전략을 수험생 입장에서 잘 이해하고 이끌어 주는 것이 부모의 역할이 아닐까 다시 한번 자문해 보길 바라면서 이 글을 맺는다.

40만 명에 이르는 대학 수험생 여러분!!! 오늘도 열심인 그대여~ '이 또한 지나가리라, 파이팅!!!'

가훈 이야기 🍃

우리 집 가훈은 '명·정·중'이다. 밝음(明), 바름(正), 신중함(重)을 간결하게 한자로 표현한 것이다.

우리나라에서 가훈을 가지고 있는 가정의 비율이 얼마인지는 잘 모르겠으나, 선친께서는 문자로 된 가훈을 남기지 않으셨다. 다만 주어진 일에 항상 '성실함'을 몸으로 실천하셨고 행동으로 모범을 보여 주셨다. 그러나 나는 가훈이 걸린 다른 집안을 보면, 뭔가 뼈대 있는 가문으로 느꼈고, 식구들의 됨됨이가 묵직하게 여겨지기도 했다. 선조로부터 내려온 가문의 명언도 없던 우리 집안에 비하면 왠지 기가 팍 죽는 형국이었다. 그래서 나는 애들이 태어나 자라면서 우리 집안에 없던 뼈대라도 추켜세울 요량으로, 언젠가 우리 집 가훈을 거실에 떡하니 걸어 놓고 싶은 바람을 가졌다.

하지만 마음만 가지고 될 문제는 아니지 않는가? 가훈이라 함은 짐짓 짧고 간결하지만, 지혜와 통찰력을 가진 글귀로서 가족 구성원 모두의 삶에 큰 이정표이며 덕목으로서 가르침을 주는 문구여야 한다는 원대한 생각이 '가훈'을 결정하는 데 발목을 잡고 있었다. 이런 고민 끝에 내린 결론은 내가 그간 살아오면서 행한 행동이나 말이 어떤 결과를 낳았고, 이런 결과를 초래한 과정에서 혹시 잘못 판단하였거나 섣부른 결정이 있지 않았는지를 되새겨 보아, 앞으로의 말과 행동에 도움을 주는 현명한 글귀가

나의 소풍길 아토

무엇일까에 생각을 집중하자는 것이었다.

　나는 성격이 좀 급한 편이다. 어떤 사안에 대한 다른 사람과의 토론에서 논점의 핵심을 잘 집어내는 장점이 있는 반면, 다소 공격적인 말투와 언성으로 인해 상대자로부터 호감을 일으키지는 못한 것으로 여겨 왔다. 그러므로 나의 생물학적인 DNA를 일부나마 지니고 있을 2세들에게 이런 다급함을 누그러뜨릴 수 있는 '가훈'이 무엇일까를 고민했다. 나아가 사회생활을 영위하는 데 있어 인간관계를 형성하는 중요한 태도적 요인이 포함된 글귀라면 더욱 좋겠다고 희망했다.

　다음으로 세상 돌아가는 소식을 접할 때면 대부분 정치, 경제, 사회 등 모든 것이 엉망이고 험한 일로만 여겨지는 게 일상이다. 그러나 사람의 일이란 결코 이런 악의 세력만이 춤추는 게 아니라, 알려지지 않은 수많은 선과 희생도 엄연히 존재함을 직시해야 한다는 것이 평소의 지론이었다. 밖에서 벌어지고 있는 악행에 순응할 것이 아니라 나부터, 아니면 나라도 먼저 선과 희생의 모습을 보이자는 생각이다. 비록 자신의 역할이 아주 작은 것이라 할지라도 적어도 나쁜 쪽으로는 흐르지 말자는 얘기다. 이런 바람이 담긴 글귀가 포함되면 좋겠다는 생각도 있었다.

　마지막으로는 나는 가끔씩 거울 속에 비친 내 얼굴을 보면서 추남은 아니지만 호감형도 아니라는 생각을 늘 가졌다. 또한 호감형인 사람의 얼굴이 초췌하거나 남루한 모습으로 보이는 경우는 거의 없을 것으로 생각했다. '얼굴은 삶의 이력서'라는 말을 가벼이 흘려보낼 말이 결코 아니라고 생각한다. 평소 서양인의 웃는 얼굴 모습이 좋아 보이지 않던가? 나는 '웃으면 복이 온다.', '웃는 낯에 침 뱉으랴.'라는 말을 떠올리며, 가끔씩 거울 앞에서 웃는 연습을 해 보지만, 여간 쉬운 일이 아니었다. 이런 연고로 나는 밝은 모습으로 삶을 영위했으면 좋겠다는 희망을 갖게 되었다. 비록 자신의 처지가 미약하고 힘든 상황이더라도 쉽게 좌절하거나 포기하지 않았으면 하는 바람이다. 이런 바람이 담긴 글귀였으면 좋겠다고 생각했다.

위에서 말한 여러 가지 바람을 요약하면, 신중하고, 올바르며, 밝은 모습을 다짐하는 내용이다. 따라서 이를 함축적으로 표현하는 글귀라면 내가 희망하는 가훈이 완성될 듯싶었다. 동시에 이를 축약하는 방법으로 한자를 동원해 보자는 결론에 이르렀다. 하여 신중에서 重을, 올바름에서 正을, 밝은 모습에서 明을 따왔고, 이를 읽기 쉽게 순서를 조정하여 明正重(밝고 바르게 그리고 무게 있게)의 글귀를 완성했다.

이렇게 明正重의 가훈이 완성되었으나 글로 써서 집 안에 거는 것도 과제였다. 가장 쉬운 방법은 대형 프린터로 인쇄하여 표구하면 좋겠지만, 이는 너무 기계적이고 사무적이라는 생각이 들어 붓글씨 잘 쓰는 사람을 찾으려고 기회를 엿보고 있었다. 그러던 중 어느 날 전철을 갈아타기 위해 환승 통로를 지나가는데, "가훈을 써 드립니다" 하는 푯말과 함께 좌대에 앉은 분이 보였다. 한글과 한자 모두 가능하다는 설명을 읽은 뒤 금액을 물어보니 만 원을 요구했다. 앞에서 말한 明, 正, 重을 세로로 길게 써 달라고 요구하여, 지금의 가훈을 완성하였다. 이날 가훈을 붓글씨로 써

주신 어르신 '감사드립니다.'

가훈 액자

이제는 거는 문제만 남았다. 거실 벽면에 떡하니 걸어 두고 싶었지만, 뭐 너무 티 내는 것 같고 좀 쑥스럽기도 하여, 집에 드나들면서 자주 보고 마음속에 담아 두기를 기대하면서 현관 벽면에 '가훈'을 걸었다. 물론 가족들에게 글귀의 뜻을 다음과 같이 곁들이면서 말이다. "이 액자는 우리 집 가훈을 새겨 놓은 것이고, 세 글자의 의미는 밝고 바르게 그리고 무게 있게 살자는 아빠의 바람을 한자로 적어 놓은 것이니, 이의 실천에 노력해 줬으면 좋겠지?"라고 말이다. 최근 이 액자를 다시 보니 세월의 흔적이 그대로 남아 있었다. 낙관 위에 '정해년(2007년) 가을'의 글자를 역산해 보니 벌써 16년의 세월이 지났기 때문이다.

오늘 이 글을 쓰면서 나는 다시 한번 뉘우친다. 나는 그동안 과연 '밝고 바르게 그리고 무게 있게' 살아왔는지? 속 시원한 대답이 나오지 않는 걸 보니, 아직도 나는 미완성이고 멀었다. 그러나 또 한 번 되새겨 보리라 다짐한다.

나의 삶에 있어 明, 正, 重의 실천이 살아 숨 쉬는 것처럼 일상이 되는 날이 오기를 기원하면서 말이다. ^_^

결혼 상대자 정하기 🍃

'나에게 어떤 결혼 상대가 최선일까?' 결혼 적령기에 접어든 젊은이들에겐 빼놓을 수 없는 가장 큰 관심사가 아닐까? 나는 정답이 없는 이런 질문에 매달리기보다는 질문의 방향을 바꾸는 게 현명하다고 말하고 싶다. 왜냐하면 앞의 질문은 결혼 상대자를 마치 4지 선다형 문제로 오인시킬 우려가 있기 때문이다. 이보다는 오히려 '결혼 상대를 찾기 위한 최선의 방법은 무엇일까?'로 질문을 바꿔 보도록 추천한다. 그리하면 선택의 대상이 '인격체'에서 '방법론'으로 바뀌어 좀 더 객관적이고 합리적인 결혼 상대 찾기가 가능해지지 않을까? 물론 방법론의 선택도 말처럼 그리 간단한 문제는 아니겠지만, 나의 경험을 중심으로 하나의 방법론 관점에서 이를 제시해 보련다.

최근의 한 기사를 보면, 초등학교 1~6학년을 대상으로 한 조사에서 30% 정도가 '교제하는 이성 친구가 있다'고 답했다는 것이다. 이쯤 되면 이젠 연애 문제도 평범한 우리 어린아이들의 관심사의 하나가 되었다는 느낌이다. 이 대목에서 나는 이들이 이성 친구를 선택하는 가장 중요한 요인이 무엇일까 궁금해졌다. 생각 끝에 내린 결론은 이러한 교제는 결코 결혼을 전제하는 것이 아니라는 점에서, 상대자에 대한 호감도가 가장 큰 요인일 것으로 짐작되었다. 결혼을 염두에 두고 교제하는 적령기 남녀의 관심사는 상대자의 나이는 물론 성격이 어떻고, 능력과 재력이 어떻고 하는 요소가 많을 터인데, 아이들은 이와는 전혀 다른 외형적 요인이 가장 큰 매력으로 다가섰을 것이라는 추론이다. 결론적으로 이성을 바라보는 관점이 전혀 다르다는 점에 이르렀다.

따라서 이 글의 관점을 명확히 정하기 위해, 앞에서 얘기한 초등학교의 이성 교제는 '이성 친구 찾기'로, 뒤에서 말한 젊은이의 이성교제는 '결혼 상대자 정하기'로 구분하고, 이 글의 주제를 '결혼 상대자 정하기' 중심으로 최선의 방법을 제안하련다.

먼저 '이성 친구 찾기'와 '결혼 상대자 정하기'를 연령대로 구분해 보면, 대략 고등학교까지의 이성 교제는 '이성 친구 찾기'로 보고, 이후 대학교와 20대 전후의 시기는 회색 지대로 보고자 하며, 30대 전후의 시기는 '결혼 상대자 정하기'로 구분하면 적절하지 않을까 싶다. 결국 이 글에서 다뤄 보고 싶은 얘기는 30대 전후의 결혼 적령기를 앞둔 이들의 '결혼 상대자 정하기'의 한 가지 사례 정도로 이해하면 좋겠다. 물론 개인의 생각과 실제 상황이 앞에서 구분한 내용과 다를 수도 있어, 이것을 객관적인 분류로 볼 수 있느냐는 논쟁도 있겠으나, 한편으로는 나와 같은 의견을 가진 사람도 제법 있을 거라는 개인적 추정에 근거하였음을 이해하기 바란다.

그럼 여기서 필자의 '이성 친구 찾기'와 '결혼 상대자 정하기'의 이력을 펼쳐 보자. 나는 고등학교 이전까지 '이성 친구 찾기'를 한 번도 경험해 보지 못했다. 또한 내가 고등학생일 때 몇몇 친구들이 여자 친구를 사귄다는 얘기를 귀동냥으로 들은 적은 있으나, 그 숫자는 손에 꼽을 정도로 적었다고(물론 현재 세대의 사정과는 전혀 다르겠지만~) 기억한다. 이후 대학교 신입생으로 미팅에 몇 번 참석했으나, 당초 기대와 달리 나를 좋아하는 상대도 없었거니와 나를 현혹시킬 만큼 매력적인 상대도 없었다. 다만 함께 참석했던 동료와 그의 파트너 사이에 오가는 친밀한 분위기가 부러울 따름이었다. 몇 번의 미팅기회에서도 호감을 느낀 파트너를 찾지 못하자, 이내 미팅 참석도 시들해졌고, 그 결과 나의 대학교 졸업식 참석자는 가족에 국한될 수밖에 없었다. 이어진 ROTC 입대와 대학원 복학 그리고 입사에 이르기까지, 나는 이성과의 교제가 전무한 비호감형 남자였다. 따라서 나는 '이성 친구 찾기'에 대해서는 체험에서 나온 말을 할 형편이 못 되고, 더욱이 명확히 구분한 이 글의 주제에도 벗어나기 때문에 여기까지 언급하는 것이 적절해 보인다.

회사에 입사하자 벌써 '결혼 상대자 정하기' 나이가 되었다. 앞에서 말한 바와 같이 '이성 친구 찾기'가 전무한 상태에서 하물며 '결혼 상대자 정하기'는 더 고차원적인 일로서 오로지 중매가 나의 유일한 돌파구였다. 하지만 나는 중매란 결혼의 목적을 두고 중매자의 소개를 통해 만남의 기회를 갖고 비교적 짧은 기간에 상대자의 됨됨이를 판단해야 하는 불가피한 수단이라고 생각해 왔다. 즉 스스로 자신에 걸맞은 '결혼 상대자 정하기'가 어려워 타인의 도움을 받아 상대자를 찾는 마지막 수단이라고 말이다. 또 한편으로는 상대자를 찾을 때 상대자의 됨됨이를 알아보는 요인에는 외형적인 것과 내면적인 측면의 두 가지가 있다고 생각했다. 외형적 측면이라 함은 신장, 학벌, 가족관계 등 신상 정보와 같이 겉으로 드러난 모습에서 파악되는 현시적 요소이고, 내면적 측면이라 함은 정서, 성

나의 소풍길 아토

격, 감정, 의식구조 등을 일컫는 안쪽에 숨어 있는 잠재적 요소로 말이다.

　그렇다. 자신의 평생 반려자를 정하기 위해서는 상대자의 내적·외적 요인을 자세히 살펴야 하는데, 중매는 물리적 시간이 짧아 두 가지 요인 모두를 한꺼번에 해소하기엔 어려움이 있다. 특히 겉으로 보이는 모습과는 달리 내면의 됨됨이를 당사자 혼자서 짧은 시간에 온전히 파악하기란 결코 쉬운 일이 아니다. 따라서 중매를 통한 '결혼 상대자 정하기'에서 내면적인 요인의 평가는 중매자의 인격(신뢰도)에 의존하되, 외형적인 요인은 당사자 본인의 기대 수준에 따른 합리적인 수단을 통해 판단하는 것이 최선의 방법이라고 생각한다. 이러한 관점에서 나는 '결혼 상대자 정하기'의 과정에서 상대자의 외적 요인을 합리적으로 판단할 수 있는 방법에 특화하여 제시한다.

　이를 제시하기 위해서는 내가 대구 지역 향토사단에서 시행했던 '병영 집체 훈련'의 훈육 장교로 파견되어, 구대장으로 근무했던 군복무 시절을 먼저 얘기해야 한다. 구대장은 입소한 대학 신입생의 내무생활 전반과 교육훈련장까지 안전한 이동 등의 지휘 통솔 업무를 수행하는 훈육 장교이다. 이때 병영 집체 훈련은 대부분 야외에서 이루어졌기 때문에 교육장까지 이동하여 교육을 마치는 시간까지 구대장은 야외 훈련장 인근에서 대기하는 것이 보통의 일과였다. 따라서 대부분의 시간을 혼자서 대기해야 하므로, 이 무료함을 달래기 위하여 문고판 소설책이나 신문을 가져가 읽곤 했다. 그러나 이것도 싫증이 나자 마침내 손바닥만 한 크기의 휴대용 라디오를 구입하여 군복 상의의 주머니에 넣고, 이어폰을 꽂아

FM 음악을 듣곤 했다. 그러던 중(정확한 기억은 없지만) 어느 방송국의 FM 영화음악 프로그램(〈김세원의 영화음악실〉로 추정) 방송에서 영화 〈텐〉에 대한 줄거리를 아주 인상 깊게 들었다.

지금껏 기억하는 대략적인 내용인 즉, 주인공은 자신의 기준으로 아주 이상적인 여성(10점 만점에 11점을 줄 수 있는)을 만나게 되었으나, 현실에서는 그 꿈을 이루지 못하고, 결국 자신을 기다리고 있던 다른 이성에게 청혼한다는 내용이었다. 나의 기억이 맞는지 궁금하여 구글링하여 찾아보니, 이 영화는 보 데릭(여자 주인공)과 더드리 무어(남자 주인공)가 열연하여, 1978년에 제작된 영화이며, 제목인 '텐'은 여자 주인공의 매력 점수를 의미하는 것으로서, 중년의 위기를 맞이한 남자 주인공은 웨딩드레스의 젊은 여자에게 매력 점수를 만점인 '텐'을 넘어서 11점을 줄 정도로 이끌려 신혼여행지까지 따라가 황홀한 만남을 가지려 했으나, 이성적인 이야기가 오간 뒤 깨달음을 얻고 고향으로 돌아와 자신을 기다리는 상대자에게 청혼한다는 것이 큰 줄거리였다. 세부적인 내용을 보니 내가 기억했던 내용과는 다소 차이가 있었으나 전체적인 줄거리는 비슷했다.

그런데 이 방송을 듣고 나서, 나는 이성에 대한 합리적 판단의 수단으로서 매력 점수 '텐(10)'을 활용하면 좋겠다는 생각을 품게 되었다. 이 영화는 본래 미국에서 살아가는 중년 남성의 '결혼 상대자 정하기'였지만, 나의 '결혼 상대자 정하기'에 이를 적용하여도 큰 무리가 없을 것으로 생각한 것이다. 다만 합리성 보장을 위해 좀 더 구체적인 방법을 추가하였지만, 매력 점수 '텐(10)'의 근간은 같다고 보면 틀림이 없다. 이 방법의 구

나의 소풍길 아토

체적인 내용은 다음과 같다.

이름하여 '매력 점수 텐(10)을 기반으로 하는 결혼 상대자 정하기'이다. 이를 위해서는 먼저 본인이 희망하는 결혼 상대자로의 요건(항목)을 선정하여야 한다. 예를 들자면 나이, 학력, 취미, 재산, 직업, 가족관계 등 다양한 외형적 요인들이 이에 해당될 것이다. 개인에 따라 항목이 더욱 세분화될 수도 있고, 크게 묶어서 일반화시킬 수도 있으나, 몇 개가 적합한가는 문제가 되지 않는다. 즉 상대자의 매력 점수를 판단하는 항목이 5개가 될 수도 있고 10개가 될 수도 있지만, 이것은 전혀 문제가 되지 않는다는 얘기다.

위에서 말한 바와 같이 매력 점수의 항목이 선정되었으면 각 항목별 가중치를 부여한다. 예를 들어 매력 점수의 항목이 10개인 경우, 합계는 100점으로 하되 각 항목별로 가중치를 주어 배점을 달리하는 방식으로 점수표를 만들면 된다. 즉 자신은 키가 작으니 2세를 위하여 상대자의 키가 컸으면 좋겠다고 생각한다면 다른 항목보다는 가중치를 주어 만점을 15점 또는 20점으로 부여하는 방식이다. 또한 나는 학력이 대졸이니 상대자도 대졸이상 되면 크게 문제될 게 없다고 생각하면 이의 가중치는 10점 만점에 5점을 부여하면 될 것이다. 이렇게 각 항목별 가중치가 배정되었다면, 이제는 각 항목의 배점 기준을 설정한다. 예를 들어 상대자의 신장이 160센티 이하인 경우와 170센티 이상인 경우 그리고 160센티와 170센티 사이에 있는 경우 등을 가정하여, 각 상황에 따라 0점에서 15점(혹은 20점) 사이의 점수표를 만들면 된다. 학력의 경우도 마찬가지로 대졸

이상인 경우와 그렇지 않은 경우를 구분하여 0점에서 5점 사이의 점수표를 만들면 된다. 이렇듯 이름하여 '매력 점수 환산표'가 만들어졌으면 이를 활용하는 단계에 진입할 수 있게 된다. 이제 좀 가슴이 떨리지 않는가?

위에서 만들어진 '매력 점수 환산표'를 가지고 결혼 상대자를 냉정하고 객관적으로 평가하여 점수를 매겨 보라. 몇 점이 나왔나??? 이 결과에서 100점이 나왔다면 두말할 것도 없이 도시락 싸 들고 청혼하여 결혼해도 좋을 것이다. 내 생각에는 절대로 만점은 나오지 않을 것이다. 그런데 60점 혹은 70점이 나왔다고 상대자에게 실망할 필요는 없다. 왜냐하면 가장 중요한 다음 단계가 남아 있기 때문이다.

앞에서 작성한 '매력 점수 환산표'가 합리적이고 객관적인 최선의 방법이 되기 위해서는 기준점(Reference) 설정이 반드시 필요할 것이다. 기준점이 없는 60점, 70점은 무의미하다는 의미이다. 다만 비현실적이지만 100점의 경우는 자신이 생각하는 이상적인 조건 모두를 만족하는 경우이므로 예외다. 다시 말하면 선정된 매력 점수 항목을 모두 만족하였으므로 선정 항목이 잘못되지 않았다면 더 이상 다툼의 여기가 없기 때문이다. 그렇다면 기준점(Reference)은 어떻게 설정하는 게 합리적일까? 간단하다 앞에서 만들어진 '매력 점수 환산표'를 가지고 다시 '냉정하고 객관적으로' 자신을 평가해 보면 된다. 이때 '냉정하고 객관적으로'가 매우 중요하다. 상대자는 냉정하게 그러나 나는 온정주의로 흐르면 환산표는 무의미하다. 어떤 결과가 나왔는가? 결론은 누구의 점수가 높게 나왔느냐에 따라 상대자와 만남의 지속성 여부를 결정하면 된다.

나의 소풍길 아토

그런데 주의할 점은 상대자의 점수가 나의 점수보다 많이 높은 것이 좋을 듯싶지만, 현실은 반드시 그렇지도 않을 것이다. 왜냐하면 상대자 입장에서 자신을 평가한다면 반대의 경우가 발생할 수 있기 때문이다. 즉 내가 100점으로 평가한 경우 상대자 또한 자신을 100점의 상대로 평가할 것인지가 관건이라는 얘기다. 물론 상대자가 생각하는 이상형이 자신과 다르다면 지표도 달라지겠지만, 이런 경우 서로의 지향점이 다르다는 의미이므로 이상적인 커플로서 궁합이 맞을지도 모를 일이 될 것이다. 또한 '매력 점수 환산표'를 활용하는 시기는 상대자와의 만남이 초기일 때보다는 어느 정도 상대자의 외형적인 모습을 이해할 정도의 만남이 이루어진 이후의 시기가 적합할 것이며, 또한 환산표의 결과가 다소 헷갈리거나 가중치가 마음에 들지 않으면 재작성하여 다시 시도해 보면 된다. 열 번 했다고 '매력 점수 환산표'에 대해 지적소유권을 주장하는 사람은 아무도 없을 테니까!

　지금까지 장황하게 '결혼 상대자 정하기'의 방법론을 설명하였는데, 이를 읽은 독자 중 일부는 분명히 반감을 갖고 있을 것이다. '어떻게 사람을 점수로 평가하고, 그 결과를 가지고 결혼 여부를 결정하나. 당치도 않은 방식이다.'라고 말이다. 그러나 냉정하게 현실을 직시해 보자. 그럼 상대자를 평가하는 합리적 대안이 무엇인지 스스로 자문해 보라. 이 질문에 대한 답변이 곤란한 독자만 나의 조언에 따라 실천하기 바란다. 솔직히 고백하건대 나는 지금의 아내를 친구 어머니의 중매로 만났고, 아내의 내면적인 평가는 친구 어머니께서 들려주신 내용을 신뢰하였으며, 외형적인 평가는 앞에서 설명한 '매력 점수 환산표'를 활용하여 결혼할 마음을 굳혔다. 그리고 지금까지 이를 후회한 적은 없다(물론 간혹 부부 싸움하는 것은 어쩔 수 없다고 치자 ㅋㅋㅋ. 결혼 전에 싸워 보지 못해 이를 '매력 점수 환산표'에 담을 수 없었음을 안타까워할 수밖에 없지 않을까?).

마지막으로 하고 싶은 말은, 앞에서 소개한 '매력 점수 환산표'는 반드시 중매결혼에만 적용되는 것은 아니라는 생각이다. 열애 중에 있으나 부모님이 반대하는 경우나 또한 그 반대의 경우에도 이를 설득할 객관적인 평가 지표로서 '매력 점수 환산표'를 제시하면서, 서로의 의중을 얘기한다면 설득력이 배가되지 않을까?

그나저나 요즘 출산율이 너무 떨어져 난리인데 젊은이들이여, '매력 점수 환산표' 빨리 작성해 부모님 설득해 보기를 강권한다. 중매료는 한 푼도 받지 않을 터이니. 홧팅~~~

나의 소풍길 아토

돈 관리는 부부 중에 누가? 🌿

부부 중에서 누가 경제권을 가질 것인지, 즉 살림 돈의 관리주체가 누구여야 하는가는 여러 가지 논리와 타당성이 있을 수 있다. 이는 남자들 사이의 술 모임에서도 자주 등장하는 화제의 대상이기도 하다. '나는 매달 용돈을 집사람한테서 타다 쓴다', '아내 몰래 비상금을 마련해야 위급 상황에 대처할 수 있다', '우리 집의 실세(경제권)는 집사람이기 때문에 현재의 재무 상태를 나는 잘 모른다', '아! 귀찮은 경제문제를 아내한데 맡기고 있으니, 나는 너무 편하다' 등의 얘기가 끊이지 않을 태세로 이어진다. 대충 들어보면 대부분의 남자들은 경제권을 아내한테 맡기고, 자신들은 열심히 통장에 찍히는 숫자 올리기에만 몰두하는 경향이 있는 것으로 추정된다.

그런데 나는 위와 같은 얘기에 대해 별로 대꾸를 하지 않는 편이다. 왜냐하면 나는 대부분의 남성과 달리 내가 경제권을 갖고 생활해 왔기 때문이다. 앞으로 이어질 내용은 내가 잘해 왔다는 얘기를 하고 싶은 것이 아니라, 우리 집의 경우를 참고삼아 부부간의 합리적인 역할 분담이 가정의 경제 능력 향상에 효율적이지 않겠나 하는 바람에서 쓴 글임을 이해해 줬으면 좋겠다.

시간을 거슬러 올라 신혼 초기로 돌아가 보자. 우리 부부는 고향인 전주를 떠나 첫 직장인 공공기관의 지역 사무실이 있는 대구에서 신혼 생활을 시작했다. 당시 나의 봉급은 약 40만 원 정도여서 중소기업보다는 다소 많고 대기업보다는 다소 적은 것으로 기억한다. 지금과 달리 당시에는 노란색 월급봉투에 만 원, 오천 원, 천 원짜리 지폐와 기타 동전을 가득 담아 한 달간의 노고를 겉저고리 호주머니에 담아 귀가한 뒤 아내에게 전달해 주면, 이어지는 한 달의 살림살이를 작정하는 것이 일상이었다. 나도 여느 남정네와 같이 그렇게 신혼을 지내고 있었다. 그런데 어느 정도 시간이 지나 그간의 재무 상태를 확인해 보니 저축도 없고 그렇다고 적자도 없는 평온 그 자체였다. 오늘 내일에 끝날 살림살이가 아니고서야 앞으로의 살림살이에 어떤 계획을 가지고 살아야 되겠다 싶어 실태를 확인한 자리였는데 현상은 그러했다. 더욱이 세부 지출 내용을 확인코자 하였으나, 가계부도 없는 상태인지라 앞으로의 대책을 선정할 자료도 없었다. 물론 보너스가 나온 달도 있었고, 부모님에게 일부 생활비를 지원한 적도 있었지만, 봉급에서 남는 돈이 없어 한 푼도 저축하지 못하는 상태를 지속할 수는 없는 일이었다. 결국 우리는 토론 끝에 돈 관리를 내가 하기로 합의했다. 물론 경제적인 문제에 대해서는 자신보다 내가 더 잘할 수 있다는 생각에 아내도 동의했기 때문이다.

그리하여 우리는 받아 오는 월급 중에서 한 달에 소요되는 일정 금액의 생활비는 아내에게 지급하여 지출토록 하고, 나머지 금액에 대해서는 내가 운용의 주체로 활동하여 미래를 위해 소액이라도 저축하기로 결정했다. 다만 이때 생활비와 저축액이 얼마였는지 자세한 금액은 기억하지 못하고 있다. 아무튼 수입 대 지출의 대강을 분할하여 합리적 경제 운영의 토대를 마련한 것이었다. 그리고 이와 같은 봉급액의 지출 구분은 약 30년의 결혼 생활 내내 이어졌다. 다만 생활비는 물가 인상과 자녀들의 성장에 따른 지출 증가를 고려하여, 적정 수준에서 인상하여 지급하였고, 이후 신용카드 사용이 보편화된 이후에는 신용카드 및 현금 지출을 통합한 금액으로 관리했다. 이러한 방식으로 30여 년을 생활하다 보니 지출 규모의 예측이 가능해 졌고 지출 대상도 특정할 수 있어, 전체 생활비를 제한하는 것도 무의미해졌다. 그리하여 지금은 신용카드와 현금 사용에 대한 지출 제한 없이 살아오고 있다.

우리 부부가 살아온 이런 방식의 돈 관리가 합리적이고 효율적인 방식인지는 내 자신이 평가할 수는 없다. 다만 1980년도 초반에 결혼할 당시 아파트 전세금 명목으로 500만 원을 지원받은 이후, 외부로부터 아무런 도움 없이 딸 아들 셋을 포함한 다섯 가족이 큰 어려움 없이, 서울시 강북의 30평대 아파트를 소유한 상태로 인생 이모작의 직장 생활을 이어 가고 있다는 점은 되짚어 평가해 볼만한 여정으로 판단된다.

아울러서 나는 직장 생활 중에 박사학위 취득으로 경비가 투입되었고, 두 딸은 서울 지역의 의학 및 약학 계열을 졸업하였으므로 연간 등록금이 2천만 원 정도를 4년 이상 지불했다는 사실을 감안하면, 가정생활에 대한 경제적 운영이 어느 정도 성공한 경우라고 자평한다. 다만 이와 같은 경제 운영에 큰 도움을 주었던 한 가지 요인은 짚고 넘어가야 하는데, 이는 회사에서 관사 입주를 상당 기간 동안 보장해 주었다는 점이다. 이 때문에 저축한 돈을 은행에 재투자하여 목돈을 마련할 수 있었고, 지금의 아파트를 청약하여 입주할 수 있었다는 점이다. 나는 본시 부동산과 같은 투자에 소질도 없고 운도 따르지 않아, 은행이나 증권회사에 한 푼 두 푼 적금을 부어 목돈을 마련한 게 전부였다. 그 결과 지금은 직장에서의 봉급과 국민연금 그리고 개인 연금액에서 매월 일정 금액을 수입할 수 있어, 풍족하지는 않지만 소시민으로 살아가는 데에는 어려움 없이 살고 있다. 물론 지금까지 살아온 생활 패턴이 지출을 많이 해 온 스타일이 아닌 점도 있지만, 현재의 지출 규모 대비 수입이 부족하지 않는 실정이다.

지금까지 나의 경제 규모를 제법 상세하게 나열한 이유는 이를 자랑삼으려는 게 아니라(자랑할 만한 것도 없지 않은가), 앞에서 말한 바와 같이 집안 돈 관리의 운영 주체를 분담하여 살아온 사례를 거울삼아, 독자의 돈 관리 운영 방식 결정에 참고하기를 바라는 차원이다. 다만 나의 경우는 요즘 젊은 세대의 대세인 '맞벌이 부부'의 사례가 아닌 '외벌이 사례'임을 고려하기 바란다.

결론적으로 부부간의 돈 관리는 남자, 여자 간의 주도권 다툼이 아니라 누가 경제적인 개념이 더 발달되어 있는지, 혹은 누가 더 꼼꼼한 미래 설계의 능력을 보유하고 있는지를 상호 허심탄회하게 대화해서 결정할 일이라고 생각한다. 그리고 여기에는 상호 신뢰가 절대적으로 밑바탕 되어야 할 것이다. 운영 결과에 대해 서로 공개하고, 발전 방향에 대해 토론한다면 누가 경제권을 갖고 있는지는 아무런 문제가 되지 않는다고 생각한다. 그리고 일정 기간의 운영 결과를 바탕으로 서로의 역할을 바꿔서 수행해 보는 것도 권장할 만한 일로 여겨진다. 왜냐하면 역할 변경으로 인

나의 소풍길 아토

해 서로의 입장을 이해하게 되고 서로의 장단점을 공유하게 되면, 더 좋은 대안을 모색하는 좋은 계기가 될 수 있기 때문이다.

　다만 앞에서 지적한 바와 같이 나는 외벌이에 대한 사례를 얘기한 것이므로, 맞벌이에 대한 내용을 소개할 입장은 못 된다. 다만 한 경제 전문 기자가 알려 주는 "신혼부부 돈 관리 4단계"의 내용과 "신혼부부 돈 관리 꿀팁 3가지"의 내용을 살펴보니 앞에서 나의 사례를 통해 주장했던 내용과 별반 다름이 없음을 알 수 있었다. 이는 서로의 신뢰가 무엇보다 중요하며, 어떤 공동 목표를 정하여 각자가 잘할 수 있는 영역을 역할 분담하여 실천하는 것을 핵심 요소로 제시하고 있기 때문이다. 이것이 돈 관리의 왕도라는 점에 나와 경제 전문 기자가 의견이 일치된 것이다. 따라서 앞에서 말한 나의 의견이 전혀 허튼 주장은 아니었음에 안도하며, 혹시라도 이 글을 읽고 새로운 계획을 다짐한 독자가 있다면, 그 결심에 아낌없는 환호와 성원을 보낸다. '빅 픽처를 그리며 열심히 한 당신, 밝은 미래가 함께할 것으로 믿습니다. 아멘~ 홧팅!!!'

노점상의 법질서 유감 🌿

우리는 사회의 무질서한 상태를 바로잡아야 한다는 의미로서 '법질서 확립'이라는 말을 자주 쓴다. 여기서 말하는 '법질서'를 위키백과(wkipedia.org)에서는 "법에 의하여 사회가 통일적으로 규율되고 있는 상태, 또는 많은 개개의 법규가 통일적으로 체계화된 상태(법체계)를 말한다"로 풀이하고 있다. 결국 법에서 정한대로 사회의 질서 있는 모습을 일컫는 말로 이해된다. 아울러 '법' 하면 대한민국 헌법 제11조의 "모든 국민은 법 앞에 평등하다"는 말이 떠오르고, 약자를 위한 법(사회법)도 있음을 연상해 본다.

이 글에서 나는 앞에서 말한 '규율', '모든', '약자'라는 단어에 주목하면서 노점상의 법질서 유감 사례를 짚어 보려 한다. 허용된 장소와 차려진 모습은 다소 차이가 있을지 모르겠으나 노점상(길거리 가판대)은 미국, 프랑스, 스위스, 중국, 일본, 대만 등 세계 곳곳에서 볼 수 있다. 그러나 우리나라 노점상의 모습을 보면 역동적인 모습과 함께 무질서한 모습이 함께 자리 잡고 있음을 아쉽게 느낀다. 특히 일반 시민의 길거리 보행에 지장을 주거나, 노점상 주변의 도로를 손수레, 오토바이, 화물차량 등이 무단 점거하고 있어 차량 통행에 방해를 주는 모습은 결코 바람직하지 않은 현상으로 보인다.

특히 명동 거리를 비롯한 관광객 밀집 장소와 대중교통의 중심지인 터미널이나 철도 및 지하철 역사 주변에는 어김없이 노점상이 자리 잡고 있다. 사람이 몰리는 곳이니 노점상이 많은 것은 당연한 현상이나, 행정 당국은 노점상 간의 자리싸움이나 무분별한 길거리 점유로 인한 대중의 불편함이 없는지를 짚어보고 개선 방안을 구체적으로 마련하는 데 더 많은 노력을 경주해야 할 것이다. 물론 지자체별로 허가제 시행 등 다양한 대책을 마련한 것으로 이해하고 있으나, 작금의 혼란스러운 길거리 모습은 행정력이 어디서 멈춰 서 있는지 분간하기 어려운 지경이다.

길거리는 사유지가 아니므로 여기를 개인이 무단 점유하여 상거래를 하는 것은 분명히 '규율' 위반이다. 그리고 이러한 '규율'은 '모든' 사람이 지켜야 할 사회적 약속이다. 그러나 노점상으로 생업을 이어 가는 사람은 대부분 '약자'라는 점이 문제이다. 결국 '약자'를 어떻게 구분하고 어떻게 보호할 것인지가 노점상 해결책의 핵심일 것이다. 무조건 노점상을 단속하여 철거하게 되면, '모든 이의 규율 준수'는 완성될지 모르나, 여기서 생계를 유지하던 영세민에 대한 '약자' 보호가 무력화된다는 점이다. 결국 규율 준수와 약자 보호를 합당한 수준에서 조화를 이루어 내는 것이 관건이라는 것이다.

불법점거라는 명목으로 강제 철거를 집행하는 행정 당국이나 그동안 공유지를 무단 점거하여 영업 행위로 얻은 이익은 생각하지 않고 강제 철거에 대한 생계 대책을 하소연하는(이른바 떼법) 노점상도 그 타당성을 인정받기는 어려운 형국이다.

행정 당국은 대중의 보행이나 차량의 통행에 장애가 되지 않도록 대상 지역과 시간을 지정한 뒤, 합당한 노점 대상자를 선별하여 일정 기간 동안의 영업 행위를 인정하고, 노점상은 주변의 차량과 일반 시민의 통행에 지장이 최소화되도록 협조하여야 한다.

최근 TV의 여행 방송 프로그램에서 대만의 '스린 야시장'의 개점과 철거 그리고 전기 및 수도 공급의 질서 있는 모습에서, 그리고 최근에 여행을 다녀온 스위스의 '루체른 카펠교 야채 노점상'은 오후가 되자 스스로 가판대를 철거하는 모습을 보고 나니 합당한 수준의 조화를 엿볼 수 있었다.

그렇다면 대안은 무엇일까. 기본적으로 노점상을 육성하는 정책은 바람직하지 않아 보인다. 왜냐하면 기존의 합법적인 건물에서 허가를 받아 영업하는 사람들의 입장도 고려해야 하기 때문이다. 따라서 노점상을 고정형(가판대 설치 형태)과 이동형(차량형 포장마차 형태)으로 구분하여 제한적으로(대상자, 장소, 기간 및 시간) 지원하는 방안을 제안한다. 특히 요즘 K—컬처가 대세이지 않은가. 우리만의 방식으로 노점상 문제를 K—컬처와 연계하여 방안을 모색한다면 이를 슬기롭게 해결할 수 있을 것으로 생각한다.

기본적으로 행정 당국에서는 K—먹거리, K—화장품, K—기념품, K—콘텐츠 등이 '노점상 표준 차량(가판대)'에 연계되도록 설계하여 제시하고, 대상자 자격 기준(영업 가능한 지역과 품목, 시기 및 시간, 대상자 자격 요건) 등을 합리적으로 설정하여 공모를 통해 선정하는 프로그램을 제안한다. 물론 우리나라가 IT 선진국임을 최대한 반영하여, 이른바 'K—포차 운영 프로그램'을 통해 행정 당국에서는 홍보와 관리를 전산화하고, 시민들은 포차 이용에 관한 정보를 쉽게 접근하도록 보장하는 방안도 고려할 수 있을 것이다. 또한 대상자의 지원 정책이 특정 집단이나 개인에게 치우치지 않도록 하여야 함은 물론이고, 자격 요건과 위반행위에 대해 세밀한 규정을 사전에 공개하고 이행에 빈틈이 없도록 계도 활동도 게을리 하지 말아야 한다.

생각이 앞선 졸속 시행보다는 먼저 프로그램을 설계하고 특정 지역에 시범 사업(고정형, 이동형)을 추진해 보자. 그리하여 개선점을 추가 발굴하여, 이른바 'K—포차'의 새로운 모습을 발굴해 나가 보자. 그리하여 '규율', '모든', '약자'가 공존하는 합리적인 조화의 모습을 노점상에서 발견하는 기쁨을 만끽해 보자. 아울러 외국 관광객이 느끼는 혁신과 합리의 대명사에 'K—포차'가 추가되는 날을 기약해 보자.

한글과 영어의 끗발 🌿

　우리나라에서 살아가기 위해서는 알아야 할 글이 적어도 세 가지는 되지 싶다. 한글이 으뜸인 것은 말할 나위가 없으나, 다음이 한자인지 영어인지는 우열을 가리기가 힘든 오늘날이다. 먼저 한글의 우수성과 역할은 아무리 강조해도 지나치지 않을 터이나, 공교육에서의 한자 교육은 아직까지도 '갑론을박'의 대상이다. 이런 가운데 영어는 이제 초등학교 3학년부터 시작되는 정규교육에 편성되었으니, 예전 한자의 자리를 영어가 차지하는 형국으로 바뀐 모습이다. 그래서인지는 모르겠으나 우리 주변에서 쓰이는 말이 부지불식간에 영어로 편향되고 있음을 매우 안타깝게 느끼면서 나의 생각을 펼쳐 본다.

　본격적인 논의에 앞서 혼선을 막기 위해 용어를 정리해 보자. 우리나라가 아닌 타국에서 들어와 쓰이고 있는 말을 구분하는 용어로 '외래어'와 '외국어'가 있다. 우리나라 말로 토착화되어 사용되는 것은 '외래어'라 하고, 공용어로 사용되지 않은 것을 '외국어'라 하는데, 여기서 나는 '외국어 남용'의 아쉬움을 얘기해 보고자 한다.

　'한글날' 하면 떠오르는 말이 세종대왕 아닐까 싶다. 다음으로 떠오르는 말은 여러 가지가 있겠으나 그중의 하나는 공휴일이 아닐까? 한동안 공휴일에서 제외되었던 한글날(옛 가갸날)이 국경일로 지정된 데(2005년)

이어 공휴일로 지정되어(2013년) 한글 창제의 우수성을 기리고 그 고마움을 기억하는 날로 변모되어 무척 다행으로 생각된다. 그러나 고마움과 함께 우리의 평소 언어습관을 되돌아보는 소중한 한글날이 언제부터인지 그 존재감은 사라지고 단지 휴무일 중의 하루로 자리매김되고 있어 안타깝기 짝이 없다.

이러한 안타까운 현실을 몇 가지 사례를 통해 알아보자. 먼저 정부 부처에서 발표한 알림 글의 사례이다. 한 홈페이지 알림 소식에 실린 〈실버○○들, '스트릿○○'보다 더 격렬한 이야기 배틀〉의 제목이 그것이다. 한국 정부에서 발표한 알림 글이라 믿기 어려워 보이고, 무슨 뜻인지 알려면 몇 번 되새겨 보아야 할 표현이다. 이 정도 되면 차라리 영어로 쓰고 조사만 한글로 쓰는 게 더 쉽지 않았을까? 이런 표현의 정책이 국민에게 더 친숙하게 다가서는 일 처리인지 궁금해진다.

또한 지상파 ○○의 프로그램 제목도 함께 살펴보자. 드라마의 경우 〈가슴이 뛴다〉, 〈금이야 옥이야〉 등 제목을 이해하기 쉬운 프로그램도 있으나, 〈디어○○〉은 프로그램의 성격을 이해하기 어려운 제목으로 보이고, 예능 프로그램인 〈1박 2일〉, 〈개는 훌륭하다〉 등은 알아보기 쉬운 제목이나, 〈○○ 가요톱 10〉, 〈마이 리틀 ○○〉, 〈e—sports ○○〉, 〈○○뱅크〉, 〈배틀○○2〉, 〈○○ 하우스2〉 등의 프로그램은 외국어 일색이었다. 이 밖에 시사 교양의 〈○○ 인사이트〉, 〈○○카드봇〉, 〈스카우트 4.0 얼리○○〉 등도 일반 시청자가 쉽게 이해할 수 있는 프로그램의 제목인지 이해하기 힘든 것이 사실이다. 이렇듯 대중의 접근성이 가장 활발한 TV

매체에서 밀물처럼 쏟아 내는 외국어 홍수에 힘입어 궁극에는 우리나라 사람의 말을 우리가 잘 알아들을 수 있을까 하는 걱정이 드는 게 사실이다. 대중의 올바른 여론 형성에 앞장서야 할 방송 매체가 그 역할에 충실하고 있는지 이 시점에서 되돌아보아야 하며, 이러한 우려가 우려로 끝나도록 하루빨리 개선 대책이 선정되기를 바랄 뿐이다.

언론 매체인 신문은 어떠할까? 뉴스 포털인 '네이버 뉴스' 폴더의 '신문보기'를 클릭하면 각 신문사의 제호를 열람할 수 있는데, 과거 대부분의 신문사의 제호가 한자였으나, 모두 한글로 바뀌었음을 알 수 있다. 물론 인터넷 여건상 한자 제호 표기가 어렵다는 현실적인 문제도 있겠으나, 각 면의 기사를 살펴봐도 극히 일부의 표현(명확/함축적 의미전달 목적)을 제외하면 '한글 기사'에 충실함을 엿볼 수 있어 그나마 다행으로 생각한다. 이러한 변화에 의견을 달리하는 사람도 있겠으나, 한자가 아닌 '한글 기사'로 인해 의미 전달이 잘 안돼 혼선을 겪었다는 사례는 별로 없는 것으로 보아 그 타당성은 충분하지 않아 보인다. 그러나 종이신문을 확인해 보면 얘기가 달라진다. 한글로 제호를 바꾼 일부 신문사도(중앙일보, 경향신문 등) 있으나 '朝鮮日報', '東亞日報'처럼 한자로 된 신문사도 있다. 옛날부터 한자를 사용해 왔던 역사와 창간 당시의 제호를 지키려는 전통을 고려하면, 그 자체를 탓할 일은 아니라고 본다. 다만 사람이나 사물이나 이름은 그 자체의 성격이나 본질을 가장 함축적으로 표현하는 수단이라는 측면에서 한글로 제호를 바꾼다고 해서 그 신문사의 정체성이 달라지는 것은 아니므로, 멋진 글자체의 한글로 제호를 바꾸는 것도 좋은 방안의 하나가 아닐까 생각한다.

나의 소풍길 아토

일반 시민과 사회의 실상은 어떠한가? 한글과 영어가 뒤섞이고 줄임말을 쓰거나 초성만을 사용한 유행어(신조어)가 난무하고 있다. 젊은이들 사이에선 노잼, 현타, 보배, 점메추, 헬조선, 워라벨, ㅈㅂㅈㅇ, ㄹㄱㅎㅃ 등 이루 헤아릴 수 없을 정도의 유행어가 휴대폰의 문자 대화로 오가고 있어, 일반인들은 그 뜻을 이해하려면 별도로 공부해야 할 지경이 되었다. 최근 신설되는 우리나라 제조사의 상호를 살펴보면 겉으로 보기엔 외국 회사명과 하나도 다를 바 없다. 물론 해외 수출을 목적으로 상호를 영어식으로 표현하는 점은 일견 이해가 가는 측면도 있으나, 삼성전자나 현대자동차가 영어 상호를 썼다면 더 좋은 회사로 발전했을까? 하고 자문해 보면 반드시 그렇지도 않다는 생각이다. 일본의 미쓰비시나 혼다의 사례를 봐도 그렇지 않은가. 언어가 아닌 명칭(이름) 자체의 본질이 더 중요한 요소로 작용했다고 생각한다. 수입품은 말 할 것도 없고, 스타○○을 비롯한 외국 프랜차이즈 상호명은 일상이 되었고, 서울의 한 대형 백화점 내 층별 안내판, 가게 상호와 물품 종류 등을 외국어·외래어로 표기한 내용이 많다는 기사도 별다른 관심거리가 되지 않고 있으며, 명동 거리의 모습은 간판만 보면 외국으로 여행 온 느낌을 갖게 된다.

물론 모든 것이 부정적이지는 않고 긍정적인 측면도 있다. 시간을 잠시 뒤로 돌려 보자. 불과 십수 년 전까지만 해도 부모들은 새로 태어나는 후세의 좋은 '사주팔자'를 위해 역술인의 도움을 받아 출산일을 택일하고 작명하였다. 그러나 이러한 사주팔자 챙기기도 디지털 문명의 발전과 사회현상의 변화를 이겨 낼 수 없었으리라 본다. 요즘은 역술인의 역할을 '인터넷 작명소' 등이 대행하고 있고, 순한글 이름의 아이도 늘어나는 추세이며, 앞에서 말한 신문사 제호(종이 혹은 포털)도 한글로 바뀌었음이 이를 웅변하고 있다.

하지만 국내의 작은 변화뿐만 아니라 소위 'K—신드롬'이라 일컬어지는 영화, 드라마, 팝, 클래식, 방위산업 등이 전 세계에 큰 반향을 일으키고 있는 현실을 직시할 필요가 있지 않을까? 이는 우리만이 가질 수 있는 전통을 밑바탕에 두고 외부에서 도입된 자원을 우리만의 방식으로 발전시킨 결과로 보이기 때문이다. 따라서 '우리 것'을 사회발전의 원동력으로 삼는 것이 매우 중요하며, 이 중심에 '우리말'이 우뚝 서 있다는 점을 한시도 잊지 말아야 한다는 것이다.

혹시 우리말보다 영어식 표현이 더 멋져 보이고, 있어 보이지 않을까 하는 막연한 생각을 가졌다면, 이 시간부터 생각을 바꾸었으면 좋겠다. 그리하여 'UCLA'로 찍힌 티셔츠를 입기보다 한글 서체가 멋지게 찍힌 적삼을 걸친 젊은이가 더 많아지기를 고대해 본다. 우리의 생각을 온전히 담을 수 있는 가장 손쉬운 수단이 우리말이다. 시인들의 절절한 시어를 다시 한번 읊조려 보면 가슴에 착착 달라붙는 아름다운 언어가 우리의 마음을 가득 메우고도 남을 것이다.

마지막으로 이 글을 쓰는 자료 조사 과정에서, 우리 '국어의 발전과 국민의 언어생활을 향상하고 정책수립의 기반을 마련할 목적으로 세워진' '국립국어원'이 문화체육관광부의 소속기관이라는 사실을 알게 되어 다소 생소하게 느꼈다. 당초 한글은 가르침의 대상으로서 '교육과학기술부'

나의 소풍길 아토

소속기관이 아닐까 하는 생각이 잘못된 것이었다. 뭐 나름대로 이유가 있겠거니 생각되었고, 본 글의 주제와는 동 떨어진 측면이 있어 소속 부처의 논쟁은 독자들의 몫으로 남겨 둔다. 근데 내가 쓰고 있는 이 글에서도 외국어를 많이 썼는데 나도 물이 많이 들었나 보다. 다음 기회가 주어진다면 나부터 반성해 가며 우리글 사랑을 실천할 것을 다짐해 본다.

커피와 녹차의 간격 🍃

커피보다는 녹차를 선호하는 내가 겪은 웃픈(?) 얘기를 꺼내려 한다. '알아야 면장을 한다'는 속담을 뼈저리게 경험한 일이었다. 내가 가진 커피와의 인연은 회사 사무실의 봉지 커피나 집에 사 둔 큰 깡통의 가루 커피에 설탕과 프림을 적절히 섞어 가끔씩 마셨던 게 전부다. 혹시 타인이 제공한 커피 중에 다른 종류의 커피도 있을 수 있으나, 커피에 관심이 크지 않아 나의 의사와는 무관하기에 경험 산식에서 빼고 싶다. 다방이 성행하던 옛날 옛적에 나는 커피보다는 쌍화차나 주스를 주문했고, 한때는 녹차를 즐겨 마셨음을 미약하나마 이 주장의 근거로 더해 본다. 카페인 성분에 다소 민감하여 커피를 멀리한 것도 주된 원인의 하나로 추가한다. 이런 나에게 '프랜차이즈 카페'에 걸린 여러 가지 커피 종류는 헷갈리기 십상이었다.

대략 10여 년 전의 얘기다. 지방 출장을 다녀오는 길에 내 차에 선배가 동승했다. 장시간 운전으로 피곤도 하니 화장실도 다녀올 겸 휴게소에 잠시 들리자는 선배의 의견에 따라 한 휴게소에 들렀다. 선배는 운전하는 나에게 미안했던지 커피나 한잔 마시자며 자신의 커피를 먼저 주문했다. 나는 커피를 좋아하지 않아 차(Tea)를 주문하려 했으나, 눈에 띄는 것이 없고 주스는 비싸기도 해서 내가 경험했던 커피를 주문했다.

나의 소풍길 아토

주문한 커피를 마시는데 맛이 너무 쓰고 조금 마시고 나니 컵의 중량감이 떨어졌다. 뚜껑을 열어 보니 커피는 거의 바닥수준이었다. 그런데 선배는 이와 무관한 모습으로 계속 마시는 모습이 보였다. 하여 나는 용기를 내서 커피 판매원에게 다가가 물었다. "커피를 얼마 마시지도 않았는데 양이 너무 적어요. 혹시 잘못 준 게 아녜요?"라고 말이다. 그랬더니 판매원은 컵을 열어 보면서 무슨 커피를 시켰냐고 되물었다. 나는 메뉴판을 다시 훑어보며 "에스프레소요." 하였더니 "이건 많이 드린 거예요." 하는 거다. 그래서 나는 선배를 가리키며 "저쪽 손님은 많이 주셨잖아요?"라고 반문했다. 이에 다시 판매원은 "그건 아메리카노 아닌가요? 에스프레소에 물을 더 부으면 아메리카노가 되니 물을 더 부어 드릴까요?" 하는 거다. 헐~ 알아야 면장하지 나는 면장도 못 할 위인이었다.

한참 지난 어느 날 나는 작은딸에게 이때의 무안함을 얘기하며, "나는 원래 쓰지 않고 약간 달콤한 커피를 마셔 본 경험이 있어 그걸 주문하려 했는데, 엉뚱한 커피가 나온 거야. 근데 내가 원했던 커피는 어떤 것이야?"하고 물었다. 이에 원두를 갈아 내린 커피를 즐겨 마시는 작은딸은 "아빠가 말씀하신 커피는 헤이즐넛 같아요." 하는 거다. 딸의 추가 설명을 들어 보니 아마도 나는 '헤이즐넛'을 '에스프레소'로 잘못 주문한 것이었다. 모든 잘못은 나에게 있음은 자명한 것이어서 이를 탓할 일은 결코 못 된다. 그러나 요즘 커피 전문점을 바라보면서 한두 가지 바람이 생겼다.

먼저 '프랜차이즈 카페'의 종류는 너무 많은 반면 커피가 아닌 차(Tea) 전문점은 상대적으로 빈약하다는(전국을 다 살펴본 것이 아니므로 추정임) 아쉬움이다. 가장 눈에 많이 띄는 스타○○를 필두로 이디○, 투썸 ○○○○, 카페○○ 등이 있고 이 밖에도 익숙지 않은 프랜차이즈 카페도 여기저기 보이니 '커피 전국 시대'가 아닌가 싶다. 여기에 커피 원산지나 볶는 방법을 따져 구분해 보면, 이들 커피 맛의 차림상은 일반인의 상상을 초월하지 않을까 싶다. 그렇다고 나는 여기서 커피 프랜차이즈 카페가 많고 커피의 종류가 많다는 계수적 수치를 탓하고 싶은 생각은 전혀 없다. 나의 바람은 첫째, 프랜차이즈 카페에서 '쌍화차, 녹차 등'의 차(Tea) 종류를 선택할 수 있도록 메뉴가 다양해지기를 희망한다(스타○○의 경우 제주 유기 녹차 있음). 둘째, 커피 못지않게 쌍화차나 녹차를 전문으로 하는 '프랜차이즈 티'의 탄생을 기대해 보는 바람이 그것이다.

먼저 차 메뉴 다양성의 근거를 녹차를 통해 제시해 보련다. 여러 자료를 살펴보면 녹차는 차 음료의 일종으로서 보통 발효 상태에 따라 녹차, 백차, 청차, 황차, 홍차, 흑차로 나뉘고, 이중 발효시키지 않은 찻잎으로 만든 차를 녹차라 부른다 한다. 또한 우리나라 차 문화 중에서 가장 대표적인 녹차는 발효되지 않은 푸른 잎 자체를 말린 것으로서 잎 차로 부르고, 봄에 따는 녹차는 채취 시기에 따라 네 가지로 나뉜다. 곡우(4월 20일경) 전후로 어린잎을 딴 '우전'이 최고급이고, '세작'은 입하(5월 5일경) 전후, '중작'은 5월 5일~10일, '대작'은 5월 11일~20일경에 따는 차다. 채취 시기가 빠를수록 품질이 좋다. 따라서 품질로 보면 곡우, 세작, 중작, 대작 순이라는 거다. 흔히 말하는 '작설차(雀舌茶)'는 찻잎이 참새 혓바닥만 하다는 데서 유래한 이름으로, 우전이나 세작에 주로 붙인다. 비발효 잎차인 녹차만을 열거해도 앞에서와 같이 많은데, 여기에 백차, 청차 등 발

나의 소풍길 아토

효차를 포함시킨다면 그 종류는 결코 커피에 못지않을 것이다. 여기에 산지별 맛의 다양성을 추가한다면 더 이상 무슨 말이 필요하랴.

또한 녹차를 상용화한 제품군을 찾아보면, 잎차, 블렌딩 녹차(현미녹차, 복숭아 등), 녹차 티백, 가루 녹차, 녹차 추출물 등이 시판되고 있어, 다양성 충족에 힘을 보태고 있는 실정이다. 따라서 차의 다양성을 만족할 근거는 충분히 가졌다고 본다.

다음으로 '프랜차이즈 티'의 탄생을 기대하는 근거는 다음과 같다. 점주들이 '프랜차이즈 카페'를 선호하는 이유는 결국 이익 실현의 용이성이지 싶다. 전문점의 이익 실현에는 여러 가지 복합적 요인이 작용하겠으나, 순수하게 주재료의 원가 측면만을 고려하면 커피 못지않게 차도 가격 경쟁력을 갖추고 있다고 본다. 이 근거로서 한 신문 기사를 보면 "스타○○의 본산지인 미국이 3.26달러(약 4,300원)로 중간 정도를 차지한 가운데 한국은 4.11달러(약 5,400원)"라고 전하고 있다. 따라서 우리나라 차 메뉴의 가격도 커피값 수준으로 책정한다면 경쟁력 측면에서 문제가 없을 것으로 보인다. 그리고 약 5,400원 정도의 가격이면 커피에 대비한 경쟁력에서 결코 밀리지 않을 것으로 판단된다.

특히 커피보다는 녹차의 음용 효과가 좋다는 성분분석 결과는 건강 측면의 장점으로서 가점 요인이다. 즉, 여러 연구 보고서에서는 녹차와 커피의 카페인 및 항산화물질 등을 비교 분석한 내용을 발표하였는데, 그 음용 효과가 커피에 못지않다는(오히려 좋다는) 것이다. 이 밖에도 커피와 녹차를 비교한 내용은 너무 많아 더 이상 이를 강조할 필요가 없다. 따라서 '프랜차이즈 티' 탄생의 바람이 현실이 될 날도 멀지 않기를 희망한다.

다만 점주들의 관점에서 나의 두 가지 바람에 이의를 제기할 수도 있다고 본다. 결국 수요 공급의 원칙에서 볼 때, 기본적으로 수요(고객)가 적은 상태에서 공급(점주)의 확대를 기대할 수는 없다는 측면 말이다. 그러나 기존 '프랜차이즈 카페'에서 차 종류의 다변화는 수요(고객) 서비스 강화 차원에서 추진하면 좋겠고, 새로운 '프랜차이즈 티'의 탄생은 특수 소비계층을 겨냥한 차별화 마케팅의 하나로 추진했으면 한다.

면장도 못 할 주제에 에스프레소의 이름을 트집 잡아 이를 나의 선호도 충족의 구실로 삼은 것 같아 읽는 이에게 미안한 마음이 든다. 하지만 어디까지나 기호음료에 대한 선호도 문제이니, 한 사람의 애교로 보고 넓은 마음으로 이해해 줬으면 좋겠다. 그리하면 개점일 맞은 '프랜차이즈 티'에서 다양한 메뉴 중 작설차를 골라 마시며, 여유롭게 내일을 그리는 나의 모습이 더욱 행복해질 테니까~

앗 참~ 얼른 녹차 맛을 즐겨야겠는데 차를 어디에 뒀더라? 에고고~ 녹차 티백을 살까 아니면 대용량 포장 녹차를 살까? 검색 시작~

나의 소풍길 아토

지하철 배려석, 한마디 🌿

　나는 오늘 인천공항 근처에 있는 항공 관련 사업장의 안전진단을 수행하기 위해 출장을 간다. 집에서 출장지까지 이동 수단에 따른 소요시간을 지도 검색 사이트에 접속하여 미리 알아보니, 지하철을 이용하면 1시간 30분 정도이고, 자동차를 이용할 때는 1시간에서 1시간 40분까지 걸리는 것으로 확인되었다. 나는 평소 대중 교통수단 중에서 지하철을 가장 많이 이용해 왔다. 이러한 이유는 무엇보다 목적지까지의 소요시간 예측이 다른 교통수단에 비해 훨씬 정확하다는 점이다. 특히 출퇴근 시간대에도 혼잡도는 늘어나지만 정시성은 지킬 수 있다는 점이 가장 큰 매력으로 다가오는 교통수단이다. 이 밖에도 안전성과 편리함 등의 측면에서도 좋은 평가를 받기에 충분한 교통수단이기도 하다. 목적지까지의 소요시간이 비슷하고 출퇴근 시간대의 정체현상을 고려하면 이번 출장의 교통수단은 지하철을 이용하는 것이 최적의 선택으로 판단되었다. 특히 지난해 발급받은 '어르신 교통카드'의 지하철 무료 이용 혜택을 추가하면 더 이상의 대안이 떠오르지 않았다.

　오늘 이용하게 될 지하철은 6호선을 이용한 뒤 공덕역에서 공항철도로 환승하여 목적지 역까지 가는 경로이다. 여느 때와 같이 백팩(뒷짐)에 노트북과 참고 자료 등을 담아 등에 지고, 안전 장구 등을 별도 가방에 담아 한 손에 들고 집을 나선다. 다행히 집에서 지하철까지는 걸어서 약 5분 정도이니, 이 정도의 봇짐이야 아직까지는 문제될 게 없으니까!

65세 이상 어르신에게 발급되는 '지공거(도)사'의 필수품 '어르신 교통
카드'를 지하철 개찰구에서 찍으니, 옆쪽 개찰구의 젊은 친구와 달리 신
호음도 넉넉하게 "삐 삐" 하고 두 번 울린다. 아마도 저 젊은이보다 나이
가 두 배 정도 많아서인가 보다(ㅋㅋㅋ). 이런 이상음도 이젠 훈장처럼
으스대며 에스컬레이터에 몸을 싣고, 다시 계단으로 내려가 지하철 앱에
서 알려 주는 '빠른 환승'의 출입문 번호 앞에 선다. 물론 경로석이 있는
전동차의 오른쪽 및 왼쪽 끝을 자연스럽게 찾아서 말이다.

머무름도 잠시 지하철의 도착을 알리는 경고음에 이어, 눈앞으로 앞쪽
전동차가 영사기 필름처럼 재빠르게 지나간다. 매의 눈으로 전동차 안쪽
의 혼잡도를 보니 오늘 경로석에 앉아 가기는 힘들 것으로 예상되었고,
하차 인원 못지않은 승차 인원과 함께 전동차에 올라타자 등짐, 봇짐으
로 나는 옴짝달싹 못 하게 되었고, 옆 사람을 밀치는 상황에 미안한 생각
마저 들었지만 어쩔 수 없는 형국이었다. 주변 사람들과의 시선 처리가
불편하여 지하철 노선도를 뚫어지게 바라보며, 몇 정거장 지나 환승역에
이르자 많은 인원이 하차하였고, 이 틈에 나도 경로석 자리를 꿰찰 수 있
었다.

나를 공경한다며 제공하는 '경로석'에 앉아 봇짐을 발 안쪽으로 밀어
놓고 등짐을 무릎에 올려놓으니, 이제야 '지공거(도)사'의 안정적인 여정
이 준비된 듯했다. 아직도 차내에는 제법 많은 인원이 타고 있어, 물끄러

나의 소풍길 아토

미 여기저기 바라보는 것도 무료해지면서 문득 영국에서 지하철과 광역기차 옮겨 타고 출장지까지 이동했던 생각에 이르렀고, 이내 휴대폰으로 '지하철'에 이어 '지하철 역사', '지하철 영어 용어' 등을 검색해 본다.

여러 자료를 검색해 내린 결과에 따르면 먼저 '지하철'이라는 말은 '땅 밑으로 다니는 철도'라는 의미에서 붙여진 말로서, 1974년 지하철이 개통될 때, 운행되는 노선의 대부분이 지하 구간인 것에 기인되었고, 외국에서는 도시 내에서 운행되는 도시철도(트램)와 광역 열차(통근열차)로 구분되나, 우리나라에서는 '지하철'과 '도시철도'가 동의어로 사용된다는 것이다. 그리고 보니 지금의 지하철이 인천, 수원, 천안 등의 도시를 직결 운행하는 광역철도의 역할도 수행하고 있어 광역철도와의 구분이 애매모호한 상태이고, 더욱이 최근에는 춘천까지도 연결되는 등 운행 권역이 늘어나고 있어 지하철의 역할이 날로 늘어나고 있음을 실감하는 시간도 되었다. 또한 '지하철'이라는 말은 미국(Subway), 영국(Under ground 혹은 Tube), 유럽(Metro), 싱가포르(MRT) 등 여러 가지 용어로 사용되고 있음도 확인되었다. 그리고 현재까지 우리나라에서 운영되고 있는 지하철은 서울을 비롯한 인천, 수원, 대전, 대구, 부산, 광주 등 광역도시였다는 것도 떠올리게 해 주었다.

한참을 여기에 몰두하다 보니 어느덧 환승역에 도착하였나 보다. 다시 짐을 챙겨 들고 공항철도로 향하는 안내 표지판을 주의 깊게 살피며, 환승 게이트에 도착하여 다시 한번 '어르신 교통카드'를 여유롭게 찍고 에스컬레이터 타고 탑승장으로 내려간다. 이번 열차는 직통열차라서 내가 내릴 역에서는 정차하지 않아, 조금 더 기다려 일반 열차에 오른다.

역시나 경로석에 자리 잡고 여기저기 두리번거리다가 건너편 임산부 배려석에 시선이 머문다. 나이 드신 여성분이 아무런 거리낌도 없이 버젓이 앉아 있는 모습이다. 그리고 보니 지하철을 타면서 자주 목격하는 장면이 오버랩된다. 경로석에 앉은 젊은 여성분, 임산부 배려석에 앉은 남성분, 젊은 사람 혹은 노인에 관계없이 모두 양심 폐기다. 젊게 보이는 사람이 경로석에 앉은 모습을 보면, 우리나라의 의료 체계가 엉망인 듯하다가, 나이 든 모습의 여성이 임산부 배려석에 앉은 모습을 보면 의료 선진국처럼 느껴지는 슬픈 모순의 지하철 광경이다.

환승 전에 검색했던 생각에 다시 '임산부 배려석'을 조사해 본다. 임산부 배려석은 2013년 서울시에서 지정한 이후 전국적으로 도입되었으나, 이후 실효성에 대한 갑론을박이 이어졌던 내용이 확인되었다. 아울러 지난번 공항철도 이용 시 임산부 배려석에 비치되어 있던 이상한 인형이 생각나 이것도 마저 검색해 보니, 공항철도는 2018년 7월부터 회사 캐릭터인 '나르' 인형을 비치하기 시작하였고, 대전교통공사의 지하철에서는 2017년 11월 '테디베어' 인형을 임산부에 비치한 데 이어, 2022년 12월부터는 임산부 배려석 알림 시스템인 '위드 베이비(아기랑)'를 설치하여 운영함으로써 임산부가 소지하고 있는 발신기로 열차에 부착된 수신기에 신호를 보내면 시스템이 감지 후 점등하여 자리 양보를 유도하는 방식을 도입했다는 기사도 접할 수 있었다. 이 기사에서는 열차의 임산부석을 2012년 전국 최초로 운영했다는 내용도 있어, 다른 사이트의 내용과는 다소 차이가 있었다. 한편 광주 지하철은 임산부 배려석에 알림 센서를 설치하여, 승객이 앉은 것이 감지되면 "고객님은 임산부 배려석에 앉으셨습니다. 임산부가 아니라면 자리를 양보해 주시길 바랍니다."라는 음성 메시지가 나오도록 조치했다는 기사도 찾을 수 있었다. 이토록 지하철을 운영하는 주체별로 다양한 방식으로 임산부 배려석의 합리적 참여를 유도하고 있다는 점이 무척 다행스러워 보였다. 하지만 한편으로는 자발적 시민의식에 이르지 못한 우리나라 시민의식의 현주소라는 측면에서 무척 안타까웠고, 선진시민이라고 자부하기에는 아직 이른 감이 있다고 생각하니 아쉬운 생각도 들었다.

이런저런 내용을 검색하다 보니 벌써 하차할 역에 다다른 모양이다. 공항철도는 역간의 거리가 상당히 멀게 느껴졌으나, 구글링에 정신 팔리다 보니 시간 가는 줄 모르게 목적지에 도착한 것이다. 하차역에 내려 셔틀버스에 올라 오늘의 출장지인 사업장에 도착하니 예상했던 시간에서 크게 벗어나지 않은 시간이었다. 역시 우리나라 지하철(열차 포함)의 정시운행률은 세계최고 수준이지 싶다. 짱입니다요~~~

사무실에 도착하여 생각해 보니 '집으로 돌아갈 때에는 1시간 30분 동안 무엇을 구글링 해 봐야 할까?' 하는 생각과 아울러 우리나라의 교통약자 배려 정책과 지하철 내 '선교 행위', '물품 판매 행위', '구걸 행위' 등에 대해 합리적이고 효율적인 운영 방안이 없는 것인가? 등 잡다한 생각에 머리가 혼미해졌다. 그렇지만 주변 동료들의 잡담이 들리자 '아니야! 이제는 나의 본업인 안전진단을 준비할 시간이야!'라며 자세를 바로 잡았다. 이는 돌아가는 길에 다시 생각해 보면 되겠지? 퇴근 시 지하철은 또 어떤 모습으로 나에게 다가설까???

　그나저나 경로석이나 임산부 배려석을 무시하는 몰염치한 사람들을 어떻게 하면 방지할 수 있을까? 법적, 제도적 장치 없이 그저 성숙한 시민 의식에만 의존하다 보니 실효성이 떨어지는 게 아닐까? 하고 자답해 본다. 지하철 보안 요원을 대폭 증원하여 단속할 수도 있겠으나, 인건비가 만만치 않을 것이고 보안 요원이 계속해서 상주할 수도 없는 형편이 아닌가? 혹시 교통약자석을 지키지 않은 시민들의 지하철 탑승을 일정 기간 제한하는 방법은 없을까? 예를 들어 1회 위반 시 경고, 2회 위반 시 교통 카드 사용 1개월 제한, 3회 위반 시 3개월 제한, 4회 위반 시 6개월 제한, 5회 위반 시 영구 제한 등의 제도를 실행하면 어떨까? 이들의 주요 교통 수단인 지하철 이용을 막을 수는 없으나, 카드 사용에 따른 편리성과 할 인을 제한하되 현금 사용은 허용하는 방식으로 불이익을 주는 방안을 시 행해 보자. 또한 객실 내의 CCTV를 활용하여 위반자를 간헐적으로 찾아 내서 시범적으로 범칙금을 부과하는 방안은 어떨까? 아이쿠~ 이렇게 제 재를 가하는 방안을 젊은 사람들이 듣고 나면, 내가 가지고 있던 '어르신 교통카드'를 회수하자는 댓글 캠페인에 나설지도 모르겠다.

　에잇~~~ 엉뚱한 생각 그만하고 어서 현장에 나가 봐야겠다. 나이가 많 아지니 말도, 잡생각도 많아지나 보다. 이를 어찌할 거나 지공거(도)사야
~~~~

　　　　　　　　　　　　　　　　　　　　나의 소풍길 아토

— 후기 —

　안전진단을 마치고 돌아오는 지하철에서 '나이'라는 또 다른 주제에 대해 습관처럼 구글링했다. 왜냐하면 특정한 내 나이를 한자어로는 무어라 하는지 궁금해졌기 때문이다. 나이 20세를 약관(弱冠), 40세를 불혹(不惑), 61세를 환갑(還甲), 62세를 진갑(進甲), 70세를 칠순(七旬) 정도는 알고 있었으나, 예를 들어 65세를 한자어로 뭐라 하는지 궁금해진 것이다. 혹시나 하는 마음에서 IT의 힘을 빌어 보았으나, 딱히 다른 표현은 찾을 수 없었다. 다만 50세를 지천명(知天命), 60세를 이순(耳順), 77세를 희수(希壽), 88세를 미수(未壽), 99세를 백수(白壽)라 하는 것을 새롭게 알 수 있었으니 다행이었다. 결국 77세, 88세, 99세를 일컫는 한자어는 있었으나, 나의 현재 나이는 별도의 한자어가 없는 것으로 검색되었다. 결국 희수를 향해 열심히 달려가는 자신의 입장에서 이를 다행으로 여겨야 할지 모르겠으나, 아무튼 이젠 나이를 셈하기도 일컫기도 힘든 때가 왔구나 하는 생각이 들었다. 객실의 분위기가 좀 어수선한 걸 보니 이제 막 공덕역에 도착하는 모양이다. 근데 다시 환승해서는 무얼 하지??? 정말 걱정도 팔자다~~~

세상을 보는 관점 🍃

대학에 들어간 이후 공학도로서 40여 년을 살아오면서 수많은 상황 (사물)을 접했고, 이를 이해하거나 해결할 때, 몇 가지 대표적인 '관점(A point of view)'의 방식이 있음을 발견했다. 위키백과(wikipedia.org)에서는 관점을 "철학에서 사고를 특정하게 진술하는 방식이며, 어떤 개인적 견해로부터 무엇인가를 이해하고 생각하는 태도이다"라고 정의하고 있다. 결국 '태도'에 따라 관점이 달라질 수 있다는 얘기다. 몇 가지 사례를 들어보자.

예전에 화제가 되었던 유튜브 동영상(Change the word, change the world) 내용이다. 눈이 먼 거지가 "나는 장님입니다. 제발 도와주세요." 라고 쓰인 팻말을 들고 길거리에서 동냥을 하고 있다. 간혹 동전이 날아들긴 하지만 대부분 무관심하게 그 앞을 지나간다. 그런데 선글라스를 쓴 여성이 다가와 팻말을 뭐라고 고쳐 쓴다. 이후 이전보다 많은 사람이 다가와 돈을 기부하기 시작하고, 어리둥절한 장님이 다시 방문한 그 여성에게 대체 뭐라 썼기에 사람들이 이렇게 관대해진 거냐고 묻는다. 여성은 그저 같은 말을 조금 다르게 썼을 뿐이라고 말한다. 뭐라고 썼을까? 팻말에는 "아름다운 날입니다. 그러나 저는 그것을 볼 수 없네요."라고 적혀 있었다. 영국의 한 회사가 만든 홍보 동영상 〈Change the word, change the world〉의 한 장면으로서, 관점의 전환이 얼마나 큰 변화를 일

나의 소풍길 아토

으키는지 잘 보여 주는 장면이다. 아울러서 우리들은 상대자와 의사 충돌이 있는 경우, '역지사지(易地思之)'로 생각해 보자고 호소하기도 한다. 바라보는 관점을 반대편에 섬으로써 발상의 전환을 요구하는 것이다.

들어보면 참신하기도 하고 멋진 관점의 전환이라 생각되지만 막상 자신의 경우에 비추어 보면 실제 상황에 딱 맞는 방식인지도 의문이고, 쉽게 응용하기에도 어려움이 있을 것이다. 이런 경우 관점 전환의 대표적인 방식을 알고 있다면 국면전환에 많은 도움이 될 것이다. 여기서는 내가 가진 관점 전환의 방식을 한 가지 소개하려 한다. 바로 mini(Micro)와 max(Macro) 그리고 Hyper와 Hybrid가 그것이다. 축약하면 微(미시적), 巨(거시적), 超(초월적), 融(융합적) 혹은 2M·2H의 방식이다.

이것이 무엇을 말하는지 두 갈래로 나누어(2M과 2H) 하나씩 살펴보자. 먼저 2M은 mini(Micro)와 max(Macro)의 줄임말로서 mini(Micro)의 축소 지향적(미시적) 관점과 max(Macro)의 확대 지향적(거시적) 관점을 일컫는 말이다. 과수원을 운영하는 농부가 높은 수익을 기대하면서 사과나무에 걸려 있는 사과를 바라보는 관점을 한 예로 들어보자. 사과를 평소처럼 단순하게 바라보는 농부라면 색깔과 크기 등의 생김새와 그동안의 경험을 통해 사과의 수확시기와 그 맛을 통해 수익을 가늠해 볼 것이다. 그러나 mini(Micro)의 축소 지향적(미시적) 관점에서 사과를 바라본다면 사과 몇 개를 쪼개어 보고 육질의 아삭함과 과즙의 신맛과 단맛 등의 가늠을 통해 좀 더 분석적인 방법을 통해 사과의 수확시기와 수익을 추정하는 방법을 동원해 볼 것이다. 또한 max(Macro)의 확대 지향적(거시적) 관점에서 사과를 바라본다면 사과가 달린 해당 사과나무의 전반적인 작황 상태는 물론 인근의 다른 사과나무도 함께 살펴보는 통합적 관점에서 사과의 수확시기와 수익을 추정해 볼 수 있을 것이다. 현미경을 통해 미세 조직을 살펴보는 세계와 망원경을 통해 우주를 바라보는 세계 등 미시적 관점이 있는 반면, 개개 자동차의 속도를 수집·분석하여 최단경로 및 도착 예정 시간을 가늠하는 거시적 관점의 내비게이션 프로그램도 있다. 물질에는 분자와 원자의 미시적 세계와 거대 분자의 결합을 통해 물질로 구성되는 거시적 세계가 공존한다. 사회 구성원도 마찬가지이다. 세대별 가족구성원을 바라보는 미시적 관점과 광역 혹은 기초 단체별로 세대별 구성원을 바라보는 거시적 관점도 있다. 따라서 어떤 상황(사물)을 접하게 되었을 때, 이를 미시적 혹은 거시적 관점의 방식을 적용하여 관점의 전환을 시도한다면, 예상치 못했지만 멋진 해결책이 도출될 수도 있지 않을까?

다음으로 2H는 Hyper와 Hybrid로서 Hyper의 초월적 관점과 Hybrid의 융합적 관점을 일컫는 말이다. 앞에서처럼 사과나무에 걸려 있는 사과를 바라보는 농부의 관점을 한 예로 들어 보자. Hyper(초월적) 관점에서는 농부는 자신의 과수원만을 바라보는 것이 아니라 인근 혹은 전국적 과수원의 실태를 조사해서, 사과의 수확시기와 맛을 상대적으로 가늠하는 관점을 가질 수 있다. 또한 관점의 대상을 사과에 머무는 것이 아니라 복숭아나 오렌지 등 다른 과일과의 경쟁 관계도 살펴보는 방식도 여기에 포함될 수 있을 것이다. 또한 Hybrid(융합적) 관점에서 사과나무와 배를 교배하여 접목에 따른 향기와 모양이 다른 과일을 생산하는 방식을 채

나의 소풍길 아토

택하여 수익을 개선하는 방법도 생각해 낼 수 있다. 생물학과 화학이 융합하여 생화학이 탄생하였으며, 기계공학과 전자공학이 융합하여 메카트로닉스의 탄생이 대표적인 사례이다. 오늘날의 세계는 고전적인 영역의 파괴가 곳곳에서 펼쳐지고 있다. 방사성 탄소 연대 측정 기술이 고고학에서 도입되어 이 분야에 혁명을 가져다주었음은 두말할 필요도 없으며, 오늘날의 휴대폰은 TV, 방송, 컴퓨터, 개인정보 등 모든 분야의 기능이 융합되어 산출된 다기능 복합체이다. 최신 IT 기술이 의류, 농업, 건설, 교육 분야에 융합되어 다양한 시너지 효과를 내고 있는 것은 주지의 사실이다. 또한 AI는 컴퓨터 공학, 데이터 분석 및 통계, 하드웨어 및 소프트웨어 엔지니어링, 언어학, 신경 과학은 물론 철학과 심리학을 포함하여 여러 학문을 포괄하는 광범위한 분야로 알려져 있어, Hybrid(융합적)의 대표적 사례로 판단된다. 따라서 어떤 상황(사물)을 접하게 되었을 때, Hyper(초월적) 혹은 Hybrid(융합적) 관점의 방식을 적용하여 관점의 전환을 시도한다면, 또 다른 멋진 해결책이 도출될 수도 있지 않을까 생각한다.

지금까지 2M·2H의 방식으로 상황(사물)의 '관점(a point of view)' 전환 방식에 대해 설명했다. 그렇다면 앞에서 언급한 '장님의 사례'와 '역지사지의 사례'는 2M·2H 중에서 어떤 관점전환의 방식에 해당될까. 이해를 돕기 위해 '장님의 사례'를 다시 한번 요약해 보면, 장님은 앞이 보이지 않은 힘든 상황으로서 이런 자신의 사정을 시민을 상대로 호소하여 적선을 구했다. 당사자 입장에서 보면 '장님'과 '도와달라'는 표현으로 잘 설명한 것이 최초의 팻말이라 한다면, 바뀐 팻말은 '날씨'와 '볼 수 없다'는 표현으로 상대자의 감정에 호소하는 방식이다. 장님이니 도와달라는 단편적 상황 묘사에서 벗어나 '날씨(환경)가 좋으나 볼 수 없다'고 표현하여 시민의 관점을 주변의 긍정적 상황으로 전환하는 Hyper(초월적) 방식을 도입하였고, 이를 통해 좋은 날씨에 동참할 수 없는 자신의 처지를 시민의 측은지심에 호소한 내용으로 판단된다. 아울러 '역지사지의 사례' 또한 자신의 입장에서 벗어나(초월하여) 상대편의 입장에서 판단하여 서로 비교함으로써 이해 상충에 따른 오해를 줄여 보자는 취지이므로, Hyper(초월적) 방식을 도입하여 관점의 전환을 시도한 사례로 판단된다.

혹시라도 여러분 중에서 고민을 안고 있는 경우라면 앞에서 말한 2M·2H 방식을 도입하여 관점 전환을 시도해 보기를 권한다. 이를 통해 의외의 멋진 결과가 탄생할 수도 있음을 기대해 보며, 이외에도 추가적인 관점 전환의 방식을 도출해 볼 것도 아울러 기대해 본다.

그래, 요즘은 IT가 잘 발달되어 있어 2M·2H의 실행이 너무 편리해지지 않았나? 컴퓨터 앞에 앉아 자판 몇 번 두드리면, 미시적이고 거시적인 세상은 물론 시공간을 초월하거나 다른 세계를 합친 내용이 무궁무진하게 펼쳐 나오는 거다. 당신은 지금 무엇이 궁금한가? 지금부터 관점을 돌려 생각해 보고 이를 자판의 능력에 맡겨 보라. 새로운 결과가 눈에 펼쳐질 것이다. 원더풀 월드~~~

나의 소풍길 아토

'아토'를 건네면서

　이른 여름에 시작됐던 '아토' 얘기가 계묘년 끝자락을 앞두고 마무리에 접어들었다. 온종일 이 일에 매달리지는 않았지만 머릿속에는 매듭짓지 못한 숙제처럼 늘 그렇게 아른거렸다.

　컨설팅 업무가 없는 날에는 어김없이 책상에 앉아 지난 일을 떠올리며 추억의 단상을 엮어 냈고, 몇몇 주제에 대한 수필을 밀린 빚 청산하듯 머릿속을 비워 냈다.

　그동안 쌓은 성벽의 마지막 돌을 내려놓으려는데, 한구석 뭔가 허전하게 다가선다. 아마도 이 글이 내가 전하는 마지막 편지가 아닐까 하는 아쉬움의 편린이 가슴을 헤집고 있기 때문이다. 다음을 확약할 수 없는 무력감 말이다.

　'知足可樂 務貪則憂'가 떠오른다. 최선을 다해 엮은 글이니만큼 만족해야 한다. 탐욕하면 근심이 따르기 마련 아닌가? 이제 '아토'는 독자의 손에 쥐어졌다. 읽고 공감하는 몫을 여러분에게 넘겨야 한다. 그게 설령 한 움큼도 아닌 여운일지라도 존재하기만을 기도할 뿐이다.

'아토'가 세상의 빛을 볼 수 있도록 힘써 주신 분들이 많다. 사랑하는 '키스유 공화국(우리 가족 카톡명)' 국민들과 '유스 패밀리(형제자매 카톡명)' 형제들에게 목청 가다듬어 가장 큰 감사를 외친다. 또한 출판을 위한 마지막 산고를 치르신 '좋은땅출판사' 관계자께도 감사의 말씀을 드린다. 마지막으로 비록 오늘이 '이 세상 소풍 끝내는 날'은 아니지만, 하늘에 계신 부모님 영혼에 이 글을 바치고 싶다. 그리하여 이렇게 생각하며 살아왔다고 그래서 감사하게 편지 썼다고 말이다. 그리고 이 글을 읽으신 모든 독자들께도 항상 즐거운 일이 가득하시길 기원한다. 감사합니다~~~